나와 타인을 번역한다는 것

나와 타인을 번역한다는 것

줌파 라히리
이승민 옮김

마음산책

나와 타인을 번역한다는 것

1판 1쇄 인쇄 2023년 11월 15일
1판 1쇄 발행 2023년 11월 20일

지은이 | 줌파 라히리
옮긴이 | 이승민
펴낸이 | 정은숙
펴낸곳 | 마음산책

편집 | 성혜현 · 박선우 · 김수경 · 나한비 · 이동근
디자인 | 최정윤 · 오세라 · 한우리
마케팅 | 권혁준 · 권지원 · 김은비
경영지원 | 박지혜

등록 | 2000년 7월 28일(제2000-000237호)
주소 | (우 04043) 서울시 마포구 잔다리로3안길 20
전화 | 대표 362-1452 편집 362-1451   팩스 | 362-1455
홈페이지 | www.maumsan.com
블로그 | blog.naver.com/maumsanchaek
트위터 | twitter.com/maumsanchaek
페이스북 | facebook.com/maumsan
인스타그램 | instagram.com/maumsanchaek
전자우편 | maum@maumsan.com

ISBN 978-89-6090-851-2 03840

* 책값은 뒤표지에 있습니다.

타파티 라히리를 추모하며

1939~2021

시인, 번역가,

Mother / Ma / মা

그리하여 하나의 목소리가 갑자기 숱한 소리들로

흩어지니, 저 자신을 나눠 각기 다른 귓속에,

말의 형상과 또렷한 소리로 각인하는 까닭이다.

—루크레티우스, 『사물의 본성에 관하여De Rerum Natura』, 565~567행(제4권)

다른 언어로 글을 쓰는 것은

두 세계의 중간에 끼인 슬픔을

다시 수면 위로 불러낸다.

바깥에 놓인, 혼자 소외된 이의 슬픔이다.

■ 일러두기

1. 외국 인명·지명·작품명·독음 등은 외래어표기법을 따르되 관용적인 표기와 동떨어진
   경우 절충하여 실용적인 표기를 따랐다.
2. 국내에 소개된 작품명은 되도록 번역된 제목을 따랐고, 국내에 소개되지 않은 작품명은
   원어 제목을 독음대로 적거나 우리말로 옮기고 원어를 병기했다.
3. 원서 주는 ○로, 옮긴이 주는 ●로 표시했다.
4. 이탈리아어, 라틴어, 그리스어 등의 인용문은 모두 원서의 영역본을 참고한 옮긴이의 번
   역이다.
5. 책 제목은 『 』로, 잡지와 신문 등의 매체명은 〈 〉로, 편명은 「 」로 묶었다.
6. 원서 주의 출전은 본문 말미 참고 문헌에 수록되어 있을 경우 간략하게 표기하였다.

서문

번역의 딜레마는 내가 가진 가장 어릴 적 기억 가운데 하나다. 다섯 살 때 유치원 교실에서 여러 아이들과 함께 커다란 탁자에 앉아 '어머니의 날' 카드를 만들고 있었다. 다들 빳빳한 흰 종이를 접고, 주름 종이로 초록 줄기가 달린 분홍 장미꽃을 만들어 맨 앞에 붙였다. 보조교사가 탁자를 돌아다니며 우리가 만든 장미 송이마다 향수를 뿌려주었다. 카드 안쪽에는 모두가 똑같은 메시지를 써넣어야 했다. "디어 맘, 해피 마더스 데이Dear mom, happy Mother's Day." 이 과제에서 나를 애먹인 것은 이 대목이었다. 내 어머니는 '맘mom'이 아니라 '마ma'였으니까. 내가 어머니를 부르고 어머니라고 아는—어머니가 알아듣고 답하는—그 벵골어 호칭을 끼워 넣기가 창피했다. 그렇다고 영어식 호칭을 쓰기도 꺼림칙했다. 나에게도 낯선 그 말에 틀림없이 어머니가 언짢아하거나 소외감을 느낄 것 같았다.

카드 안에 어느 쪽을 골라 썼는지는 더 이상 떠오르지 않지만, 그때의 기억은 아직도 생생하다. 지금 그 순간을 되짚어보니 저 딜레마에는 번역 못지않게 글쓰기 행위가 얽혀 있다는 생각이 든다. 말하자면 어릴 때 두 개의 언어를 알았던 나는, 그중 하나인 영어로 글을 쓸 줄 알게 된 순간부터 번역이라는 일의 복잡하고도 중요한 역할을 직감한 것이다. 또한 이 딜레마는 작가로서 내 삶에서 글의 화두이자 영감의 원천으로 어머니가 차지하는 복잡하고도 중요한 역할을 새삼 떠올리게 한다.

첫 소설집 『축복받은 집』이 출간된 이듬해인 2000년에 나는 온라인 잡지 〈피드Feed〉에 「살아서 맞는 천국To Heaven without Dying」이라는 에세이를 썼다. 아직 창작 세계의 신인으로서 작가가 됐다는 인식 자체에 우선 적응해가던 시기였다. 이 에세이―나의 창의적 진화를 순전히 내 나름대로 평가해야 했던 첫 번째 글―에서 나는 "둘로 쪼개진 언어 세계"에 태어나는 것에 관해 이야기한다. 내 영어 글쓰기는 일종의 문화번역으로, 소설집의 몇몇 이야기들은 "인도를 번역한 것"으로 언급되어 있다. 내 머릿속에서 벵골어로 말하는 등장인물들을 데려와 영어로 소설을 쓰는 작업을 반추해보다가 나는 그들의 대화를 번역해야 할 필요성과, 그로 인해 그들을 가짜일지언정 불가피하게 영어 사용자들로 바꿔놓게 되는 상황에 주목한다. 그리고 이런 드라마틱한 결론에 도달한다. "나는 번역한다, 고로 존재한다."

스물 몇 해를 지나오며 이 진술에 담긴 의미는 오히려 더욱 짙어졌다. 굳이 내 글을 인용하는 이유는 이 책이 번역에 관한 이야기임을 알리려는 뜻도 있지만 그게 전부는 아니다. 내가 의식을 가지고 살아오는 내내 번역을 고민해왔음을 시인한다는 뜻이기도 하다. 저 초기의 에세이에서 이미 명확히 밝히고 있듯, 영어로 글을 쓰는 작가가 된다는 건 아울러 번역하는 사람이 된다는 것을 의미했다. 하지만 나는 작가이기 전부터 번역가였지, 그 반대가 아니었다. 대학원생으로 석사논문을 준비할 때 훌륭한 벵골 작가인 아샤푸르나 데비 Ashapurna Devi의 단편소설을 번역할 기회가 있었다. 기꺼이 글을 낭독해준 어머니의 도움이 컸다. 내 벵골어는 듣고 말하기에 비해 정교하고 능숙한 읽기는 서툰 수준이어서, 어머니의 낭독을 카세트테이프에 녹음해 우리만의 오디오 북을 자체 제작 하곤 했다. 그런 정식 프로젝트를 해보기 전인 학부생 때는 라틴어와 고대 그리스어를 공부했다. 독해가 가능할 만큼 문법을 익히고부터 읽기와 번역이 하나의 경험으로 융합됐다. 그때 이후로 능동적이고 역동적이면서 이중적인 읽기가 내가 생각하는 이상적인 독서의 기준으로 자리 잡았다. 그렇지만 사실 나는 그 이전부터, 심지어 글을 읽기 전부터 번역을 해오고 있었다. 나는 영어와 벵골어를 동시에 구사하는 생활환경에서 자랐고, 이건 곧 나 자신과 다른 이들에게 이 두 언어를 끊임없이 번역해왔다는 의미였다.

이 책에는 지난 일곱 해에 걸쳐 번역을 사유한 글들이 묶여 있다. 이 기간 동안은 프린스턴대학교에서 창작과 번역을 가르치며 지냈는데, 프린스턴에 오기 전에는 로마에 살았다. 그곳에서 내 언어의 풍경에 극적인 변화가 일어났고, 마치 오비디우스가 『변신 이야기』에 묘사한 것처럼 이탈리아어가 군도 속에서 새로운 섬으로 모습을 드러냈다. "그리고 깊은 바다에 덮였던 것들이 / 산봉우리들을 드러내며 키클라데스 군도의 더 많은 섬이 바다를 점점이 수놓는다."°

이탈리아에 있는 동안 나는 곧바로 이탈리아어로 글을 쓰기 시작했다. 이 경험을 소회한 것이 나의 첫 번째 이탈리아어 책 『In Altre Parole다른 말로 하면』이고, 이것이 이후 『In Other Words다른 말로 하면』로 번역되었다.● 이번 책의 첫 번째 에세이 「왜 이탈리아어인가」는 영어 작가로서 소설 네 권을 펴낸 뒤에 왜 영어가 아닌 이탈리아어 글쓰기를 선택했는가, 라는 기본적인 질문을 더 깊고 자세히 조명한다는 점에서 저 책의 종결부coda이자 출발점이다. 『In Altre Parole』은 내가 번역하지 않았다. 당시에는 이탈리아어로 글을 쓰는 데 온 에너지를 쏟느라 내 글은 고사하고 다른 누구의 글도 내가 가장 잘 아는 그 언어로 옮기지 않았다.

그러다 2015년에 이 모든 상황이 변화를 맞는다. 로마를 떠

○   영문 번역은 옐레나 바라즈와 공동 작업 중인 원고에서 가져온 것이다.
●   한국어 번역판 제목은 『이 작은 책은 언제나 나보다 크다』이다.

나 프린스턴대학교에서 강의를 시작하면서 나는 곧장 번역의 세계에 본능적으로 이끌렸다. 프린스턴에서 다른 언어들에 섞여 그 안에 머물 때 나의 마음은 더없이 편안했다. 2019년 안식년을 맞아 다시 로마로 돌아가서 쓴 「에코 예찬」은 프린스턴대학교의 내 첫 번째 문학 번역 워크숍에서 뻗어 나온 글이다. 문학 번역 강의를 시작함과 동시에 나는 로마에서 만난 도메니코 스타르노네의 소설 『끈Lacci』을 영어로 옮기는 작업을 맡아 명실상부한 번역가가 되었다.

『끈』(영문판 제목은 'Ties')은 다시 『트릭Scherzetto(Trick)』과 『트러스트Confidenza(Trust)』의 번역으로 이어졌다. 세 편 모두 스타르노네의 작품이고, 각각의 번역 경험을 소회한 글이 이 책에 실려 있다. 프린스턴에 있는 동안 나는 이 세 권의 번역 외에도 『펭귄클래식 이탈리아 단편선The Penguin Book of Italian Short Stories』을 묶고 편집하는 또 하나의 프로젝트를 감행했다. 이 선집 작업을 결심한 데에는 내가 찾아낸 이탈리아 작가들의 단편을 학생들과 함께 영어로 읽으려는데, 대부분 번역이 만족스럽지 않거나 너무 오래되었거나 아예 번역되지 않았다는 사정도 얼마간 작용했다. 작품을 추리면서 보니 선정된 작가들 중에 집필과 번역을 겸한 이들이 적지 않다. 이전 세기에 번역의 기예를 갈고닦는 일에 상당한 시간과 에너지를 쏟은 이탈리아 작가들이 그토록 많았다는 사실이 놀라웠다. 후학 양성이라는 개인적인 목적뿐만 아니라 언어와 문화의 국경을 개방하고 번역이 아니고서는 접근이 불가능한 작품들을 독자에게 소개하려는, 중요한 미학적·정치적 실천이기도 했다. 이들 작가 겸 번역가들이 기여한 바를 찬찬히 들여다볼수록 나의 창작 생활에 찾아온 전환점이 고마웠고, 이제 나를 그들의 일원으로 여길 수 있다는 사실이 고마웠다.

프린스턴에 온 뒤로 나는 스타르노네를 비롯한 이탈리아 작가들의 작품 번역과 나란히 '자기번역self-translation'이라는, 엄청나게 헷갈리고 일각에서는 논란의 여지가 있다고까지 하는 행위에 점점 마음이 쏠리고 있었다. 이탈리아어로 글을 쓰기 시작하던 초기에 처음 시도했으나, 뜻밖에도 영어가 이를 드러내며 물어뜯을 것 같은 느낌이 들어 황급히 손을 떼고 말았다. 그래도 2017년에는 이런 두려움을 한쪽으로 밀어놓고 「Il Confine경계」라는 이탈리아어 단편을 「The Boundary 경계」라는 제목의 영문으로 옮겼다.° 이 경험이 결국 이탈리아어로 쓴 소설 『Dove mi Trovo내가 있는 곳』의 번역으로 이어졌고, 그렇게 내 손으로 옮긴 것이 『Whereabouts거처』이 됐다. 한 번은 해봤는데, 내 이탈리아어 책을 영어로 옮기는 작업을 다시 하게 될지는 잘 모르겠다. 즐거움이 전혀 없다고는 못 하겠지만 특별한 도전이 따르는 작업이다. 어찌 됐든 이번 책의 「나를 발견하는 곳」은 적어도 한 번의 구체적인 사례 안에서 자기번역이라는 공정을 고찰하면서, '독창적이다

° 〈뉴요커〉, 2018년 1월 29일 자.

original, 정통이다authentic, 원작자authorship' 같은 단어의 의미를 재고해보는 글이다.

이쯤 되니 어쩔 수 없이 나는 다른 언어들 속에 살고 읽고 생각하고 작업한 일련의 작가들에게 마음이 끌린다. 아리스토텔레스를 읽든, 그람시나 칼비노를 읽든, 수면 위로 떠올라 나를 가장 사로잡는 건 번역이라는 테마다. 현재로서는 번역이 내 직관적 발견의 '열쇠 말'인 셈이다. 이 책에는 테이블 중앙에 번역을 올려놓고 요즘 내가 자주 생각하는 작가들 몇 명을 격의 없이 불러 모은 사교 모임 같은 에세이들이 한 묶음 들어 있다. 각각의 에세이 말미에 나는 그 글을 쓴 장소와 언어, 출처 등을 밝히고 있다. 그러는 이유는 이 책이 프린스턴과 로마라는 서로 다른 지리적 배경에서 쓰인, 본질적으로 이중언어 텍스트라는 점을 강조하기 위해서다. 열 편 가운데 세 편은 이탈리아어로 쓰고, 나머지는 영어와 이탈리아어를 섞어 초안을 잡은 뒤 최종 형태를 완전히 영어로 변환했다. 세 편의 이탈리아어 에세이—「왜 이탈리아어인가」「언어와 언어들」「이국의 칼비노」—는 내가 영어로 옮긴 것도 있고, 다른 이들이 주로 번역해놓은 작업을 내가 조금 다듬은 것도 있다.

이탈리아어를 읽고 공부하는 독자들을 위해 칼비노에 관한 에세이 원어본과, 영어로 쓴 글을 도메니코 스타르노네가 번역한 「나를 발견하는 곳」의 이탈리아어본을 부록으로 싣는

17

다.° 책 전체에 걸쳐 이탈리아어로 글을 쓰는 경험과 나나 타인에 의해 내 글이 영어로 번역되는 문제에 관해 이야기하고 있으니, 이 버전은 영어가 모어인 작가의 이탈리아어로의 이주와 귀환을 보여주는 구체적인 예시들이다. 영어 에세이들은 달리 언급이 없으면 모두 내가 번역한 것이다.

글을 어떤 순서로 배치할까 고민한 끝에, 연대순으로 싣기로 했다. 이 배열이 제 나름의 스토리를 들려주기를 기대해본다. 하나씩 작업을 해나가며 언어와 번역에 관한 나의 사유가 어떻게 진화했는지, 작가로서 개인으로서 지성인으로서 나의 시각이 어떻게 점진적으로 변화할 수밖에 없었는지 이야기해주기를 바란다. 글을 연대순으로 놓으니 내가 이동한 경로가 보이고, 변화가 얼마나 빠르고 급격하게 일어날 수 있는지 새삼 깨닫게 된다. 「왜 이탈리아어인가」는 이탈리아어를 영어로 번역한 경험이 전혀 없을 때 쓴 글이다. 「이국의 칼비노」를 쓸 무렵에는 칼비노를 포함해서 예닐곱 명이 넘는 이탈리아 작가들의 작품을 번역하고 내 이탈리아어 소설도 옮겨본 뒤였다.

지난 일곱 해 동안 내 사유가 확장될 수 있었던 것은 나보다 앞서 번역의 이론과 실천을 글로 남긴 수많은 작가 덕분이다. 이들이 내 독서 생활에 새로운 자극을 불어넣는다. 번

○   『축복받은 집』의 미국 최신판에 스타르노네가 이탈리아어로 쓴 서문도 내가 영어로 번역했으니, 이제 우리는 서로의 번역자 겸 통역자가 된 사이다.

역 강의의 즐거움을 누리는 입장에서 나는 종종 이 복잡한 수수께끼를 다루는 텍스트를 강의실에서 학생들에게 나눠 주어 함께 발견하고 분석해보곤 한다. 이 책에서는 여타의 번역 이론이나 저술들을 명시적으로 다루고 있지 않지만, 나에게 영향을 주고 나를 이끌어준 텍스트들에 입은 은혜는 도움이 되는 책들 목록으로 고백하고 있다. 이 목록은 아마 더 폭넓은 학술적 맥락에 이 책이 자리매김하는 데에도 유용할 것이다.

책의 끝맺음이면서 새로운—사실은 오래된—문으로 통하는 후기에서는 현재 진행 중인 번역 프로젝트를 소개한다. 프린스턴대학교 고전학과 동료 교수인 엘레나 바라즈와 함께 오비디우스의 『변신 이야기』를 라틴어에서 영어로 공역하는 작업이다. 『변신 이야기』는 이 글 앞부분에도 인용되어 있고, 책 속 에세이 여러 편에 언급되어 있다. 나에게 있어 오비디우스의 시는 번역의 세계를 비추는 태양이다. 번역이라는 것이 무엇인지, 무얼 행하고 무얼 의미하는지, 이 작품만큼 위력적으로 조명하는 텍스트를 나는 알지 못한다. 이 작품을 항상 기준계로 삼지 않는다면, 삶과 언어와 문학에 대한 나의 이해는 어둠침침해질 것이다.

번역은 나와 글쓰기의 관계를 변화시켰다. 새로운 단어를 쓰는 법, 새로운 문체와 형식을 실험하는 법, 더 위험한 도전을 감행하는 법, 내 문장을 다르게 쌓고 직조하는 법을 가르쳐주었다. 이미 독서로도 이 모든 걸 접하지만, 번역은 그 속을 뒤집고 체계를 뒤흔들어 급기야 뜻밖의 계시적인 형태로 이런 새로운 해법이 드러나게 만든다. 번역은 새로운 리듬과 접근법으로 내 글을 성찰하고 정련하는 과정에서 타가수분他家受粉을 일으킨다. 번역이 요구하는 세심한 언어 주의력은 내 글쓰기를 새로운 방향으로 움직여갈 뿐 아니라 언어의 집중도를 더욱 높은 차원으로 끌어올린다. 2021년에 나는 이탈리아어 운문과 산문이 결합된 『네리나의 공책Il Quaderno di Nerina』을 펴냈다.° 오직 번역을 통해서만 가능한 이탈리아어와의 밀접 접촉이 없었더라면 나는 시 쓰기에 발을 들이지 못했을 것이다. 내가 영어로 시를 쓴 적이 없다는 사실에 비춰보면, 특히나 놀라운 변화였다.

이 책을 엮은 이유는 지난 일곱 해를 지나며 내가 번역가가 되었기 때문만은 아니다. 내가 늘 번역하는 사람이었음을 거듭 말하고 싶어서이기도 하다. 작가이자 번역가로 산다는 건 존재와 생성 둘 다에 가치를 두는 것이다. 주어진 언어로 쓴 글은 보통 그 상태로 남아 있지만, 번역은 그것이 다른 모습을 띠도록 강제한다. 나는 번역—하나의 텍스트가 다른 텍스트가 되는 행위—덕분에 내가 오래도록 추구해온 문학과의 대화가 더 완성되고 더 조화롭고 훨씬 더 충만한 가능성을 지닌다고 느낀다.

본격적으로 번역에 몸담기 전까지는 작가로서의 내 삶에

° 아직 영어로는 '변신'하지 않아 잠정적으로 'Nerina's Notebook'으로 부르고 있다.

무언가가 누락돼 있었다. 이제 나는 글을 쓰지 않는—혹은 글쓰기에 관해 생각하지 않는—삶을 상상할 수 없는 것처럼 번역하지 않는 삶을 상상할 수 없다. 나는 글쓰기와 번역하기가 한 활동의 두 양상 또는 한 동전의 양면이라고, 아마도 언어의 불가사의를 더 멀리, 더 깊이 헤엄쳐가게 해주는, 각각 힘은 다르되 상호 보완적인 두 가지 영법이라고 생각한다.

줌파 라히리

차례

번역한다는 건

한 사람의 언어적 좌표가 달라지는 일,

놓쳐버린 것을 붙잡는 일,

망명을 견뎌내는 일이다.

왜 이탈리아어인가

2015년에 로마로 이주한 뒤로 나는 이 질문에 답하고자 노력했다. 수년간 멀리서 이탈리아어를 공부했을 뿐 이탈리아에서 살아본 적은 없었다. 매일 그 언어로 말을 하고 새로운 표현에 친숙해지고 새로운 사람과 문화를 만나고 싶다는 욕망이 나를 그곳으로 이끌었다. 이탈리아에 도착한 날부터 어떻게든 자주 이탈리아어로 나를 표현하고 싶은 마음뿐이었다. 그런데 입을 열 때마다 번번이 같은 질문을 받았다. "당신이 왜 우리 말을 하나요?" 설명해보려 했다. 나는 이탈리아어를 사랑하기에 이 언어를 공부해왔고, 이 언어와 맺어져야 할 필요를 느낀다고 말했다. 뉴욕에서 받은 개인교습 덕분에 기초 이탈리아어를 조금 익혔다고 말했다. 그런 선택을 내린 배경에 아무런 현실적인 필요성이나 확실한 연관성—가족의 일로든 사적으로든 직업적으로든—이 없는지라 내 설명은 흡족한

답이 되지 못했다. 사람들은 말했다. "당신은 인도계 혈통으로 런던에서 태어나 미국에서 성장한 사람입니다. 영어로 책을 쓰죠. 그런 것과 이탈리아어가 무슨 상관이 있습니까?" 로마에서 만난 사람들은 내가 설명할수록 고개를 갸웃거리며 더 집요하게 물었다. "그런데 정확히 무슨 이유로요?"

사람들은 내가 이탈리아어로 말할 거라고 전혀 예상하지 못했고, 나는 그런 질문을 받을 거라고 예상하지 못했다. 충분히 물어볼 만한 질문이었지만, 나는 좀 수세에 몰린 기분이었다. 어째서 나 자신을 해명해야 하느냐고 그들에게 되묻고 싶었다.

사실 그들의 질문에 제대로 답하지 못한 이유는 한 번도 스스로 그런 질문을 던져보지 않았기 때문이다. 갈수록 이탈리아어에 공을 들이는 일이 내게는 조금도 유별나게 생각되지 않았다. 이탈리아에 오기 전에는 여기에 무슨 의미가 있는지 진지하게 생각해본 적이 없었다. 나는 '왜'가 아니라 '어떻게'에 더 관심이 있었다. 어떻게 해야 이 언어를 더 잘하게 될까, 어떻게 해야 그것을 내 언어로 만들 수 있을까.

'왜 이탈리아어인가' 자문하기 시작한 것은 로마에 온 뒤부터였다. 남들에게나 나 자신에게 분명하게 답해보고 싶어서 『이 작은 책은 언제나 나보다 크다』(이하 『이 작은 책…』)를 썼다. 내가 진정한 모어를 갖지 못한 작가라는 자각, 어떤 의미에서는 언어 고아라는 느낌이 대답의 출발점이었다. 하지만 이탈리아어로 쓴 그 책은 상황을 퍽 복잡하게 만들었다.

처음에는 이탈리아어로, 이어 영어로 『이 작은 책…』이 출간된 이후, '왜 이탈리아어인가'라는—나로서는 해결되길 바랐던—질문은 외려 더 빈번해지고 다급해졌다. 친구, 기자, 작가, 독자, 편집자, 이탈리아인, 미국인 모두에게 질문을 받았다. 이 질문으로 깨달은 바가 있다. 새로운 언어를 배우려는 욕망은 존경할 만하고 심지어 고상하다고까지 여겨지는 데 반해, 새로운 언어로 글을 쓴다 하면 얘기가 완진히 달라진다는 사실이다. 어떤 이들은 이 욕망을 위반이자 배신이자 일탈로 간주한다. 내가 한 것 같은—느닷없이 영어를 멀리하고 이탈리아어로 총총히 들어가버린—행동은 저항과 거북함과 의심을 불러일으키곤 한다.

모두 내 선택의 기원과 동기와 함의를 알고 싶어 했다. 이렇게 물어보는 사람들도 있었다. "당신과 공통점이 있고 더 가까운 언어인 인도어가 아니라 왜 이탈리아어인가요?"

간단한 대답은 그대로다. 나는 자유로움을 느끼기 위해 이탈리아어로 글을 쓴다. 그런데 간담회나 인터뷰와 같이 공개적으로 책에 대해 발언하는 자리에서 나는 자꾸만 이 자유를 변명하고 옹호하도록 강요받는 느낌이 들었다. 해명의 열쇠를 내놓으라고 강요받는 것 같았다.

혹시 『이 작은 책…』에 열쇠가 필요하다면, 그 책 자체가 열쇠다. 내가 출발한 하나의 은유가 다른 은유로 이어지고, 다시 거기서 또 다른 은유가 이어졌다. 그런 식으로 생각이 꼬리에 꼬리를 물었다. 더디지만 꿋꿋하게 이탈리아어를 배위가는 과정이 그 책 안에서는 건너야 할 호수이고 기어오를 벽이며 탐사해야 할 대양이다. 숲에서 다리로, 어린아이에서 연인으로, 스웨터로 건물로 삼각형으로 이어진다. 만약 마지막 페이지에 이르러서도 '왜 이탈리아어인가' 여전히 이해되지 않는다면, 내 잘못일밖에.

이탈리아어로 글을 쓰는 첫 시도를 넘어서자마자 나는 또 다른 글을 쓰기 시작했다. 내가 더 이상 찾지 않는데도 때때로 새로운 은유가 머리에 떠올랐다.

책의 출간이 코앞으로 다가왔을 즈음, 공개 간담회를 준비하다가 새로 발견한 세 가지 은유는 유달리 의미가 풍부하고 모호하며 많은 연상을 불러일으켰다. 할 수만 있다면 책(『이 작은 책…』)에 세 챕터를 추가했을 텐데. 대신에 일종의 책 '바깥' 에필로그로 지금 이 에세이를 쓰고 있다.

마지막 세 가지 은유를 찾게 된 건 모두 이탈리아어 독서 덕택이었다. 두 명의 작가로부터 얻었는데, 두 사람 다 나에게는 중요한 준거점이 되는 이들이다. 한 사람은 작고했고 한 사람은 생존해 있다. 한 사람은 이탈리아 바깥에 거의 알려지지 않았고, 한 사람은 비록 아무도 진짜 정체를 모르지만 세계적으로 알려져 있다. 나는 앞의 인물은 로마에서 알게 됐고, 뒤의 인물은 이탈리아로 이주하기 전 미국에서부터 알고 있었다. 이들은 스타일이 뚜렷이 다른 이탈리아 여성 작가 두 사람, 랄라 로마노와 엘레나 페란테다.

나는 이탈리아에 오기 전까지 랄라 로마노라는 이름을 들어보지 못했다. 그에 관해 알게 된 건 〈라 스탐파La Stampa〉에 실린 작가 파올로 디 파올로의 기사를 통해서였다. 랄라 로마노의 작품은 이탈리아 서점에서도 찾아보기 어렵다. 그런데 파올로 디 파올로가 로마노의 두 번째 남편인 안토니오 리아와 나 사이에 다리를 놔주었고, 고맙게도 그가 큼직한 책 꾸러미를 보내주었다.

나는 앉은 자리에서 몇 작품을 내리 읽었다. 『극한의 바다에서Nei Mari Estremi』 『마리아Maria』 『불가분Inseparabile』 『호스트L'ospite』 『우리 사이의 가벼운 말들Le Parole tra Noi Leggere』. 긴장과 사색과 비애로 가득 찬 독특한 글의 힘이 대번에 나를 흔들었다. 나는 건조하고 군더더기 없는 문체에 매료되었다. 간결한 문장, 짧은 장 구성, 정제된 언어에 탄복했다.

베니스에서 『이 작은 책…』의 첫 간담회 전날 저녁, 1951년에 출간된 로마노의 첫 번째 산문집 『변신Le Metamorfosi』을 읽고 있었다. 책이 내게 말을 걸어왔다. 심지어 표제마저 내 책의 한 챕터와 같은 제목이고, 내 책에 담긴 은유 가운데 하나였다. 기본적으로 일련의 꿈 이야기인 이 작품은 그림에서 글쓰기로―창의적 표현의 한 방법에서 다른 방법으로―로마노의 이행을 알리는 확고한 전환점에 해당했다. 그 점도 나에게 감응을 일으켰다. 네 번째 장 말미에 작가가 들려주는 「문Le Porte」이라는 꿈 이야기의 전문을 여기 인용한다.

문은 아직 열려 있지만 곧 닫힐 참이다. 높고 육중한 한쪽 문짝

이 천천히 다른 문짝 위로 떨어진다. 나는 뛰어서 틈을 통과한다. 문 너머에는 첫 번째 것과 똑같은 또 다른 문이 있다. 이 문도 닫히기 일보 직전이고, 이번에도 나는 뛰어서 통과한다. 다음 문이 있고 또 다음 문이 있다. 늦지 않게 닿으려면 아주 빨리 움직여야 한다. 그럼에도 나는 문이 닫히지 않은 걸 보면서 매번 내가 통과할 수 있기를 바란다. 하나 그러자면 멈추지 않고 뛰어야 하고, 나는 갈수록 지쳐간다. 기운이 빠지기 시작한다. 문은 하나씩 차례로 나타나는데, 모두 똑같은 문이다. 나는 아직은 통과할 수 있다. 하지만 부질없다. 항상 또 다른 문이 있을 테니.

로마노의 꿈이 내게는 실존적 악몽으로 읽힌다. 불길하고 답답하고 힘든 노정, 혼란스럽고 진이 빠지는 시험의 한 장면처럼. 거기에는 실망과 자포자기와, 종국에는 패배의 감정이 묘사되어 있다. 문은 계속되는 노력을, 끝나지 않는 여정을 표상한다. 영원한 기다림 속에서 안으로 들어가지 못하는, 모종의 연옥에 갇힌 자신을 발견하라는 선고와 같다.

나는 이 단락—이 꿈—을 읽고 이탈리아어를 향해 가는 내 행로의 흥분과 고뇌를 한참 돌아볼 수밖에 없었다. 이 언어에 빠져든 이후로, 이 언어를 사랑하게 된 이후로, 나는 수십 년째 잇달아 나타나는 문들을 열기 위해 안간힘을 쓰고 있다. 하나의 문은 매번 나를 또 다른 문으로 데려간다. 그것들을 대면할수록, 그것들을 통과할수록 열어야 하고 극복해야 할 더 많은 다른 문이 나타난다. 외국어 공부는 이런—점

근적—궤도를 그리기 마련이다.

어떤 외국어든 그 언어를 정복하려는 사람은 두 가지 주요한 문을 열어야 한다. 첫째는 독해력, 둘째는 입말이다. 중간에 놓인 더 작은 문들, 이를테면 구문, 문법, 어휘, 의미의 뉘앙스, 발음도 무엇 하나 건너뛸 수 없다. 그것들을 통과하면 비교적 숙달된 수준에 도달한다. 나는 여기서 나아가 감히 글말이라는 제3의 문을 연 것이다.

공부를 하면서 조금씩 독해로 통하는 문이 열린다. 외국식 억양, 군데군데 약간의 발음 오류를 논외로 하면, 입말의 문도 비교적 쉽게 열린다. 단연 가장 막강한 상대인 글말의 문은 빠끔히 열려 있을 뿐이다. 나는 마흔다섯 살이 되어서야 이탈리아어로 생각하고 글을 쓰기 시작했으니 상당히 늦게 이 문을 두드린 셈이다. 문은 살짝만 벌어진다. 나를 환영해주긴 하는데 타이밍이 묘해서 좀처럼 종잡을 수가 없다.

이탈리아어로 글을 쓸수록 내가 오래 알아온 영어와 눈앞에 놓인 새로운 문 사이에서 갈팡질팡하는 느낌이 든다. 양쪽 언어 모두와 나 사이에 거리가 있음을 인정하지 않으려야 않을수가 없다. 가끔은 다음 문이 막혀버리지 않을까 두렵다. 다른 언어로 글을 쓰는 것은 두 세계의 중간에 끼인 슬픔을 다시 수면 위로 불러낸다. 바깥에 놓인, 혼자 소외된 이의 슬픔이다.

『이 작은 책…』에도 문을 언급하는 대목이 있다. 로마살이 둘째 날 저녁, 로마에서 처음 살던 집의 문이 도무지 열리지 않았다. 황당한 순간이었다. 너무나 자명한 의미를 뒤늦게야 온전히 이해하게 되는 악몽을 꾸는 것 같았다.

모든 문은 모순된 역할을 하는 이중적인 본성을 띤다. 한 편으로는 장벽으로, 다른 한편으로는 출입 지점으로 기능한 다. 문들은 계속 앞으로 나아가라고 나를 채근한다. 각각의 문이 새로운 발견, 새로운 도전, 새로운 가능성으로 나를 이 끈다. 이탈리아어로 '문'을 뜻하는 단어 'porta'는 '가져오다' 라는 동사 'portare'에서 나왔고, 다시 이 단어가 'sollevare' 즉 '올리다'라는 뜻을 가지기도 한다니, 그것이 "로물루스가 쟁 기로 도시의 담장을 배치하며 정확히 출입문porte이 세워질 위치에 담장을 올렸기" 때문이라니, 근사하지 않은가.° 문은 비록 생명 없는 물체로 남아 있지만, 이 말의 뿌리는 강단 있 고 역동적인 행위에 맞닿아 있다.

성인이 되어 외국어에 도전하기란 꽤나 어려운 일이다. 그 렇지만 내가 이탈리아어로 열어야 했던 수많은 문은 활짝 열 리면서 내 앞에 눈부신 장관을 펼쳐 보였다. 이탈리아어는 단 순히 내 삶을 변화시킨 것이 아니라 나에게 제2의 삶, 또 다 른 인생을 안겨주었다.

이탈리아어로 읽고 쓰고 살면서 나는 더 주의 깊고 적극적 이며 호기심이 많은 독자, 작가, 사람이 된 기분이다. 새로 마 주치고 배우고 공책에 기록하는 단어 하나하나가 작은 문을 이룬다. 이때 내 이탈리아어 사전은 문간이 되어준다. 나는

○   *Dizionario Etimologico*, Rusconi Libri.

내가 읽는 책, 내가 쓰는 문장, 내가 완성하는 텍스트, 아울러 이탈리아인 친구와 나누는 대화 하나, 내가 스스로를 표현할 기회 하나까지 전부 문으로 여긴다.

내 생각에 이탈리아어는 배제하기보다 포용하는 문이다. 그렇지 않았다면 『이 작은 책…』을 쓰기란 불가능했을 것이다. 그럼에도 나는 여전히 이탈리아어로 글을 쓸 때, 열면 안 되는 문을 억지로 열었다는 죄책감이 든다. 이 새로운 언어는 나를 도둑으로 둔갑시킨다. "당신이 왜 우리our 말을 알고 우리 말로 말하고 글을 쓰나요?"라는 질문이 발휘하는 이상한 효과다. '우리'라는 소유격 형용사를 씀으로써 이탈리아어가 내 것이 아니라는, 진부하지만 쓰라린 사실을 강조한다. 이탈리아어로 책을 쓰고 출판하는 일에는 또 다른 일련의 문을 여는 과정이 수반되었다. 나와 함께 작업하고 토론하고 텍스트의 수정과 가지치기를 해준 모든 사람이라는 문. 나는 그들 한 사람 한 사람에게 물었다. "이 문장을 써도 될까요? 이 단어들을 써도 될까요? 단어들을 이런 식으로 결합해도 될까요?" 바꿔 말하면 그 물음은, "나와 이탈리아어의 경계를 넘어가도 될까요? 내가 들어가도 될까요?"와 같았다.

책이 출간된 이후에는 독자들이라는 문이 내 앞에 나타났다. 이번에는 그들이 겉장을 열어 책을 읽을 차례였다. 어떤 이들은 내 말을 받아주고 나를 환영해줄 것이다. 어떤 이들은 그렇지 않을 테고. 이런 불확실한 운명은 어느 책이든 겪는 일이고 심지어 겪어야 마땅하다. 무슨 언어로 쓰인 책이든 일단 출간이 되면 한 권 한 권 이 문턱 위에 세워진다. 읽는다는 건, 문자 그대로 책을 여는 것이고 동시에 자아의 일부를 여는 것이다.

나는 문이 없는 세상에서 살거나 글을 쓰기를 바라지 않는다. 난관이나 방해물이 없는 무조건적인 개방은 나를 자극하지 못한다. 닫힌 공간도 비밀도 미지의 존재도 없는 그런 풍경에서는 나를 사로잡는 매력도, 내가 찾아야 할 의미도 보이지 않을 것이다.

* * *

내가 이야기하고 싶은 두 번째 은유 역시 랄라 로마노에게서 얻었다. 그의 첫 책이 아닌 마지막 책에서. 『최후의 일기 Diario Ultimo』라는 표제의 이 책은 로마노가 거의 시력을 잃은 생애 마지막 몇 해의 사유와 메모와 기억이 담긴 유고집이다. 작가는 커다란 흰 종이에 알아보기 힘든 손 글씨로 주석을 달았다. 나는 이런 텍스트가 있다는 것도, 작가가 실명한 사실도 까맣게 몰랐다. 작가가 살았던 밀라노의 자택에서 안토니오 리아가 나에게 이 책을 건네주었다. 나는 장서와 그림들에 둘러싸인 로마노의 거실에 앉아 있었다. 그가 시력을 잃어가면서도 책을 썼다는 사실을 알고 나니 그와의 거리가 더욱 좁혀진 것 같았다.

『최후의 일기』는 언어를 통한 자기표현과 자기 확인의 필연성, 경계를 넘어야 하는 필요성을 강렬하게 증언하는 내밀하고 파편적인 텍스트다. 시력이 제한된 상태에서 로마노의 글쓰기는 오히려 더 정교하고 투명해진다. 절충과 짐작에 기댈지라도 그의 시각은 칼날처럼 빛을 뿜는다.

새로운 언어로 글을 쓰는 것이 일종의 실명과 비슷하다는 점을 나는 알고 있었다. 글쓰기란 다름 아닌 세계를 인식하고 관찰하고 시각화하는 것이니까. 이제 나도 이탈리아어로 앞을 볼 수는 있지만, 시야의 일부만 보일 뿐이다. 여전히 반쯤은 어둠 속에서 더듬거리고 있다. 나도 로마노처럼 불확실한 손으로 글을 쓴다.

『최후의 일기』는 시력의 상실이 부여하는 새로운 관점을 들춰낸다. 이 책을 읽기 전까지 나는 내 이탈리아어의 태생적인 한계에 대해 독자들과 나 자신에게 용서를 구했다. 그런데 로마노가 나를 일깨웠다.

　　"실명에 가까운 내 시력 = 하나의 관점"°

이탈리아어로 글쓰기를 시작하고 내 선택을 해명해야 할 필요를 느낀 뒤로 줄곧 찾고 있던 해답이 바로 이것이었다. 로마노의 간명한 진술은 마치 공식이나 정리定理처럼 제시되어 있다. 명확하고 완전하게 볼 수 없기에 다른 식으로 세계

° 　　Lalla Romano, *Diario Ultimo*, p. 16.

를 조명할 수 있다는 사실을 나에게 인식시키고 납득시킨다. 멀리서도 여전히 사물의 핵심을 꿰뚫을 수 있는 것이다.

"실명은 내 사유를 방해하지 않는다. 도리어 나에게 자극을 준다"°라는 로마노의 말에 나도 동의한다. 나 역시도 "내가 쓰는 글이 보이지 않는다."°° 『이 작은 책…』에서 설명했듯이, 나는 아직 내가 이탈리아어로 쓴 글을 평가할 능력이 부족하고, 그러니 여전히 얼마쯤은 결과물을 못 보는 처지다. 하지만 앞을 못 보기에 신경이 더 예리하고 더 기민해졌다. 어느 하나 쉬운 일이 없었고, 반드시 내 몫의 대가를 치러야 했다. "여백에서 가능성을 찾는다"°°°라는 로마노의 말뜻을 나는 이해한다.

역설적이게도 나는 영어에 있어서도 내 눈이 어둡다고 생각한다. 다만 이번에는 순서가 거꾸로일 뿐이다. 어떤 언어에 대한 익숙함, 능통함, 용이함이 다른 형태의 실명을 부여하기도 한다. 쉽게 안심하고, 그러다 보니 더 수동적이고 나태해지기까지 한다. 영어로는 이탈리아어처럼 신경을 곤두세워 거의 매 단어를 점검하고 재확인해야 한다는 부담감 없이도 글을 쓸 수 있으니까.

한 가지 짚어둘 점이 있다. 로마노의 실명이 일종의 신체적 고통이었던 데 비해 나의 실명은 비유적인 조건이라는 것

° *ibid.,* p. 69.
°° *ibid.,* p. 106.
°°° *ibid.,* p. 122.

이다. 어디까지나 창의적인 놀이와 특권의 영역에 머물러 있다. 그의 쇠약은 갈수록 악화되었지만, 나는 시간이 흐르고 경험이 쌓이면서 더 분명히 볼 수 있게 되었다.

처음 이탈리아어로 글을 쓰기 시작했을 때 나는 내 축소된 시지각이 미친 영향을 감추고 싶지 않았다. 지나치게 텍스트를 매끈하게 다듬어서 내가 보지 못한 것이 보이는 것 같은 환상을 독자에게 심어주고 싶지 않았다. 그게 목표였다면 아마 계속해서 영어로 글을 썼을 것이다. 나의 제한된 이탈리아어에 짜증이 이는 독자들이 있다는 점은 알고 있었다. 언어 구사력이 불완전한 누군가의 말을 듣고 있으면 답답해지기도 한다. 왜 이탈리아어냐고? 다른 눈을 키워보려고, 취약함을 실험해보려고.

* * *

마지막 은유는 2006년에 출간된 엘레나 페란테의 세 번째 소설 『잃어버린 사랑』●을 읽다가 발견한 단어다. 페란테는 내가 이탈리아로 이주하기 전에 처음 이탈리아어 원서로 읽고 제대로 이해할 수 있었던 작가 중 한 사람이다. 당시에는 이탈리아 밖에서 그의 책을 읽거나 이름을 들어본 사람이 극히 드물었다. 나는 그의 솔직하고 힘 있는 목소리, 그가 다루는 불

● 　국내에는 2019년 번역본이 출간되었다.

편한 주제들, 여성 캐릭터들에 매료되었다. 그의 인상적인 어휘를 흠모했고, 덕분에 내 어휘도 발전하게 되기를 바랐다.

『잃어버린 사랑』을 읽으면서 밑줄 그은 단어 가운데 하나는 '접목'을 뜻하는 'innesto'였다. 이 단편은 두 딸과 복잡한 갈등 관계에 놓인 엄마가 주인공이다. 그는 한때 딸들을 버리고 떠났다 돌아온 이력이 있다. 딸에게 있는 못마땅한 기질, 딸들과 자기 사이에서 감지되는 유전적인 편차가 이 엄마의 마음을 심란하게 만든다. 페란테는 이렇게 적는다.

두 딸들에게서 내가 스스로 나의 장점이라고 생각하는 면들을 확인할 때조차 나는 뭔가 틀어졌다는 느낌이 들었다. 딸들은 그 장점을 제대로 활용할 줄 모르는 것 같았다. 나의 가장 빼어난 자질이 그 애들의 몸에서는 결국 잘못 접목된, 우스꽝스러운 흉내에 그치고 말았다는 생각에 화가 나고 창피하기도 했다.°

본문을 읽으면서 'innesto'의 의미를 짐작했지만 그래도 사전을 찾아보았다. 영어의 'graft'는 아는 단어였다. 하지만 그에 상응하는 이탈리아어는 모르고 있었다. 페란테의 소설에서 발견하지 않았다면 아마 이 단어가 그렇게 인상에 깊이 남지 않았을 것이다. 페란테는 성공적인 접목이 아니라 잘못된 접목, 불완전한 접합, 실패한 것에 대해 이야기한다. 이것

° 　본문은 앤 골드스타인의 영역본을 참조했다.

이 『이 작은 책…』의 마지막 은유다. 내가 보기에는 이 은유가 가장 수용의 폭이 넓고 포괄적인 은유가 아닐까 한다.

접목의 개념을 부연하기 전에 이 단어의 정의와 함의를 더 자세히 살펴보고 싶다.

식물학 용어로서 접목은 번식법의 일종이며, 더 나은 열매나 새로운 품종을 얻어내는 방법이다. 접목은 뭔가 독창적인, 혼종의 것을 낳는다. 발달상의 결함을 바로잡는 방법으로—다시 말해, 생물종을 더 내성이 강하고 튼튼하게 개량하는 용도로—활용되기도 한다.

접목은 일종의 투입이다. 한 요소를 다른 요소 안에 집어넣는 행위다. 성공의 전제 조건은 작용하는 두 요소 간의 친화성이다. 여기에는 연결, 융합, 결합이 요구된다. 하나가 다른 하나에 접합되는 것이다.

접목은 이식이므로, 이동과 절단이 불가피하다. 완벽하게 성공한다면 신묘한 변화로 귀결된다.

심리적이고 정치적이며 창의적인 뉘앙스로 충만한 이 아름다운 단어야말로 나의 이탈리아어 실험을 제대로 나타내준다.

이탈리아어로 글을 쓰겠다는 나의 결정이 뜬금없어 보일 수도 있다. 사실은 그렇지 않다. 내 인생은 접목의 연쇄 안에 있다.

이민 가정의 자식으로서 나라는 존재 자체가 아슬아슬한 지리적·문화적 접목의 결실이다. 애초에 글쓰기를 시작할 때부터 나는 이 주제와 경험, 트라우마를 이야기해왔다. 그것이 내가 세계를 읽는 방식이다. 접목은 나를 설명하고 규정한다. 이탈리아어로 글을 쓰는 지금은 나 자신이 한 그루의 접목이 되었다.

지금 나는 작가로서 새로운 언어에 나를 접목하기 위해 노력 중이다. 나와 이탈리아어 사이에 간극이 있다는 것, 그리고 지금껏 글쓰기를 통해 그 간극을 메우는 작업을 해왔다는 것을 알고 있다.

페란테 소설 속의 고뇌하는 엄마처럼 나는 아직도 내 접목의 결실이 잘못될까 봐 두렵다.

하지만 언어는, 외국어조차도 너무나 친밀한 것이어서 간극에도 아랑곳없이 우리 내면으로 들어와 우리 몸과 영혼의 일부가 된다. 두뇌에 뿌리를 내리고 우리 입에서 흘러나온다. 그렇게 차츰 심장에 자리 잡는다. 내가 이뤄낸 접목이 내 안에 새로운 언어를 순환시키고 새로운 생각을 불어넣는다.

접목이라는 단어는 나를 전진하게 해주고, 한편으로는 나의 과거, 나의 시작점, 나의 궤적을 서술해준다. 이탈리아어를 탐색하는 새로운 여정을 설명하는 말이기도 하고, 영어로 쓴 예전 글들을 이해하는 실마리가 되기도 한다. 나는 주인공이 제 이름을 바꾸는 책을 영어로 썼다.[*] 나는 국적을 바꾸고 자기 현실을 변화시키는 인물들의 이야기를 줄곧 해왔다. 이국에서 온 낯선 사람이 새 언어를 배우고 새로운 사회의 유익한

● 　『이름 뒤에 숨은 사랑』을 가리킨다.

일원으로 융화될 때, 이 인물이 체현하는 것이 곧 '접목'이다.

'접목'은 보편적인 인간의 충동을 이해하는 데 유용한 개념이다. 우리 각자가 왜 무언가 다른 것, 조금 더 많은 것을 추구하는지, 그리고 그것을 어떻게 획득해나가는지 설명해준다. 우리는 사는 도시, 국적, 신체, 얼굴, 성별, 가족, 종교를 바꿀 수 있다. 접목이라는 방식으로 전보다 훨씬 쉽게 우리의 기원을 부인할 수 있다.

접목은 자연스러운 과정이지만 억지나 가짜라고 여겨지기도 한다. 접목을 겪거나 (스스로에게) 단행하는 사람들을 의심스럽게 보는 사람들도 있다.

한 사회와 문명이 전진하고 발전하려면, 자양분의 원천을 바꿔나가는 게 중요하다. 내 소설집 『그저 좋은 사람』•의 제언으로 쓴 너대니얼 호손의 문장을 인용하자면, "인간의 본성도 감자와 같아서 오랜 세월 한곳에 계속 심으면 땅이 메말라 번성하지 못할 터이다." 언어든 사람이든 나라든, 모든 것은 오직 타자와의 접촉, 친밀, 교류를 통해서만 새로워진다.

나는 이탈리아어가 내 언어가 아님을, 내 소유가 아니지만 내가 사랑하고 사용하는 제2의 언어임을 한시도 부인하지 않는다. 그러나 이렇게도 자문한다. 언어를 누가, 무슨 이유로 소유하는가? 문제는 혈통인가? 완벽한 구사력인가? 쓸모인가? 영향인가? 애착인가? 어떤 언어에 속한다는 건 결국 무

• 　원서의 표제작은 단편「길들지 않은 땅Unaccustomed Earth」이다.

슨 의미인가?

접목으로 생명을 구할 수도 있지만, 접목 과정의 초기 단계에서는 취약성이 특징인 만큼 불확실한 것투성이다. 잘 풀리지 않을 수도 있고, 결실이 보잘것없을 수도 있다. 늘 조마조마하다. 필요한 건 믿음과 인내를 갖는 것이다. 결과가 좋으리라는 희망을 품어야 한다. 시간이 지나면 새 나뭇가지가 자라나리라는 희망이 필요하다. 이를테면 나는 작가이자 한 개인으로서 새로운 품종의 나를 길러내려 애쓰는 중이다.

이탈리아어에 접목돼 있는 지금도 나는 걱정스럽다. 이 접합을 단단히 하기 위해 내가 할 수 있는 일이라면 무엇이든 해본다. 매일같이 사전을 찾고 공책에 새 단어를 적고 못 알아듣는 단어가 있으면 친구의 말을 끊는 일도 서슴지 않는 건 그런 까닭이다. 이탈리아와의 접촉이 끊어지는 걸 겁내는 것도 그런 까닭이다. 혹시라도 충분히 안정적으로 접목돼 있지 않으면 파열이 일어날까 봐 불안하다.

나는 내 안에서 진행되는, 이전의 삶과 현재의 삶이 융합하고 과거와 미래가 연접하는 과정을 계속 의식하고 있다. 옳든 그르든, 성공하든 실패하든 접목은 지속된다.

왜 이탈리아어냐고? 이렇게 요약하고 싶다. 문을 열려고, 다르게 보려고, 나 자신을 다른 존재에 접목해보려고.

2015년 로마

저자와의 협업으로 몰리 L. 오브라이언 옮김

통

도메니코 스타르노네의 『끈』 서문

담으려는 욕구와 풀어놓으려는 욕구, 이 두 가지가 도메니코 스타르노네의 소설 『끈』에서 상호작용하는 긍정과 부정의 상반된 충동들이다. '담다'라는 이탈리아어는 라틴어 동사 'continere'에서 나온 'contenere'다. 이 단어에는 '담는다'는 의미와 더불어 '억제하다, 억누르다, 제한하다, 저지하다' 등의 의미가 있다. 영어에서도 우리의 분노, 재미, 호기심을 담거나 억누른다고 표현할 때 동사 'contain'을 쓴다.

통桶은 그 안에 무언가가 담기도록 디자인되어 있다. 내용물이 없거나 내용물이 들어 있다는 점에서, 다시 말해 비어 있거나 차 있다는 점에서 이중의 정체성을 갖는다. 통에는 주로 소중한 것이 담긴다. 통은 우리의 비밀을 보관한다. 통은 우리를 안전하게 지켜주지만 가두거나 옭아맬 수도 있다. 이상적으로, 통은 혼란을 저지한다. 사물이 흩어져 사라지지 않도록 방지하게끔 생겨났다. 『끈』은 실제적 의미와 상징적 의미 모두에서 통으로 가득 찬 소설이다. 그런데도 소설 안에서 실종되는 것들이 있다.

『끈』에는 많은 인물이 등장하지 않는다. 4인 가족, 이웃 한 명, 끝까지 무대 밖에 남는 애인. 고양이, 경찰관, 모르는 사람 두엇. 그러나 다수의 무생물체가 등장하고 이것들 역시 이 소설의 연금술에서 결정적인 역할을 수행한다. 이를테면, 편지 묶음이 들어 있는 불룩한 봉투, 속이 빈 상자, 사진들, 사전, 신발 끈, 집. 이런 사물들이 갖가지 형태의 '담음enclosure'의 매개자를 나타내는 게 아니면 달리 무엇이겠는가. 봉투는 편지를 담고, 편지는 개인의 가장 사적인 생각을 담는다. 사진은 시간을 담고, 집은 가족을 담는다. 빈 상자에는 무엇이든 우리 마음대로 담을 수 있다. 사전은 단어를 담는다. 신발 끈—이탈리아어 원제인 'Lacci'의 직역이다—은 신발을 여미는 데 쓰이고, 다시 신발은 우리의 발을 담는다.

이 사물들이 차례차례 열리면서—봉투에 둘린 고무 밴드가 제거되면서, 신발 끈이 풀리면서—소설에 불이 붙는다. 판도라의 상자처럼 이 사물들 하나하나가 격심한 고통을, 좌절감과 치욕과 갈망과 질투와 시기와 분노의 고삐를 풀어놓는다.

판도라의 신화가 『끈』의 모티프라면, '차이니즈 박스'는 저변의 메커니즘, 즉 형태를 이룬다. 실제로 내가 보기에 이 소설의 전체 구조는 플롯의 요소들이 다음 요소 안에 차곡차곡

포개진 차이니즈 박스 세트와 닮아 있다. 구멍이나 틈새를 허용하지 않는 구조다. 세세한 요소 하나까지 작가의 시선을 비켜 가지 못한다. 알도와 반다—빠르게 흘러가는 이 이야기의 중심에 있는 부부—의 집처럼 모든 것이 깔끔하게 정돈되어 있다.

빈틈없는 구조임에도 이것은 정반대의 효과를 자아낸다. 화산처럼 분출한 에너지가 지면 곳곳을 순환하며 흘러넘친다. 이 소설은 우리가 신성시하는 것들을 부서뜨릴 듯 위협하는 통제 불능의 추접한 충동들을 직시한다. 사실상—사회, 가족, 이념, 정신, 신체의—구조가 허물어질 때 무슨 일이 벌어지는가에 관한 이야기다. 어차피 원망하고 기피하고 결국 해체하고 말 바에야 왜 구태여 구조를 창조하느냐고 우리에게 묻는다. 이것은 질서를 추구하는 집단적이고 원초적인 욕구에 관한 이야기면서 그것 못지않게 원초적인, 밀폐된 공간에 대한 우리의 공포를 다루는 이야기다.

물론 차이니즈 박스는 이야기 속에 또 다른 이야기가 교묘하게 들어 있는 안정된 내러티브 장치다. 토마시 디 람페두사의 단편소설 「사이렌The Siren」, 메리 셸리의 『프랑켄슈타인』이 이 장치를 차용한 작품들이다. 『끈』에서 이 장치는 기발한 방식으로 활용된다. 이 소설은 한 편이면서 또한 여러 편으로 쪼개져 있다. 플롯의 요소들이 정확한 배열로 서로 조응하면서 또한 제각각 단절되어 있다. 이 소설을 세 개의 면으로 구성된 세폭제단화로 풀이하는 사람도 있을 텐데, 내 생각에는 무한

한 열림과 닫힘, 끝없이 계속되는 게임을 암시한다는 점에서 여전히 차이니즈 박스의 이미지에 더 부합하는 것 같다.

한 걸음 더 나아가 소설 자체를 내러티브를 담아내는 하나의 통이라고 생각해보자. 나는 처음에 이 이야기를 판도라의 상자라고, 다음에는 일련의 차이니즈 박스라고 말했는데, 이것은 사물이 나타났다 사라지며 우리를 미혹하는 마법사의 상자이기도 하다. 이야기가 이리저리 통통 튈 때마다 서사의 어조가 달라진다. 바로 앞에서 이 작품을 지극히 정돈된 소설이라고 상정했지만, 한편으로는 굉장히 뒤죽박죽인 이야기이기도 하다. 시점들의 경계가 뚜렷하다가도 흐릿해지고, 시간은 과거와 미래를 오락가락하며 팽창하기도 압축되기도 한다. 서사의 전개는 직선 궤도로 진행되는데, 그러면서 또한 우회적이다. 전체적으로 논리정연하지만 전형성을 벗어던진 예측 불허의 인상을 준다.

스타르노네는 끊임없이 상자 안과 밖을 넘나들며 금방 한쪽에 순응하다가 또 금방 빠져나가는 재주로 천재성을 발휘한다. 작품에 그토록 균형감과 힘이 실리는 건 이런 양면적인 착시 덕분이다. 플롯의 짜임이 완벽하고 아무런 아쉬움을 남기지 않지만, 이 소설에는 형식적인 결말이 빠져 있다. 우리는 이야기의 끝을 알 수가 없다. 명백하게 다음에 이어질 장면들이 있고, 항상 열어야 할 상자들이 남아 있다. 피날레가 잘려나갔으니 우리의 긴장감도 거둬지지 않는다. 최고의 솜씨를 지닌 작가이기에 부릴 수 있는 고난도의 마술이다.

마법사의 상자라는 은유는 『끈』에서 반복되는 중심 주제인 기만과 배신의 테마로 우리를 안내한다. 익명의 사기꾼이나 바람둥이 남편에게 속든, 마음의 착각이나 운명의 변덕에 속든, 등장인물들은 반복적으로 속임수, 눈가림, 농간, 거짓말에 넘어간다. 이 소설에서 불륜은 육체적 일탈과 도덕적 일탈, 다시 말해 가정의 테두리를 벗어나는 것과 부부간의 유대를 깨뜨리는 것, 둘 다를 의미한다. 물론 부부의 유대를 깨뜨리는 행위에 이미 한 울타리에서 다른 울타리로 넘어가는 행동이 수반되기는 하겠지만.

스타르노네는 아무리 단단한 벽과 든든한 구조물을 찾아내 주위에 쌓아 올려봤자 안심할 수 있는 곳은 어디에도 없다고 말하려는 것 같다. 담겨 있는 통을 배신하는 것, 기어이 쏟아져 나오는 것이 인생이라고. 이런 태도에서 체사레 파베세가 연상된다. 단편소설 「자살Suicidi」에서 파베세는 말한다. "인생은 온통 배신이다La vita è tutto un tradimento." 다시 말해 시간이 우리를 배신하고, 우리가 아는 사람과 모르는 사람이 우리를 배신하고, 삶과 노화와 마침내 죽음으로 우리 자신이 우리를 배신한다. 스타르노네는 파베세의 시각을 복잡하게 뒤얽는다. 어찌 보면 풀어 헤친다고도 할 수 있겠다. 『끈』은 배신 자체보다는 되풀이해서 다시 수면에 떠오르는 고통을 이야기한다. 경험과 감정과 기억을 정돈하려 부단히 애를 쓴다해도 그것들은 치워지지도 감춰지지도 눌리지도 정리되지도 않는다. 적절하게도 어느 대목에서인가 꿈이—지워지지 않는 풍부한 이미지로—등장한다. 꿈이란 우리 정신의 요동치는 성분을 억누르기도, 자유로이 풀어놓기도 하니까.

이 소설에는 복합적인 주제들이 밀도 높게 겹겹이 포개져 있다. 노년과 세월과 쇠약과 고독을 사색하고, 경제적·유전적·정서적 유산 같은 여러 형태의 유산에 관해 반추한다. 결혼과 출산과 양육에 관한 이야기면서 또한 사랑에 관한 이야기이기도 하다. '사랑'은 『끈』에서 결정적인 단어다. 질문과 재정의와 회피와 간직과 비방의 대상이 되는 말이다. 극중 한 장면에서 중심인물 반다가 이런 말을 한다. 사랑은 "우리가 모든 걸 집어넣어두는 통"일 뿐이라고. 사랑은 본질적으로 빈 그릇, 우리의 행위와 선택을 정당화하는 자리 표시자placeholder이다. 상처를 달래기도, 더 자주는, 상처를 입히기도 한다.

휘몰아치는 전개와 음울한 상상에도 불구하고 『끈』의 손끝은 자유와 그것의 필연적인 귀결인 행복을 충실하게 가리킨다. 미덕이나 특권의 위치에 놓이든 범죄로 취급받든, 이 소설에서 자유와 행복은 별개가 아닌 한 몸이다. 말하자면 길들여지기를 거부하는 야성의 상태, 구속되거나 억제되지 않는 상태와 동의어다. 자유와 행복의 대가를 응시하는 『끈』의 시선은 냉정하다. 무아경의 황홀과 분방한 도취 상태에 찬사와 비난을 함께 보낸다. 우리 자신을 타인과 연결할—바꿔 말하면 스스로 둘러친 경계 밖으로 나갈—때 행복이 얻어지는 경우도 더러 있지만, 궁극적으로 이 소설에서 행복은 인물들이 남몰래, 혼자서 경험하는 어떤 것이다.

판도라의 상자가 열리는 순간 악한 것들이 세상에 퍼져 나간다. 오직 희망만이 여전히 '담긴' 채로 상자 안에 남아 있다. 신랄함과 산란함을 던져주지만 여전히 『끈』은 희망이 담긴 소설이다. 빛을 흠씬 머금은, 엄청나게 다정한 순간들이 담겨 있다. 서정적이면서 유연하고 활기가 넘친다. 게다가 아주 익살맞다. 훌륭한 소설이다. 나에게는 이것만큼 희망적인 사실이 없다.

* * *

『끈』의 영어 번역자로서 나 역시 만만찮은 상자를 부숴 열어야만 했다. 이탈리아어라는 상자다. 나는 오랫동안 그 상자 안을 탐색하며 나라는 사람의 새로운 의미를 조립하려고 노력해왔다. 이탈리아어와의 관계는 내가 애지중지하는 신성한 그릇 안에서 배양되고 진화한다. 그것을 수호하려는, 오염시키지 않으려는 충동이 나를 이끌어왔다.

그러다 2014년 가을 이탈리아에서 출간된 『끈』을 읽고 나는 이 책과 사랑에 빠졌다. 그 전까지는 이탈리아어로 쓰인 글을 영어로 번역해본 적이 없었다. 사실 나는 내가 이탈리아어에만 빠져 있다는, 그래서 나라는 사람의 가장 중요한 특징을 이루는 언어(영어)와 나라(미국)를 피해 즐거운 자발적 망명 상태에 몰두해 있다는 생각에 저항하고 있었다. 한데 이 소설의 충격이 나를 압도했고, 읽자마자 언젠가 번역하고 싶다는 욕망이 생겼다.

나는 알도에게 강하게 이입했다. 그이처럼 나도 도망쳤으니까. 내 경우에는 이탈리아로, 자유와 행복을 찾아 이탈리아어로 피신했다. 그곳에서 내가 원하는 것들을 찾아냈다. 그러다가 나도 알도처럼 환희로운 몇 해를 보낸 후, 모종의 불안감과 함께 귀환을 결심했다. 한때 나의 집이었던 도시, 내가 작정하고 벗어났던 언어가 나를 에워싸는 곳으로 다시 돌아왔다. 그러는 내내 나는 상심했다.

내가 미국으로 돌아온 다음 달, 『끈』이 브리지상Bridge Prize 소설 부문을 수상했다. 매해 영어로 번역될 현대 이탈리아 장편소설 또는 소설집 한 권과, 이탈리아어로 번역될 미국 소설 한 권을 선정해 수여하는 상이다. 나는 두 번째로 이 소설을 읽고, 처음보다 더 감동받으며 워싱턴 D.C.의 이탈리아 대사관이 주최한 간담회에서 저자와 작품 이야기를 나눴다. 간담회를 마치고 스타르노네가 나에게 이 작품을 번역할 의향이 있느냐고 물었다. 나는 그렇다고 답했다. 그리하여 내 인생에서 유난히 힘들었던 한 해를 이 소설이 나와 동행하게 되었다. 어쩌다 보니 이 책의 상당 부분은 내가 살면서 끌어모아온 모든 것을 상자들에 나눠 담아 이삿짐을 꾸리던 시기에 번역되었다.

소설은 어디까지나 동료 작가의 피조물이라는 점에서, 역자인 나는 통 바깥에 선 사람이다. 내가 아무것도 지어내지 않아도 된다는 점은 해방감을 준다. 하지만 이미 존재하는 원문에 매여 있으므로 더 큰 책임감을 자각한다. 아무것도 지어내지 않지만 모든 걸 제대로 이해해야 한다. 이미 한 언어로 아름답고 무성하게 자란 것을 다른 언어 안에 이식해야 하는 까다로운 과제가 주어진다.『끈』을 번역하기 위해 나는 이탈리아어, 내가 가장 사랑하게 된 이 언어와 의식적으로 거리를 두고 이 언어를 해체해 투명하게 만들어야만 했다.

스타르노네의 소설에서 인물들은 삶을 온전히 경험하기 위해 삶을 다시 읽어야 한다. 다시 읽고 다시 검토하고 다시 찾아가볼 때에야 비로소 사물이, 편지와 사진과 사전 속 낱말들이 이해된다. 번역도 그렇다. 몇 번이고 되돌아가서 텍스트의 의미를, 이 경우 겹겹으로 중첩된 의미를 건져 올리고 직감하는 공정을 거친다. 이 소설을 읽으면 읽을수록 나는 더 많은 것을 발견했다.

옮기면서 보니, 무질서한 상태를 의미하거나 묘사하는 이탈리아어의 어휘가 풍성한 것에 놀랐다. 나는 그 단어들의 목록을 만들었다. soqquadro뒤죽박죽, devastazione황폐, caos혼돈, disordine혼란. sfasciato박살나다, squinternato착란한, divelto뿌리 뽑힌, sfregiato훼손된. scempio붕괴, disastro재앙, buttare per aria엉클어뜨리다. 이 표현들은 반복해서 등장하는 지배적인 한 단어에서 파생된다. 'ordine질서(order).' 아니, 어쩌면 끊임없이 위협을 당하고 있는 쪽은 질서인지도 모른다. 재난을 뜻하는 말들이 그것을 집어삼키고 훼손하는 것인지도.

내 눈에 자주 포착된 또 하나의 단어는 'scontento불만족'다.

영어의 'unhappiness'와 뜻이 통하지만, 이것보다는 훨씬 강도 높은 못마땅함을 나타낸다. 이 말에는 좌절, 불만족, 실망, 불쾌감이 뒤섞여 있다. 아울러 어원이 다르더라도 소리나 형태가 유사하고 주제적 연관성이 높은 특정한 이탈리아어 동사들, 가령 'contenere담다, 억제하다'와 'contentare만족시키다'라든지 'allacciare묶다'와 'lasciare놔두다' 간의 상호 근접성도 곱씹어보지 않을 수 없었다.

앞서 말했듯이 이 소설의 이탈리아어 원제인 'Lacci'는 신발 끈이라는 뜻이다. 저자가 직접 선택한 삽화 덕분에 책 표지의 끈이 한눈에 보인다. 남자로 추정되는 인물이 양쪽 끈을 하나로 동여맨 신발을 신고 있다. 분명 그의 발을 걸어 넘어뜨릴 것처럼, 그의 발목을 붙잡고야 말 것처럼 매듭이 묶여 있다. 남자의 얼굴은 보이지 않는다. 사실 그의 몸도 거의 보이지 않는다. 그런데도 우리가 그 사람을 딱하게 보고 안타까워하는 동시에 약간의 실소를 머금게 되는 건 그가 벌써 엎어지고 있는 것처럼 보이기 때문이다.

한편으로 이탈리아어 'lacci'는 무언가에 고삐를 씌워 포획하는 수단이기도 하다. 육체적 연결과 속박의 장치, 두 가지 의미를 모두 내포한다. 영어로 이런 다중의 의미를 아우르는 단어는 'Ties끈'다. 보통의 신발 끈을 뜻하는 'Laces'로는 부족했을 것이다. 제목을 이렇게 정해놓고 보니, 흥미롭게도 이 소설에서 평형을 이루는 두 가지 상반된 행동, '풀다untie'와 '묶다unite'의 관계가 영어로도 전달되는 것 같다.

끈이 풀리면 무슨 일이 벌어질까? 이미 말했다시피, 이 소설 전체가 그야말로 묶기와 풀기, 정돈과 해체, 창조와 파괴의 연속이다. 칼 오베 크나우스고르는 "글쓰기는 창조보다 파괴에 관한 것"이라고 말했다. 이 말도 어느 정도는 진실이다. 그러나 특유의 구조 안에 담기지 않은 예술, 침범할 수 없는 고유한 형식이 잡아주지 않는 예술은 허망하다.

이탈리아어 번역가이자 내 미국인 친구인 마이클 무어는 오늘날 오염되지 않은 이탈리아어로 글을 쓰는 보기 드문 당대 이탈리아 작가의 한 사람으로 스타르노네—나폴리 출신으로 사투리를 쓰면서 자랐고, 다수의 이탈리아 작가들처럼 이탈리아어로 글쓰기를 배운 작가—를 꼽는다. 나의 이탈리아 작가 친구들도 명료하면서 섬세하고 박식한 스타르노네의 글에 환호한다. 나도 그들에게 공감한다. 스타르노네의 리듬과 어휘는 어떤 시류에서도 자유롭다. 그의 문체는 변화무쌍하다. 문장들은 간결할 때도 있고, 반대로 복잡하게 얽힌 구심적인 문장들 안에 교묘히 구절들을—구문적 차원의 차이니즈 박스들을—심어놓았다가 드러내기도 한다. 그의 문장을 옮기다 보면 그 짜임새를 해체해 영어로 자연스럽게 전달되도록 재구성해야 하는 경우도 적지 않다. 스타르노네의 글에는 고전이 암시된 구절, 정신분석학과 관련된 인용, 물리학 법칙 들이 산재해 있다. 스타르노네의 열세 번째 소설인 이 작품은 딱히 어느 한 범주나 장르로 설명되지 않는다. 기발한 추리소설이자 실수 연발의 코미디이고, 가족드라마면서 비극이기도 하다. 성혁명과 여성해방과 이성적·비이성적 충동에 대한 영리한 논평으로도 읽힌다. 완벽한 비율로 구성된 입방체처럼 빙그르 돌리면 또 다른 단면이 발견된다.

이 소설을 처음 대면했을 때 나를 우뚝 멈춰 세웠던, 다시 읽을 때마다 뭉클하게 만드는 대목이 있다. 홀로 서재에 있는 작가가 글을 쓰지 않고 책과 문서를 찬찬히 분류하고 있는 장면이다. 존재에 관한, 가장 본질적인 형태의 정체성에 관한 명상이 담긴 이 장면은 내 행동의 이면에서 나를 추동하는 힘이 무엇인지 이해하도록 도와준다. 흔적을 남기는 일, 우리 자신을 삶이란 것에 묶어놓으려는 부질없는 안간힘이 어떤 것인지 말해준다. 지속을 바라는 욕망에 내재된 결함을 적나라하게 들춰낸다.

글쓰기는 삶을 건져 올려 거기에 형태와 의미를 부여하는 방법이다. 우리가 감춘 것을 폭로하고, 우리가 간과하고 잘못 기억하고 부인한 것을 밝혀낸다. 포획하고 규정하는 수단이기도 하지만, 그 자체가 일종의 진실이자 해방이기도 하다.

상자들을 전부 펼칠 각오를 하고 읽는다면, 이 작품은 언어에 관한, 스토리텔링과 충족되지 않는 욕구에 관한 이야기일 것이다. 『끈』이 전하는 불안한 메시지는 인생의 무상함이랄지 세상 속 인간의 고독과 서로를 상처 입히는 부덕과 우리의 노화나 망각 같은 데에 있다기보다는 이 중 어느 것도, 설령 문학을 통한다 해도 정확히 포착할 수 없다는 사실에 있다. 통은 죽고 난 뒤 우리의 유해를 담는다는 점에서 많은 이가 처한 운명일지 모른다. 그러나 이 소설이 우리에게 상기하는 바, 서사는 고정되기를 거부하고, 이야기의 서술이 규정할 수 있는 것은 거기까지이다. 결국 가장 문제적인 통은 언어 그 자체다. 언어는 너무 많이 담고 동시에 너무 적게 담으니까.

이런 작품을 써주었을 뿐 아니라 나에게 번역을 맡겨준 도메니코 스타르노네에게 깊은 감사를 전한다. 4년 가까이 영어로 작업하지 않은 공백기를 보내고서 나는 『끈』과 함께 영어로 귀환했다. 이 프로젝트 덕에 상당 기간 방치되어 있던 내 영어 사전들, 오래된 동의어 사전을 다시 펼칠 용기를 냈다. 시작하기 전에는 이 작업 때문에 이탈리아어에서 멀어지지 않을까 두려웠지만, 오히려 정반대의 결과를 얻었다. 나는 지금 어느 때보다 더 이탈리아어와 결속된 느낌이다. 우연히 발견한 새로운 낱말, 새로운 관용구, 새로운 문구의 표현 들이 셀 수 없이 많다. 책을 번역하는 동안 미국에 있었는데도, 어찌 보면 나는 이 작업으로 로마에 더 가까워졌다. 로마는 이 책과 처음 만날 당시 내가 살았던 도시이고, 이 이야기 대부분의 무대가 되는 도시이다. 내가 언제까지고 행복하게 귀환할 도시인 로마에서 이 번역 원고를 퇴고하고 끝마쳤으며, 지금 이 서문을 쓰고 있다.

도메니코 스타르노네가 이 작품에서 이뤄낸 바에 대한 나의 경애심을 이런 단상들로는 도저히 담아낼 수 없을 것이다. 생각을 더 정돈하고 싶은 마음도 없지 않지만, 내가 진정하고 싶은 말은 이것뿐이다. 그의 책을 펼치시라. 읽고 또 읽으시라. 이 뛰어난 작가의 낱말들과 목소리와 절묘한 필력을 발견해보시라.

2016년 로마

병치

도메니코 스타르노네의 『트릭』 서문

이탈리아어로 "트릭 오어 트릿trick or treat(사탕 줄래, 골탕 먹을
래)"은 순서만 뒤집어 "돌체토 오 스케르체토dolcetto o scherzetto"
라 한다. 그대로 옮기면 "트릿 오어 트릭"이다. 어둠이 짙어지
는 계절에 변장한 아이들이 달콤한 군것질거리를 얻으러 컴
컴한 낯선 집 문간에 찾아와 외치는 짓궂은 말. 미국에서 만
들어진 이 말은 간청이면서 명령이고, 명랑하면서도 위협조
다. 핼러윈에 어린아이가 "트릭 오어 트릿!"이라 외칠 때, 거
기에 동조해줄지 대가를 감수할지는 어른의 선택이다.

핼러윈데이가 이탈리아에서는 별로 주목받지 못하고 작
품과 무관한데도, 도메니코 스타르노네의 열네 번째 소설
『스케르체토Scherzetto』의 영문 제목을 『트릭Trick』으로 정한
것은 그런 이유 때문이었다. 하지만 소설의 핵심 장면에서
'scherzetto'를 번역할 때는 'trick'이라는 단어로 충분히 의미

가 전달되지 않았다. 그래서 찾은 즉흥적인 해법이 'gotcha잡았다!'라는 표현이었고, 번역 초고를 마친 뒤, 이 말에 상응하는 이탈리아어 표현(ti bo beccato)이 'scherzetto'와 비슷한 느낌인지 스타르노네에게 질문했다. 그는 그렇진 않다, 라며 이 말은 '나가서 놀자, 좀 즐겨보자'라는 제안에 가깝다고 답해주었다.

여기서 핵심은 '좀a little'이라는 단어다. 'scherzetto'는 명사 'scherzo못된 장난'의 지소사指小辭이고, 이 명사는 주로 '농담하다, 장난하다'를 뜻하는 동사 'scherzare'에서 파생되었다. 이탈리아어로 재치 있게 "스케르치Scherzi" 하고 말하면, '농담이겠지'라는 뜻이다. 음악가들에게 익숙한 표현으로는 곡 안에서 익살맞게 연주되며 생기 있는 부분을 가리키는 '스케르초scherzo'가 있다. 장난trick, 우스개joke, 아이kid, 농담kidding, 놀이play, 이 낱말들 사이에 빠르게 형성되는 연상의 연결망에 주목하자.

『트릭』은 지극히 재기 발랄한 소설이다. 어린아이가 등장하고, 아이를 다루는 일, 아이를 낳는 일, 아이 같은 장난질이 나오는 이야기다. 제 꾀에 넘어가는 게 어떤 기분인지도 들려준다. 어떻게 보면 이 소설의 진짜 주인공은 사람이 아니라 카드놀이의 조커다. 트럼프 카드의 만능 패, 어릿광대, 익살꾼. 변신이 가능하고 다른 패를 대체할 수 있는, 미국에서 탄생한 카드. 이탈리아어로 조커를 뜻하는 말이 'scherzo'와 관계있지 않을까 생각할 수도 있다. 의외로 이탈리아어에서는 조커를 '졸리jolly(즐거운)'라 한다. 영어 형용사가 이탈리아어 명사가 된 것인데, 초창기 이 카드를 'jolly joker'라는 외래어로 부른 데서 비롯한 표현이다.

빌리기, 베끼기, 변환하기, 대체하기, 혼합하기. 『트릭』은 이런 식의 병치를 계속 이어나가며 벌어지는 창과 방패의 접전이다. 판이하게 다른 두 편의 허구가 극 안에서 대치하고 논박하고 상호 침투하는 이야기다. 작품의 무대는 나폴리, 얼마 전 헨리 제임스의 단편소설 「밝은 모퉁이 집」의 이탈리아어판 고급 장정본의 삽화 작업을 의뢰받은 연로한 삽화가가 등장한다. 1908년에 출간된 이 유명한 유령 이야기는 뉴욕을 배경으로 한다. 작가인 헨리 제임스는 미국인이지만 생애 대부분을 유럽에서 보냈다. 현존하는 이탈리아 최고의 작가라 불릴 만한 스타르노네는 이탈리아 출신이면서 꽤 오랜 시간을 헨리 제임스의 책과 더불어 보냈다.

『트릭』은 연중 가장 어두운 11월의 단 나흘간 벌어지는 사건을 중심으로 전개된다. 유령, 울부짖는 바람, 복도에 출몰하는 형상 같은 고딕적 요소들이 곳곳에 뿌려져 있다. 밤중에 물건들이 쿵쿵거리고, 썩 친절해 보이지 않는 사람들이 초인종을 누른다. 실족과 추락에 대한 공포, 실패에 대한 공포, 질병에 대한 공포, 혼령과 마주치는 공포, 죽음을 대면하는 공포가 어른거린다. 어쩌면 이 이야기는 실제로 핼러윈과 통하는 부분이 있는지도 모른다. 깜박거리는 핼러윈 호박 등이 불빛과 공포를 동시에 발산하듯, 작품 전체가 빛과 어둠의 변증법으로 읽히기도 한다.

『트릭』은 우리를 히죽이게 하고 때로는 낄낄거리게도 하지만, 축축한 냉기가 감돌듯 불안감을 조성하기도 한다. 꺼림칙함의 상당 부분은 네 살배기 손자 마리오를 향한 화자의 양가적 태도에서 비롯된다. 둘의 관계는 애정과 적대감, 결속과 앙심 사이를 시계추처럼 오락가락한다. 수술 후 원기 부족에 시달리는 칠십대 할아버지와 달리 마리오는 엄청난 민첩성과 잠재력과 생기의 화신이다. 이 소설의 저변에 깔린 주제가 진화이다 보니, 그야말로 적자생존 게임이다. 이 소설을 가정 버전의 『파리대왕』으로, 나폴리의 아파트를 섬으로, 그 파장 하나하나를 야만으로 해석하는 사람도 있을 것이다. 할아버지와 손자가 같이 고립돼 있고, 제각각 싸움을 치른다. 두 사람 다 기본적으로 성인 세계로부터 버림받은 처지다.

극의 전개는 할아버지 시점으로 서술된다. 그에게는 다니엘이라는 이름이 있지만, 거의 언급되지 않아 모르고 지나치기 쉽다. 반대로 스포트라이트를 받는 쪽은 손자 마리오다. 조숙하면서도 순진하고, 애물단지 같으면서도 연약한 아이다. 글도 모르고 시계를 볼 줄도 모르는데 저보다 일흔 살 많은 어른을 번번이 이겨먹는다. 다니엘은 아이를 걱정하고 보호하고 돌봐주고 있지만, 공격적이고 무심하고 심술궂은 기색도 역력하다. 할아버지를 흉내 내는 마리오의 충동은 가슴 찡한 면이 있고 일종의 아부라고 받아들일 법도 한데, (이탈리아어로 할아버지를 뜻하는) '논노nonno'라는 호칭에조차 발끈하는 철없는 노인은 아이의 저런 행동을 패배로 해석한다. 이 작품의 제언으로 어울릴 만한 헤라클레이토스의 문장이 있다. "시간은 체커를 가지고 놀이하는 아이, 통치권은 아이의 것이다."○●

마리오와 할아버지처럼 이 소설은 서술의 짜임도 옥신각신 승강이를 벌인다. 재치 있는 대화와 묵직한 사색이 교차하고, 속도감 있는 사건 전개와 극열한 내적 성찰이 교차한다. 이 소설의 어조는 둘로 갈라져 있다. 진지함과 실없음, 침울함과 경쾌함, 빈정거림과 절박한 울분이 공존한다. 이탈리아 작가 고프레도 포피는 이 작품이 "두 개의 다른 음역register"으로 쓰여 있다고 지적한다. 스토리 전개를 끌고 가는 것은 인물들 간의 대화다. 하지만 한 걸음 뒤로 물러나서 보면, 『트

○ "αἰὼν παῖς ἐστι παίζων, πεσσεύων·παιδὸς ἡ βασιληίη"(단편 B52). 이 문장을 영어로 옮겨준 바버라 그라치오시에게 감사를 표한다. 다른 버전인 윌리엄 R. 딘지의 영문 번역을 소개한다. "Life is a child at play, a game of checkers; the throne belongs to the child인생은 체커를 두며 노는 아이, 왕국은 아이의 것이다." 딘지는 이렇게 덧붙인다. "'παῖς παίζων'의 어원의 연결 고리를 살릴 수 있다면—문자 그대로, 'child child-ing, a child being a child아이와 아이임, 아이 상태인 아이'처럼—좋겠지만, 해법이 마땅치 않다." 그는 또 말한다. "일반적으로 αἰών는 일평생, 인간의 일생 또는 오랜 세월을 의미한다. 한 시기, 시대epoch, 여기서 파생된 말이 'eon'이다, 더 길게는 영원을 가리키기도 한다. 나는 이것을 살아 있는 기간으로서의 '인생life'으로 (생명현상의 측면을 강조하는 'bios, zoë' 같은 표현이나 더 불특정한 시간을 나타내는 'chronos'와 구별하는 의미로) 번역했다."

● 우리말로는 "인생은 장기를 두면서 노는 아이, 왕국은 아이의 것이니"라는 번역이 일반적이다. 그러나 여기서는 저자인 라히리가 소개하는 영어 번역을 기준으로 옮긴다.

릭』과 「밝은 모퉁이 집」 사이에 강한 메타픽션적인 교류를 발견할 수 있다. 아울러 뉴욕과 나폴리, 제임스와 스타르노네, 언어와 이미지, 과거와 현재 간의 더욱 포괄적인 유비類比들이 차례로 발견된다.

이 작품은 망자와의 소통이 예술에서 얼마나 큰 부분을 차지하는가를 우리에게 환기한다. 『트릭』이 「밝은 모퉁이 집」과—영혼이 통한다고까지 말할 수 있을 정도로—닮았다는 사실에는 이론의 여지가 없다. 두 작품 모두 유사, 복제, 분신, 상호 교환성 등의 개념에 천착한다는 점은 예상하는 대로다. 스타르노네가 독자적으로 구축한 놀라운 근친성이 첫눈에도 직설적으로 드러난다. 간단히 말해서, 두 작품 모두 출신지로 돌아오는 자의 공포를 다루고 있다. 하지만 글을 자세히 읽어보면—이렇게 해보기를 강력히 추천한다—무수히 많은 미묘한 접점들이 모습을 드러낸다. 반향과 단서와 자기들만 아는 농담 같은 것들. 물론 『트릭』의 본문에 제임스의 글이 고스란히 끼워져 있을 리 없고, 제임스의 책을 펼쳐보지 않고도 스타르노네의 소설을 이해하는 데는 무리가 없다. 다만 애석한 일이긴 할 것이다.

『트릭』은 「밝은 모퉁이 집」의 주제를 능숙하게 변주할 뿐 아니라 제임스의 작품 세계와 주제 의식을 두루 되살려낸다. 『워싱턴 스퀘어』(두 작품 모두 부녀간의 팽팽한 긴장 관계, 문제 있는 사위 캐릭터가 그려진다), 『나사의 회전』(제임스의 가장 유명한 유령 이야기, 심신이 지친 상태로 조숙한 아이와 단둘이 남겨진 어른이 등장한다), 「진짜」(삽화가가 일인칭 화자인 이야기, 현실과 재현의 이분법을 파고든다), 「융단 속의 무늬」(사별한 남편, 부인이 감춘 비밀에 관한 이야기) 등을 나로서는 떠올리지 않을 수 없었다.

그렇지만 제임스와의 동종성이 정점에 이르는 건 『트릭』의 부록에 실린 예술가의 삽화 일기에서다. 일종의 자유연상 기법으로 본문과 다른 어조를 구사하는 이 글 안에, 중심 플롯에 붙이는 주해와 이야기의 핵심이 응축되어 있다. 부록은 기어를 후진으로 놓고, 소설의 사건이 시작되기 몇 주 전 기록으로 거슬러 올라간다. 여백을 빼곡하게 채운 그림들이 글자를 강조하기도, 밀어내기도 한다. 부록은 그야말로 이야기에서 잘라낸 장기臟器인 만큼 겉보기에는 지엽적인 것 같아도 사실은 우리가 작품을 이해하는 데 핵심적인 역할을 한다. 본문에 대한 상세한 해설도 해설이지만, 이탈리아어로 번역한 제임스의 문장들을 사이사이에 절묘하게 이어 붙인 솜씨가 빛을 발한다. 스타르노네와 제임스가 각자 별개의 작품을 쓴 독립적인 작가라는 점은 달라지지 않는다. 그러나 그 자체로 혼종적 글쓰기를 보여주는 이 부록에서 그들은 하나로 융화된다. 『트릭』은 단순히 제임스에게 바치는 오마주가 아니라, 주제와 언어 양 측면에서 통합하고 차용하고 접목하려는 의지에 찬 행위다.

이탈리아가 미국 문학에 열광하기 시작한 것은 대략 스타르노네가 태어난 1943년 언저리이고, 파시즘의 몰락과도 때를 같이한다. 엘리오 비토리니가 엮은 문학선집 『아메리카나

Americana』에 거의 무명에 가까운 미국 작가 33인의 글이 최초로 번역되었는데, 제임스도 그중 한 사람이었다. 1941년에 출간된 이 선집은 전후 이탈리아 문단에 막대한 영향을 끼쳤다. 비토리니는 헤밍웨이를 극찬했고, 잘 알려진 대로 체사레 파베세는『모비 딕』을 번역했다. 이 작가들은 미국 문학을 사랑한 데서 그치지 않고, 미국 문학에 동질감을 느끼며 거기에서 희망과 활력을 얻었다.『아메리카나』이후 70여 년이 흐른 뒤, 스타르노네는『트릭』을 통해 이 애정을 새로운 경지로 끌어올리고, 이탈리아 작가로서 미국 작가에게 느끼는 동질감을 글로 구현해낸다.

제임스라는 분명한 준거점 외에도 이 작품과 관련해서 언급하지 않을 수 없는 중요한 문인이 한 사람 더 있다. 카프카.『트릭』은 카프카적 상상의 핵심 주제와 집착을 탐색한다. 하나는 당연히 몸에 대한 강박, 신체적 부자유와 나약함과 질병에 대한 강박이다. 아침에 침대에서 일어나려는 노인의 분투가 희비극적으로 묘사된『트릭』의 첫 장면에서 나는 변신 직후 그레고르 잠자가 처한 곤경이 떠올랐다. 지칠 줄 모르는 마리오의 체력—아이는 늘 뛰거나 돌아다니거나 뭔가를 하고 있다—은 다니엘이 느끼는 쇠약감과 답답함을 증폭시킬 뿐이다. 둘 사이의 마찰은 대부분 두 몸, 작고 힘센 몸과 크고 허약한 몸의 대비로 요약될 수 있다.

카프카도『트릭』의 화자처럼 아이에 대한 거부감이 심했다. 엘리아스 카네티에 따르면, "그러니 카프카가 아이들 앞에서 느낀 감정은 정말로 부러움이 맞지만, 예상 가능한 부러움과는 종류가 다른, 반감과 결부된 부러움이다."°『트릭』은 부러움을 퍽 많이 다룬다. 세대 간의 부러움, 직업과 관련한 부러움, 성적인 부러움까지. 『트릭』의 화자처럼 카프카도 자신의 아버지를 싫어했다. 『트릭』의 압축적이고 난해한 부록은 『카프카의 일기』의 감수성, 관찰과 이야기 서사의 파격적 융합을 상기시킨다. 마지막으로 『트릭』과 카프카가 공유하는, 또 그런 면에서 제임스와도 공유하는 점은 물리적 공간과의 긴장 관계, 그리고 바깥 공기에 대한 잦은 갈등이다. 『트릭』의 사건은 주로 실내 공간이나 문간에서 벌어진다. 빛과 그림자의 줄다리기처럼 안과 밖의 긴장이 계속 이어진다. 하지만 이 작품에서 가장 인상적인 장면의 무대는 발코니다. 허공에 떠 있는 노대露臺, 공간 자체를 가지고 노는 공간.

『트릭』에서 발코니는 위험과 도피의 현장이자 자유와 망명의 장소다. 가족과 혈통에 대한 거부이면서 또한 바로 그 혈통의 악취를 풍기는 곳이다. 거기에 선 사람은 멀리, 저 너머를 투시할 수 있다. 발코니는 젊음, 명예, 관계, 인생 그 자체 등 모든 것이 처한 위태로운 상태를 표상한다. 어떤 것이든 당장이라도 끊어져 곤두박이칠 수 있다. 이런 실존적 불안이 역설적으로 이 작품을 떠받치는 공기층이다. 허공은 공허와 죽음을 표상하지만, 창조의 공간이기도 하다. 안전한 기반

○   Elias Canetti, *Kafka's Other Trial: The Letters to Felice*, p. 36.

을 외면하고 무에서 창조를 이뤄내는 예술가의 서식지이기 때문이다.

이 작품에는 예술가가 된다는 것, 영감의 작동 방식과 미스터리를 들려주는 비범한 구절들이 나온다. 작업이 정체되고 번민에 시달리는 예술가가 자기 작품에 의심을 품기 시작할 때 무슨 일이 벌어지는지 묘사되어 있다. 예술 창작은 큰 판돈이 걸린 예술가의 게임이며 일종의 놀이다. 스타르노네의 놀이 상대는 제임스인데, 그가 칼비노와 나란히 자신의 문학적 조상으로 자주 호명하는 작가인 카프카도 놀이에 불러들인다. 칼비노는 자기의 독자와 등장인물들, 장르, 서사의 본질을 상대로도 활기차게 놀이를 벌였던 작가이고, 그건 피란델로, 스베보, 나보코프도 마찬가지였다. 스타르노네도 이 팀의 일원이다.

스타르노네를 주의 깊게 읽는 독자라면 더 거슬러 올라가 그의 전작들에서도 상호작용의 흔적을 찾아낼 것이다. 『공포Spavento』(질병에 관한 이야기), 『제미토가街Via Gemito』(나폴리에서 보낸 어린 시절, 끔찍했던 아버지를 향한 증오를 다룬 이야기), 『끈』(자신을 규정하는 일, 노화, 세대 간의 유대에 관한 이야기), 이 세 작품과의 연관성은 특히 명백해 보인다. 『트릭』은 이 작품군과 맥이 닿아 있되, 창의적 시도가 두드러진 독자적인 유기체다. 물론 이것은 나의 추측일 따름이다. 스타르노네는 자기 손안의 패를 적당히 감출 줄 아는 작가니까.

스타르노네가 반복적으로 모색하는 기본 주제는 정체성

이다. 우리는 누구이며, 어디서 무엇에서 비롯되고, 왜 이런 모습이 되는 걸까? 『트릭』에서는 유전, 짝짓기의 결과, 대물림되는 것과 틈새로 빠져나가는 것들을 전작보다 더 간명하게 고찰하고 있다. 스타르노네에게 정체성이란 결코 단일하지 않고 복합적인 것, 결코 고정되지 않고 항상 유동적인 것이다. 정체성의 형성에는 선택, 조합, 우연, 전략, 위험 요소가 개입한다. 그런 맥락에서 『트릭』은 트럼프 카드를 주된 은유로 삼는다. 거기에서 '패'를 버리는 행동, 말하자면 우리 자신, 우리의 미래를 조형하기 위해 가능성을 회피하고 외면하고 선택지를 잘라버리는 행동들이 양산된다. 자연히 이 작품이 특별히 주목하는 시기는 청소년기다. 아이의 몸에 격렬한 반응과 확장과 변화가 일어나는 단계, 이 국면을 지나면 우리는 각자의 길을 선택하고 어른이 되기를 요구받는다. 예견되는 게임의 판도와 실제 주어진 패로 플레이할 때의 결과, 이 둘의 긴장을 소설은 정면으로 응시한다. 과연 그는 어떤 사람이 될 수 있었을까, 결국 일은 어떻게 흘러갔을까. 이런 가설(이탈리아어 문법과 이탈리아인의 의식에서 특히 중요한 가정법 구문)이 마지막까지 이야기의 주위를 유령처럼 맴돈다. 「밝은 모퉁이 집」의 스펜서 브라이든처럼 『트릭』의 주인공을 괴롭히는 것은 현재 자신의 모습이라기보다 자신이 가지 않은 길, 이른바 제임스가 "오래전 포기한 모든 좌절된 가능성들"이라고 말하는 것들이다.

이탈리아어로 'scherzetto'에는 '자잘한 작업이나 글'이라는 뜻도 있다. 하지만 이 소설에는 정말로 덩치가 작은 아이, 마리오를 제외하고는 자잘한 것이 하나도 없다. 『트릭』은 어린이를 위한 이야기도 아니고, 격려가 필요한 사람들을 위한 소설도 아니다. 이 안에는 우리 대부분이 허둥지둥 사느라 그냥 지나치고 싶어 하는 세세한 사항들이 깨알 같은 글씨로 적혀 있다. 유년기는 무서운 시기라고, 연애와 결혼도 그렇다고, 노년도 마찬가지라고 알려주는 경고의 문구들이다. 우리는 살면서 각자의 부모, 자식, 자기 손으로 한 선택, 자기 혈통을 향한 분노의 먹이가 된다. 게다가 우리의 본모습, 우리 눈에 보이는 것과 보이지 않는 것에 대한 두려움에서 도망칠 수도 없다.

나는 스타르노네의 이전 소설 『끈』을 번역하고 정확히 1년 뒤에 『트릭』을 번역했다. 어떤 의미로는 순조로운 출발이었다. 작가의 보폭이나 무의식적 습관과 집착에 익숙해져 있었으니까. 하지만 『트릭』은 더 까다로운trickier 작업이었다. 이 제목도 아직까지 불완전한 절충안이다. 게다가 이 소설 속의 나폴리 방언은 나로서는 낯선 영역이다. 방언의 사용은 작품의 어조가 띠는 음역의 이중성을 강조하고, 아울러 주인공 자신, 출생지, 과거와 주인공 간의 적대적 관계를 표현하는 장치다. 이 방언 중에 어떤 말들은 직감적으로 이해가 됐다. 그렇지 못한, 폭력적이고 외설스러운 말들은 친절하게도 저자가 직접 이탈리아어로 옮겨주었다.

정확하게 전달할 수 없는 말장난도 있었다. 예를 들어,

'schizzar via'• 같은 말을 어떻게 옮겨야 할까? 발코니를 묘사하는 대목에 나오는 표현인데, 밖으로 돌출된 캔틸레버••식 노대와 건물의 부실한 연결을 나타내는 말로 쓰이고 있다. 나는 이것을 "날아가버리는flying off"으로 옮겼다. 하지만 'schizzare'는 액체의 성질을 띠는 말이다. 마리오와 할아버지가 서로에게 "scherzetto"라고 말할 때 (비록 이 장면에서 스타르노네는 사촌 격인 'spruzzare뿌리다. 튀다'를 선택하지만) 둘 사이에 튀었던 물이 'schizzare'다. 그러니 이 말은 터져 나오고 쏟아지는 액체를 가리킨다. 책의 첫 단락에서 우리는 이 작품의 주인공인 삽화가가 수술의 여파로 출혈을 일으키고, 수혈을 받았다는 얘기를 듣는다. 우연찮게도, 액체의 분출을 뜻하는 'schizzo'에는 그림, 스케치, 책의 초안이라는 의미도 담겨 있다.

딜레마이자 재미를 안겨준 또 다른 단어는 'trezziare'였다. 나폴리 방언에서만 쓰는 동사로 'tresette'라는 카드놀이 또는 판에서 이기는 숫자인 3을 찾을 기대에 패를 천천히 내보이는 행동을 가리킨다. 하지만 나폴리 문화에서는 이 말의 의미가 더 확장되는데, 가령 크리스마스를 손꼽아 기다리는 어린 아이처럼 무언가를 즐겁게 고대하는 기분을 묘사하는 데도 쓰인다. 이 작품의 무수한 주제들을 한데 엮어내는 그야말로 『트릭』에 맞춤한 단어다. 이탈리아어로는 의미의 진폭과 반

●   '돌진, 발산'을 뜻하는 동사와 '통로, 길'을 뜻하는 명사의 결합. schizzar는 '물이나 오줌 따위를 뿜다'라는 뜻도 있고, via는 '저쪽으로'라는 부사로도 쓰인다.
●●   한쪽 끝은 고정되고 다른 끝은 하중을 지탱하는 돌출형 구조물.

향을 천천히, 온전히 음미할 수 있다. 영어로 옮기면, 이런 언어적 복잡성이 우수수 빠져나가버린다.

번역은 수없이 많은 무서운 복도의 어둠 속을 더듬거리며 걸어가는 일이다. 나는 『트릭』의 주인공 삽화가에게서 실마리를 얻었다. 이 주인공이 부록에 적어놓은 말이 있다. "텍스트를 속속들이 이해하는 것이 제대로 된 작업의 첫걸음이다." 나도 이 말을 따랐다. 스타르노네만이 아니라 제임스까지 처음에는 영어로, 다음에는 이탈리아어 번역문으로 읽고 또 읽어나갔고, 그러다 보니 차츰 쳇바퀴 돌기가 끝나면서 삼각 구도가 만들어졌다. 번역은 바로 이 소설처럼 두 텍스트와 목소리들이 교차하는 작업이지만, 『트릭』을 제대로 번역하는 데에는 스타르노네와 제임스와 나, 세 명의 참가자가 필요했다.

『트릭』을 번역한 뒤 영문으로 「밝은 모퉁이 집」을 읽고 있으니 마치 거울 복도를 걷는 느낌이 들었다. 문장, 낱말, 이미지, 모티프 들이 형체를 알아볼 순 있지만 일그러진 모습으로 눈앞에 나타나 나를 놀래기 시작했다. 『트릭』을 주의 깊게 보는 독자에게는 보상이 돌아온다. 「밝은 모퉁이 집」이 그렇듯이 작품도 광학의 원리를 끌어와 보는 눈과 "나"의 긴장을 변주한다. 두 텍스트를 나란히 읽는 것은 하나가 다른 하나의 주해이자 분신으로 작용하는 부단한 상호 조명을 경험하는 것이다.

텍스트들을 왕복하면 할수록 나의 경이감은 점점 커졌다. 스타르노네는 훌륭한 화가가 색을 운용하듯 언어를 사용해 단순 평면에서 삼차원의 환상을 빚어낸다. 『트릭』의 열쇠 말들, 'scherzare농담하다, giocare놀이하다, buio어둠, rabbia분노, vuoto 공허', 이런 말들의 깊이를 헤아리느라 나는 여러 날을 보냈다. 이 낱말들을 게임판에 부려놓을 때, 스타르노네는 각각의 잠재력을 어떻게 끌어내서 풀어내야 하는지, 이 말들의 복잡한 존재론적 정체성을 어떻게 셔플해야 하는지, 요컨대 독보적인 플레이로 어떻게 판을 쥐락펴락하는지trezziare 정확히 알고 있다.

학자들과 평론가들은 앞으로 수년간 이 소설이 가진 다양한 층위와 연결 고리와 유사성을 탐색하는 재미를 맛보게 될 것이다. 역자로서 나도 내 몫의 재미를 누렸다. 지금 이 버전이 『트릭』의 첫 번째 영역본이 되겠지만, 이것은 나올 수 있었을 많은 번역본 가운데 하나일 뿐이다. 번역은 무엇보다 제거elimination의 과정이다. 문장 하나를 구축할 때마다 나는 수많은 가능성을 폐기해야 했다. 또한 번역은 본질적으로 기존 텍스트의 파생물이다. 뻔뻔하게 들리겠지만, 나는 스타르노네 문체의 영매靈媒가 된 양 그가 쓰는 것처럼 글을 쓰고, 어떻게든 그의 글을 영어로 복사해서 붙여 넣고 싶었다. 여기에도 모종의 트릭이 필요하다. 번역은 원문에 외국어 DNA를 집요하게 주입하고 대체 문법과 구문의 수혈을 요하는 수술적 요법으로 원문을 개조하는 작업이다. 텍스트들은 부인할 수 없는 세대 간 유대 관계로 맺어진다. 하나는 다른 하나에서 파생한 것이고, 따라서 별개일지라도 서로 연결돼 있다.

번역은 분신을 만들어 변환하는 행위이고, 그로 인한 변형은
완료 시점에도 어딘지 불안하고 숙고의 여지가 남는다. 스타
르노네의 원문이 이 번역의 모체인 점은 변함없다. 다만 영어
의 몸으로 변신하는 도중 어디쯤에선가 유령이 되기도 했을
터다.

2016년 프린스턴

에코 예찬

번역의 의미를 고찰하며

2016년 2월, 나는 프린스턴대학교의 문학 번역 세미나에 찾아온 수강생들을 반갑게 맞이했다. 강의를 하고 싶은 의욕도 컸지만, 강의를 통해 배우고 싶은 열의가 그보다 더 강했다. 그때 나는 공식적으로 나의 첫 번째 번역 작업인 도메니코 스타르노네의 『끈』과 대면을 앞둔 시점이었다. 나는 2014년에 출간된 이 작품을 이탈리아어로 읽고 사랑에 빠졌다.

『끈』을 번역하는 일은 내 인생의 변신을 모색하는 진행 과정의 일환이었다. 나는 2012년에 이탈리아어 실력을 키우려는 목적으로 로마로 이주했다. 이듬해 이탈리아어로 글을 쓰기 시작했고, 이 실험은 이탈리아어로 써서 2015년에 출간한 『이 작은 책은 언제나 나보다 크다』로 이어졌다. 용감한 모험가가 된 기분이었지만, 마음 한구석에서는 내가 번역을 외면함으로써 새로운 언어 습득과 참된 배움의 결정적인 중간 단계를 건너뛰었다는 느낌도 들었다.

로마에서 친구가 된 스타르노네로부터 『끈』의 번역을 제안받았을 때, 나는 열렬히, 동시에 불안한 마음으로 수락했다. 영어 글쓰기에서 이탈리아어 글쓰기로의 전환을 거치는 건 그렇다 치더라도 내 소설을 쓰는 작가에서 다른 사람의 글을 옮기는 번역가로 변신하는 건 전혀 다른 문제였다. 어떤 의미로는 이 두 번째 변신이 첫 번째보다 더 과격한 발상이 아닌가 싶었다. 여기에는 내가 이전까지 고려하지 않아도 되었던 책임감이 따랐다. 기술은 물론이고 나로서는 익숙지 않은 마음가짐까지 갖춰야 했다.

프린스턴에서 첫 번역 세미나를 계획하면서 나는 어떤 식으로 시작할지, 무슨 말로 대화의 서두를 열어야 할지 고민했다. 번역에 관한 에세이와 이론서라면 과거에 많이 읽었다. 발터 벤야민이나 블라디미르 나보코프의 에세이를 인용하는 정도로 익숙하게 시작할 수도 있었을 것이다. 대신에 나는 오비디우스의 『변신 이야기』, 언제고 어김없이 삶의 미스터리를 밝혀주는 작품으로 눈을 돌렸다. 오비디우스의 이 걸작 자체가 넓은 의미에서 그리스신화를 번역한 글임을 기억해두자. 아마도 저 로마 시인은 젊은 시절 그리스를 여행하고 고대 그리스의 언어와 문화를 공부한 경험에서 영감을 얻었을 것이다. 라틴어 시문학이 대부분 그렇듯이 『변신 이야기』도 다른 언어로 쓰인 기존 문학을 접하고 그것을 옮겨 오는 과정에서 파생한 작품이다.° 전체 시 중에서 나는 단번에 에코와 나르키소스의 신화를 떠올렸고, 그때부터 이 이야기가 내 길잡이가 되어 한 언어에서 다른 언어로 텍스트를 번역한다는 것의 의미를 탐색하는 데 쓰일 열쇠들을 내 손에 쥐여주었다.

첫째 날, 나는 이런 말로 강의를 시작했다. 모든 번역은 다른 무엇도 아닌, 변신으로 보아야 마땅하다. 다시 말해 일정한 특성과 요소들이 떨궈지고 다른 것들이 얻어지는, 과격하고 고통스럽고 경이적인 변화로 보아야 한다. 이런 의미에서 오비디우스의 대서사시는 끊임없이 변화하는 생명체들의 존재 양식을 담은 작품인 만큼 거의 모든 에피소드를 번역의 은유적 예시로 읽을 수 있다. 학생들에게 그렇게 설명했지만, 번역가의 관점에서 볼 때 에코와 나르키소스 신화는 유독 울림이 크다. 더욱이 작가와 번역가의 자리를 오가는 전환의 의미에 대해 개인적으로 내 안에 절실한 감응을 일으킨다.

『변신 이야기』 3권에 실린 이 신화의 기억을 되살리는 것으로 시작해보자. 불운한 러브 스토리인 이 이야기는 사랑하

○   글렌 W. 모스트는 고대 로마 문화에서 번역이 수행한 결정적인 역할을 논하는 대목에서 "학교에서 읽은 그리스 문학작품들의 전문이나 일부, 또는 유명 구절을 라틴어로 번역하는 방식으로 라틴어의 자원을 확충하고 독자의 경험 지평을 넓히고 본인들의 기법을 연마하고 로마의 문화 정체성을 확립하는 데 힘쓴" 라틴 문학 시인 목록에 오비디우스도 포함시키고 있다. Glenn W. Most, "Violets in Crucibles: Translating, Traducing, Transmuting." *Transactions of the American Philological Association(1974~2014)*, p. 388.

는 사람과 사랑받는 사람 양측 모두의 변모를 담은 오비디우스의 연작 중 한 편이다. 유난히 낭랑한 음성을 지닌 산의 요정 에코는 바람둥이 유피테르(제우스)에게 동원돼 수다로 유노(헤라)의 주의를 돌리는 역할을 맡게 된다. 말하기 좋아하는 에코의 천성에 기만당한 사실을 알게 된 유노는 에코에게 남들이 한 말의 마지막 한 토막만을 따라 하는 벌을 내린다. 에코의 발화 능력은 타인이 미리 생성시킨 말들의 부분 반복으로 축소되고 변형된다. "그럼에도 이야기를 나눌 때 말을 하는 능력은 / 그때나 지금이나 차이가 없었으니, / 여러 말 중에서 맨 마지막 말만을 되풀이할 수 있었다."

문학 형식으로서 번역에 관한 논란은 늘 있어왔고, 번역을 거부하거나 도외시하는 이들은 번역이 초래하는 변형이 원본의 "한낱 메아리echo"일 뿐이라고—한 언어에서 다른 언어로 이동하는 과정에서 너무 많은 것이 유실된다고—불평한다. 오비디우스의 이야기는 에코Echo로 의인화된 이 유실, 혹은 감손減損의 속성을 주목하게 만든다. 소리가 일정한 방향으로 이동하다 장애물을 만나 본래 소리의 일부분만을 모사하며 "되돌아오는" 음향 현상이 역시 그리스어에 어원을 둔 '에코'라는 이름으로 불리게 된 것은 이 인물에서 유래한다. 그러나 '에코-메아리'를 단순한 반복과 동일시하지 않도록 주의해야 한다. 벌을 받은 에코에게 오비디우스가 부여한 동사는 'repetere 반복하다'가 아닌 'reddere'이고, 이 말의 여러 의미 중에는 '복원하다, (다른 말로) 옮기다, 복제하다'란 뜻이 있다. 또, 한 언어

에서 다른 언어로 번역하기를 뜻할 수도 있다.°

언뜻 보면, 재능 있는 이야기꾼이던 에코가 유노의 저주로 번역가로 전향한 것처럼 보이기도 한다. 에코처럼 번역가에게 주어진 임무에는 텍스트를 정독하고 의미를 흡수해 되풀이하는, 텍스트 '경청하기'가 포함되니까. 번역가는 이미 쓰인 말을 복제해서 재생산한다. 에코와 마찬가지로 번역의 기예는 원본 텍스트의 존재를 전제로 하며, 아울러 그 원본의 아름다움과 독특함을 구성하는 요소는 상당 부분 다른 언어적 맥락에서 유지 불가능하리라는 걸 전제로 하고 있다. 오비디우스의 신화에서 에코가 처한 상황은 분명 자기 목소리와 말을 박탈당하는 형벌이다. 그러나 이상적으로, 번역하는 사람으로서의 그는 이 '형벌'을 고무적인 도전으로, 때로는 기쁨으로 전환한다. 번역가는 '반복'함으로써 텍스트의 '분신 double'을 만들어내지만, 이때의 반복을 문자 그대로 받아들이면 곤란하다. 상상력과 독창성과 자유로움을 요하는 연금술 같은 정교한 공정을 통해 텍스트의 의미를 복원하는 번역가의 행위는 제한적인 복제와는 거리가 멀다. 따라서 반복하기 또는 반향하기가 번역이라는 주제와 연관된 것은 분명하지만, 그것은 번역 기예의 출발점일 뿐이다.

우리의 신화를 계속 따라가보자. 어느 날 에코는 나르키소

○ 키케로의 『웅변가에 관하여De Oratore』("나는 그리스어로 읽은 것을 라틴어로 번역했다 redderem.")와 오비디우스의 『비가Tristia』("이 무리 중에 어쩌다 평범한 몇 마디라도 라틴어로 번역할reddere 능력이 있는 인물이 하나도 없다.")를 참고할 것.

스에게 반해버리고, 그로 인해 그렇지 않아도 위태로웠던 그녀의 상태는 비극으로 치닫는다. 자기 말을 잃은 그녀는 나르키소스를 소리 내어 부를 수 없고, 그저 그를 욕망한다. 드디어 그에게 다가가지만 그는 그녀를 거부하고, 실수 연발의 잔혹 코미디처럼 나르키소스는 에코의 구애에 저항하던 도중 자기 자신과 사랑에 빠진다. 에코는 모멸감에 여위어가고 뼈와 목소리만 남은 지경까지 몸의 형체가 사라져간다. 오비디우스의 시어는 강한 잔상을 남긴다. "살아남은 건 오직 목소리와 뼈뿐. / 목소리는 용케 그대로이고, 뼈는 돌무더기 같아 보였다 한다(uox tantum atque ossa supersunt: / uox manet; ossa ferunt lapidis traxisse figuram,)." 목소리를 뜻하는 라틴어 'vox'의 반복은 에코의 본래 재능을 인정함으로써 그녀에게 내린 저주를 되새김한다. 이 단어가 말 그대로 메아리가 되어 그녀의 일부, 형체가 없고 보이지 않으나 잔존해 있는 그 부분을 역설적으로 부각시킴으로써 그것을 격상하는 효과를 낸다.

번역가의 관점에서 볼 때 이런 서술의 지점들은 의미심장하다. 두 가지의 핵심적인 디테일이 있고, 두 가지 다 에코를 언급하고 있다. 첫째는 욕망하고 사랑하기. 이상적인 상황이라면 이런 감정은 번역에의 충동을 부추긴다. 말했다시피 『끈』을 비롯해서 이후 모든 작품을 번역하도록 나를 추동한 것은 열정이었다. 운 좋게도 나는 지금까지 번역할 작품을 직접 선택할 수 있었다. 양적으로나 질적으로나 텍스트에 대한 사랑을 충족시키기에 번역보다 좋은 방법은 없다. 책을 번역하는 일은 책과 관계를 맺고 책에 다가가 동행하는 것이고, 낱말 하나하나를 내밀하게 알아가는 것이며, 그 사귐의 보답으로 돌아오는 위로를 만끽하는 것이다.

이 관계에는 뒤따르기, 1순위가 아닌 2순위 되기라는 전제조건이 붙는다. 오비디우스의 이야기에서 "눈으로 그를 좇고 그리워하고 살그머니 그의 발자취를 따라 걷는" 에코처럼, 번역가는 원작자의 작품을 말 그대로 뒤좇아 걷고 면밀히 추적해 알아간다. 그래서 번역가가 원작의 정신과 감각을 '포착했다captured'는 말로 번역가의 노력에 찬사를 보낼 때가 많다. 텍스트를 재창조할 정확한 말을 끝까지 추적하는 불가피한 노력을 가리킬 때도 그렇지만 텍스트의 형식과 구조와 의미를 최대한 파악하려는 은밀한 미행―무수한 반복적 읽기와 작품에 대한 성찰의 결과―을 가리킬 때 사냥의 비유가 사용된다고 볼 수 있다. 아이러니하게도, 주로 사냥꾼을 맡는 쪽은 에코―이 신화에 자주 등장하는 놀라운 역할의 역전 중 하나다―이고, 사냥꾼으로 묘사된 나르키소스는 주로 도망치는 쪽이다. 비록 에코의 사냥은 실패로 끝나지만, 우리는 에코를 통해서 번역가의 모순된 역할을 더 분명하게 인식할 수 있다. 2순위인 인물, 그럼에도 텍스트를 새로운 언어로 옮기기 위한 분투의 과정에서 일정 정도의 힘을 발휘하는 인물.

여기서 잠시 1순위와 2순위의 대비에서 파생되는 문제를 짚어보고 싶다. 작가이면서 번역까지 하는 사람이 되고 보니, 내가 하는 작업을 '부차적인' 것으로, 창의성의 측면에서 본질적으로 한 등급 아래인 것으로 여기는 사람이 무척이나 많다는 사실을 제대로 실감한다. 번역이 상상의 산물이 아닌 모방의 결과물로 간주되는 것 같다. 내 글을 쓰지 않고 남의 글을 번역하고 있다고 말하면, 안쓰러운 눈으로 나를 바라보는 사람들도 있다. 마치 번역을 하는 것이 아이디어 고갈의 신호나 본래 목소리가 막혀서 찾아오는 침체기의 타개책인 것처럼. 번역서에 미심쩍은 반응을 보이는 독자들도 원작과 모방 사이의 문학적 서열을 강화하는 입장이다. 진본authentic과 파생본derivative—한술 더 떠, 순수한 것과 오염된 것—간의 이런 서열은 문학을 바라보는 관점뿐만 아니라 우리가 서로를 바라보는 관점에도 영향을 미친다. 누가 오리지널이고 누가 정통인가? 아닌 건 누구인가? 어째서 원래 소속이 아닌 사람들—'먼저 도착하지' 않은 이주민들—이 그런 취급을 받는가? 이런 의문들은 나중에 다뤄보려 한다. 우선은 우리의 신화와 번역 문제로 돌아가자.

두 번째 핵심 포인트는 오직 목소리만 남은 에코의 마지막 '형상'과 관련이 있다. 번역가들은 눈에 보이지 않고 조심스럽고 자기희생적인 존재로 묘사될 때가 많다. 그들의 이름은 책 표지에서 자주 누락되고, 그들의 역할은 조역으로 내정되어 있다. 일단 번역이 완료되면, 그들은 자기 존재를 지우고 책이 제소리를 내도록 빠져주기를 요구받는다. 실제로 페미니스트 학자들은 여성의 지위와 신분이 남성보다 낮았던 전통적 여성성의 전형과 번역 관행이 일맥상통한다고 주장해왔다. 점점 야위어가다 육신이 소멸되는 에코의 모습은 중세 성인聖人들의 참회 행위를 연상시키기도 한다.

나는 3년에 걸쳐 스타르노네의 『끈』과 『트릭』을 번역했다. 두 권 모두 새로운 독자층에 작가를 소개하려는 목적 하나로, 스타르노네의 작품 세계에 대한 경애와 비평적 감상을 담아 서문을 썼다. 이 일로 나는 비평가들에게 한 차례 이상 꾸지람을 들었다. 독자와 책의 관계에 간섭한다, 내 개인적인 생각에 이목을 집중시킨다, 역자로서 내 역할을 내세운다는 이유에서였다. 두 명의 남성 비평가 중 한 사람은 내 서문을 가리켜 "피곤한 관념화"의 본보기라고 말했다. 다른 한 사람은 이렇게 충고했다. "다음번에는 라히리의 서문을 생략하고 스타르노네에게 발언을 위임하는 게 어떨까."

저주를 받기 전의 에코처럼, 나는 내가 너무 말이 많았다고 자책하도록 강요받았다. 나를 변호하려고 꺼낸 이야기가 아니다. 내가 보기에 논점은 번역가를 눈에 띄지 않고 무해한 존재로 만들고 싶어 하는 한결같은 욕망이다. 나르키소스에게 거절당한 뒤 에코는 육체적으로 부재하는 존재가 된다. "그 뒤로 그녀는 숲에 숨어 지내고 산속 어디에서도 보이지 않는다." 하지만 바로 다음 행에 적혀 있기를, "모두에게 그녀의 소리가 들린다. 그녀 안에 살아 있는 건 목소리뿐이니." 목소리의 '현존'이 그녀의 불가시성에 맞서 그것을 상쇄한다. 어디에서도 보이지 않고 언제나 들리는, 그녀 자체가 모순이다. 자기 나름의 언어로 자신의 비전과 해석에 따라 문학작품의 메아리를 내기 위해 분투하는 사람으로서, 번역가들이 균형을 유지할 방법은 과연 무엇일까?

이번에는 나르키소스, 이 신화의 공동 주인공이자 인간 심리의 지극히 보편적인 한 양상의 대명사가 된 인물을 살펴보자. 앞서도 언급했지만, 오비디우스의 글에서 나르키소스는 오만하고 독립적인 사냥꾼으로 묘사되는데, 이런 이미지는 작가란 모름지기 흉내 낼 수 없는 독특한 목소리이고, 아마도 이것을 복제하고 확산하는 것이 번역가의 메아리일 것이라는 사회적 통념과 맞아떨어진다. 여기서 이중의 유비를 끌어내 에코가 표상하는 것이 번역가이자 제유법의 속성상 번역 작품이라고 본다면, 나르키소스는 작가 그리고 원본의 의인화라고 풀이할 수 있다.

나르키소스는 태어나면서부터 아주 흥미로운 상황에 던져진다. 예언자 티레시아스는 나르키소스의 어머니 리리오페에게 이 아이가 오래 살기 위해서는 자기 인식이 결여되어야 한다고 경고한다. "자신을 알지 못한다면." 델포이 신전의 저 유명한 경구 "너 자신을 알라"의 대척점에 있는 이 수수께끼 같은 경고는 마음을 뒤숭숭하게도 혹하게도 만드는데, 내가 경험한 바로는 일견 진실인 것도 같다. 글을 번역하기 위해서는 먼저 내가 원문을 이해해야 한다. 무슨 의미인지는 물론이고 어떻게 그런 의미를 띠게 되는지도 알아야 한다. 작가로서 글쓰기에 몰입할 때는 내가 하는 행위에 대해 훨씬 더 무지하고, 심지어 무의식적인 상태에까지 이른다. 글쓰기의 자기

도취적 몰입과 냉정한 거리를 유지하는 시각 사이에 갈등이 빚어지기도 한다. 연못에 비친 상像을 자신이 아닌 다른 사람으로 확신하는 나르키소스처럼 글쓰기는 때로 객관적 이성과는 동떨어진 유아적 상태에 가까워진다. 내가 무슨 말을 써놓았는지 나중에 설명해보려고 시도할 수는 있지만, 그때도 결국은 나 자신의 테두리 안에서, 내 제한된 관점으로 설명할 뿐이다.

나르키소스는 연못에 반사돼 보이는 아름다운 소년이 자기 자신이 아닌 다른 사람이라는 착각에 사로잡힌다. 그런데 이 유비 추리를 전개할수록 나는 번역에 관한 나의 풀이에도 약간의 눈속임이 있지 않나 하는 생각이 든다. 에코가 번역가의 특정한 형질을 표상하는 건, 맞다. 하지만 그렇다면 나르키소스도 마찬가지다. 왜냐하면 번역은 다른 말로 구성된 텍스트의 청각적·시각적 투영, 다시 말해 반드시 번역가에게 들려야 하고 그려져야 하는 어떤 것, 원본처럼 '보이지만' 실제로는 엄연히 분리된 별개의 거울상이기 때문이다. 좋은 번역이 되는 트릭은 어느 것이 번역이고 어느 것이 원본인지 분별할 수 없게 만드는 것이다. 번역이 번역처럼 '느껴지거나' '들리는' 순간, 독자는 펄쩍 뛰며 비난하고 거부한다. 우리가 번역에 거는 엄청난 기대는 '진짜'처럼 들리는 것이다. 그러니 원문보다 훨씬 더 많은 요구 사항이 번역에 쏟아지는 것이다.

그렇다면 파생물과 대비되는 독창성은 어디에서 나오는

것일까? 작가로서 이 점은 보증할 수 있다. 지금까지 내가 써온 '오리지널한' 글은 모두 필연적으로 다른 어떤 것에서 파생되었으며, 단지 내 경험만이 아니라 다른 작품들의 독서와 무수히 많은 다른 작가들에게서 의식적·무의식적으로 끌어온 영감을 통해 생겨났다는 사실이다. 창의성은 진공상태로 존재하지 않는다. 플라톤부터 에리히 아우어바흐와 해럴드 블룸에 이르는 석학들이 강조한 대로, 창의성의 상당 부분은 모방 반응과 관련이 있다. 내가 신화—내가 글을 배울 때 우연히 처음으로 읽게 된 이야기들—에 강하게 끌리는 이유는 독자로서 나의 기원을 돌아보게 하는 이야기라서만은 아니다. 신화는 존재하는 이야기 가운데 유일하게 오리지널한 이야기, 어느 문화에나 맞는 짝이 있어 모두에게 속하면서도 누구 한 사람에게 속하지는 않는 이야기라서다. 어릴 적 처음 이야기를 지어낼 때, 나는 내가 읽은 것을 모사해서 글을 썼고, 여러 측면에서 다만 약간 덜 노골적인 방식으로, 지금껏 계속 그렇게 글을 써왔다. 예술적 자유라는 환상은 한낱 환상일 뿐이다. 어떤 말도 '나의 말'은 아니다. 그저 내가 일정한 방식으로 배열하고 사용하는 말일 뿐.

에코와 나르키소스는 서로의 대립 항으로 볼 수 있고, 많은 대립 항이 그렇듯 동전의 양면으로도 볼 수 있다. 만약 라틴어 'repetere'에서 나온 repeating반복하기을 에코의 자질로 놓는다면, 사냥꾼인 나르키소스 옆에는 '부딪치다, 찾다, 치다'를 뜻하는 'petere'가 놓일 것이다. 한편으로 둘의 역학 관계는 관습적 젠더 이분법에 따라 기울어진 가부장제 모델과도 일치한다. 번역이 원문에 종속된 처지인 데 반해, 원문은 당당한 독립체로서 훼손에 저항하고 원래 상태대로 보존된다. 텍스트는 계속 특권적 지위를 점유한 채, 수세기 동안 변치 않고 고스란히 원저자의 의도에 따라 읽힌다. 예술 작품은 아무리 불완전하거나 미완일지라도 최종적인 형태로 간주되지만, 번역은 단연코 그 반대다. 번역은 계속해서 현재의 요구에 적응해야 한다. 독자에게 도달하는 것, 동시대 청중을 확보하는 것이 번역의 목표이므로 번역은 당대와 분리될 수 없다. 최고의 번역서라도 항상 다른 번역서로 대체되는 건 그런 이유 때문이다. 번역은 없앨 수 있지만, 사실은 없어서는 안 되는 존재이기도 하다. 번역의 메아리를 갱신하고 지속하는 것은 훌륭한 문학작품을 존속시키고 시공간을 거슬러 그것의 의의를 기리고 전파하는 데에 대단히 중요하다.

메아리라는 현상은 신기하면서도 꺼림칙하고 섬뜩한 느낌마저 준다. 저 신화의 클라이맥스로 돌아가보자. 나르키소스를 불러보려는 에코의 부질없는 시도가 그의 귀에 들리는 장면이다. 앞에서 이야기한 대로, 에코는 자기 목소리를 빼앗긴 채 사랑하는 사람에게 말을 걸길 원하지만 상대가 하는 말만 되풀이할 수 있다. "그녀가 할 수 있는 건 / 소리를 기다리고 있다가 자신의 말로 되돌려 보내는 것이다(sed, quod sinit, illa parata est / exspectare sonos, ad quos sua uerba remittat,)." 여기서 특히 눈여겨볼 지점은 기다림과 갈망의 의미가 결합된 라틴어 'exspectare'가 에코의 심정과 목소리가 처한 상태를 함께 강조한다는 점이다. 하여 "거기 누구 있어?"라는 그의 물음에 "있어"라고 그녀가 따라 할 때, 나르키소스는 "어리둥절해진다". 슬프고도 우스운, 뒤엉킨 대화가 이어지고 나르키소스가 목소리를 찾아내려 하면서 일순 나르키소스가 뒤를 쫓는 사람, 에코가 그를 피해 달아나는 입장이 된다. 그러다 그가 묻는다. "어째서, 나를 피하지?" 하지만 에코의 몸이 가까이 오자 나르키소스는 다시금 '피한다'. 뒤로 물러나며 에코의 손길을 거부하고, 심지어 그녀를 안느니 차라리 죽어버리겠다고 말한다.

어째서 메아리가—앞서 정리했다시피, 경청하고 복원하는 사랑의 행위로서—그토록 위협적일까? 다른 소리로 제시될 뿐 사실은 우리 자신의 소리인데, 어째서 그 소리가 우리의 자아 인식을 잠식하고 심지어 제거하려는 위협인 걸까?

만약 나르키소스와 에코의 신화가 해피 엔딩이었다면, 그들의 아이는 자라서 나처럼 작가이자 번역가가 되었을지도 모른다. 나는 두 인물 모두에게서 내가 가진 창의적 충동의 면면을 발견할 수 있다. 글쓰기는 무엇보다도 자기 자신을 겨냥한 깊은 응시일 테니. 최선의 글쓰기는 물러서지 않는 자기 성찰에서 나온다. 한편으로 나는 에코에게서도 마찬가지로 내 모습을 본다. 기억하는 가장 어릴 적부터 나는 세상에 귀를 기울이고 타인의 경험을 투영하려고 애썼다. 시작은 내 책을 쓰는 것이었을지 몰라도, 가장 큰 욕망은 이질적인 세계를 연결하는 것이었다는 점에서 나는 번역가의 기질을 타고났다. 나는 타인의 언어와 문화를 흡수하는 일에 삶의 많은 에너지를 쏟아부었다. 처음에는 부모님의 벵골어와 문화에, 어른이 된 지금은 창작의 언어로 입양한 이탈리아어에. 내가 이탈리아어 글쓰기를 인식하는 한 가지 방법은 그것을 이탈리아어라는 언어의 메아리로 여기는 것일 테다. 언어가 낯선 몸을(이 경우, 나를) 만나 다르게 반사될 때 무슨 일이 벌어지는지 다시 과학적으로 설명해보자.

일부 이탈리아 독자들은 내가 이탈리아어로 쓴 글을 읽고서 그것이 더 일반적인 정통 이탈리아어와 섞이지 않도록, 정확하지만 변칙적인 '내 이탈리아어'라고 규정한다. 다음번에 이탈리아어로 글을 쓴다면 특정 독자들의 심기를 '거스르지' 않도록 언어 사용에 더 보수적으로 신중을 기하라고 권고하는 이들도 있다. 그런 독자들의 말로는, 이탈리아어의 공인된 형식을—이 말이 대체 무슨 뜻인지는 모르겠으나—건드리거나 손상하는 짓은 해서도 안 되고 할 수도 없다는 것이다. 내 이탈리아어는 더 취약하고 부족하며 일부 독자들의 심기를 불편하게 한다는 점에서, 일종의 메아리로 간주된다. 그러나 국경을 가로지를 때, 새로운 언어—혹은 문화, 혹은 장소—를 경험하고 흡수할 때는 정확히 이런 상황이 발생한다. 어떤 곳으로 이주해 온다는 것은 특정한 신호를 면밀히 관찰하고 그대로 따라 하는 것이다. 어쩌면 완전한 동화란 가능하지도, 바람직하지도 않을 것이다. 모든 사례가 저마다 다르고, 국경을 넘어온 사람마다 고유한 반응과 결과의 독특한 조합이 남아 지문처럼 뚜렷한 문양이 새겨진다.

제 메아리를 피해 달아나는 언어, 더 나아가 그런 문화나 국가는 자기 자신과 사랑에 빠진, 혹은 자기 자신이라는 관념과 사랑에 빠진, 안으로 오그라지는 문화다. 어리석게도 자기 눈에 비친 물속의 거울상을 다른 누군가라고 진심으로 믿었던 가엾은 나르키소스를 우리는 얼추 용서할 수 있다. 그러나 그 누군가는 허구이고 그림자일 뿐이었다. 미국을 다시 위대하게 만들자고 설파하는 이들이나 이탈리아인들이 먼저라고 주장하는 이들 역시 그림자와 사랑에 빠져 있다. 진짜 미국, 진짜 이탈리아—내가 고향이라고 부르게 된 두 나라, 다양성과 문화적 풍요와 관대한 영혼들로 가득한 특별한 두 장소—는 물에 투영된 이미지, 위험하고 유아론적인 과거에의 향수와 일치하지 않는다. 오직 자신들만 옹호하고, 밖이 아닌 안으로만 시선이 쏠린 이들에게 돌아올 결과는 하나뿐이다. 뒤틀림과 뒤얽힘만 남은 상태를 적시하는 오비디우스의 시행에 등골이 서늘하다. "그는 자기도 모르게 자신을 욕망한다. 칭찬하면서 스스로 칭찬받는다. / 구애하면서 스스로 구애받는다. 불을 지르고 스스로 타오른다." 동사가 재귀형으로 전환되며 섬뜩하게 서로를 되울리고, 주어는 몸을 웅크린 채 파열되고 자멸한다. 진실을 못 보는 나르키소스는 기만적인 허상에 굴복한다. '허상illusion'으로 옮겼지만, 오비디우스는 '착오error'라는 언급으로 나르키소스의 관점이 오류임을 명시하고 있다. "그는 자기가 보고 있는 것을 알지 못하나, 그가 보고 있는 것이 그를 집어삼킨다, / 바로 그 허상이 그의 눈을 속이고 착각을 일으킨다." 이런 관점을 가진 문화, 이런 태도를 취하는 국가는 나르키소스처럼 사위어갈 수밖에 없다.

여기서는 겉핥기로 다루었지만, 에코와 나르키소스의 신화는 내가 이제껏 작가로 살아오며 대면했던 가장 복잡한 사안, 즉 자기번역 행위를 성찰하는 데도 도움이 된다. 이탈리아어로 쓴 첫 책을 영어로 옮기는 작업을 앞두고 있었을 때, 나는 직접 그 여정을 수행하고 싶지 않았고 감정적으로 감당할 여력도 없었다. 책은 다른 사람 손에 번역되고 다른 사람의 영어로 되울림을 얻었다. 시험적으로 내가 이탈리아어로 쓴 단편을 영어로 옮길 때도 이상하고 부자연스러운 느낌이 들었다. 그래도 그 경우는 열 쪽 남짓한 짧은 습작이었다. 원본에 '충실'하게 옮기되 이전에 영어로 쓴 소설과는 확연히 달라진 문체로 다시 이야기를 만들어내기 위해 노력했다. 〈뉴요커〉에 소설이 실리기 전, 본문 하단에 '저자 옮김translated by the author'이라는 문구를 넣기 위해 강하게 요구해야 했다. 처음에 〈뉴요커〉 측에서는 독자들이 혼동할 수 있다며 주저했다. 나는 내 작업의 성격을 존중하고자 고집을 굽히지 않았다.

그러다가 중대한 결정을 내려야 하는 새로운 갈림길에 직면했다. 이탈리아어로 구상하고 쓴 『내가 있는 곳』을 어떻게 영어 독자들에게 전달할 것인가? 내가 내 글을 번역하기 꺼리는 데에는 나르키소스의 교훈도 얼마간 영향을 미쳤다. 원문으로 되돌아가 그것을 새로운 언어로, 그럼에도 어디까지나 나의 관점에서 오래도록 들여다보는 작업이 지나치게 자기 지시적self-referential으로 흘러가 견디기 힘든 무한 거울의 방이 되지 않을까 두려웠다. 같은 이야기를 재대면해서 내가 써놓은 문장들을 재구성해야 한다는 것도 알았다. 나르키소스가 "그가 바로 나라니!"라고 외치는 그 고통스럽고 불가피한 인정의 순간을 피하고 싶었다. 그러면서 동시에 나 자신의 메아리를 울려야 할 터였다. 작가가 자기 글을 번역하는 경우, 유일한 권위자가 자기 자신이고 준수해야 할 규칙이 따로 없으니 번역이라기보다 고쳐쓰기가 될 위험성이 있다는 이야기도 많이 들었다. 상대the other가 존재하지 않는데 준수니 충실이니 하는 것이 무슨 의미일까?

자기번역에 있어서는 원본과 파생본의 서열이 해체된다. 자기번역은 두 개의 원본을 창조하는 것이다. 똑같지 않고, 한 사람에게서 각각 따로 나와 결국에는 나란히 존재하게 되는 쌍둥이다. 번역과 모방의—더 나아가 에코와 나르키소스의—관계도 이것만큼이나 규정하기 까다롭다.°

우리의 신화로 돌아가서 글을 마무리 지어보자. 결국 몸을 빼앗기고 보이지 않는 존재가 된 에코는 나르키소스에게 마지막 이별의 말을 허락한다. 떠나는 그와 함께하는 것은 그의

° 모스트는 "정확히 어느 지점에서 번역이 멈추고 모방이 시작되는지는 매우 분간하기 어려울 때가 많다"라고 적는다. *op. cit.*, *p.* 388.

목소리가 아닌 그녀의 목소리다. 모욕을 당했어도 나르키소스의 비극적인 최후에 가슴 아픈 에코는 그가 하는 말뿐 아니라 그가 느끼는 감정까지 되울린다. "그러나 노여움이 들던 그때를 기억하고 있음에도, / 이 광경을 보고 그녀는 가슴이 아팠고, 가련한 소년이 '아아 슬프다!' 말할 때마다 / 낭랑한 목소리로 '아아 슬프다!' 하고 응답하였다." 에코의 행동은 번역가에게 필요한 또 하나의 자질, 감정이입을 보여준다. 그녀는 심지어 저승에까지 동행해 그의 죽음을 애도하는 무리에 합류한다. "나무의 요정들이 애통해할 때 에코는 그들의 애도에 함께하였다." 나르키소스는 꽃으로 변해 아름답게 살아 있지만 연민도 영혼도 없이 홀로 침묵 속에 견딘다. 자기 자신 너머를 바라보고 타인과 함께 노래하고 나르키소스를 보낸 뒤에도 살아 있는 이는, 사라지지 않고 공명하는 목소리를 내는 에코다.

에코의 이야기와 그녀의 회복탄력성은 번역—따라 하기와 변환과 투사와 복원을 동시에 수행하는—이 문학의 보조품이 아니라 문학 생산의 중심에 있음을 우리에게 다시 알려준다. 문학적 발효가 가장 왕성했던 시기는 작가와 번역가의 정체성이 융합하고, 한쪽이 다른 쪽을 강화하고 소생시켰던 시기와 항상 일치했다. 고대 로마, 르네상스, 1930년대 이탈리아에 몰아친 번역 열풍—비평가 에밀리오 체키가 '문학 혁명'이라 일컬은 시기—은 그중 몇 가지 사례에 불과하다. 번역을 해보지 않은 작가는 나르키소스처럼, 좋든 나쁘든 지속적인 내성(內省)에 갇히게 된다는 점에서 불리한 입장에 놓인다. 그에 반해 번역을 하는 작가는 주어진 언어의 한계를 인식하고—내 생각에는 결정적인 각성이다—동시에 크게 도약할 것이다. 번역하는 작가는 익숙지 않은 원천에서 샘솟는 신선한 지식을 손에 넣을 텐데, 이 자양분이 결국은 더 넓고 깊은 문학적 대화로 이어질 것이다.° 번역은 가능성으로 가득한 지평을 열어 창작에 새로운 방향과 영감, 어쩌면 변화까지도 가져다줄 뜻밖의 길로 작가를 안내할 것이다. 번역이란 거울을 응시하다가 그 안에서 자기 외에 다른 이를 보게 되는 그런 것이니까.

2019년 로마

° 마리우스 슈나이더는 "모방은 앎이다. 에코는 모방의 전형이다"라는 점을 다시 일깨운다. J. E. Cirlot, *A Dictionary of Symbols* 재인용.

기원문에 부치는 송가

어느 번역가 지망생의 메모

φανερὸν δὲ ἐκ τῶν εἰρημένων καὶ ὅτι οὐ τὸ τὰ γενόμενα λέγειν,

τοῦτο ποιητοῦ ἔργον ἐστίν, ἀλλ᾽ οἷα ἂν γένοιτο καὶ τὰ δυνατὰ κατὰ τὸ

εἰκὸς ἢ τὸ ἀναγκαῖον. ὁ γὰρ ἱστορικὸς καὶ ὁ ποιητὴς οὐ τῷ ἢ ἔμμετρα

λέγειν ἢ ἄμετρα διαφέρουσιν (εἴη γὰρ ἂν τὰ Ἡροδότου εἰς μέτρα τεθῆναι

καὶ οὐδὲν ἧττον ἂν εἴη ἱστορία τις μετὰ μέτρου ἢ ἄνευ μέτρων)· ἀλλὰ τούτῳ

διαφέρει, τῷ τὸν μὲν τὰ γενόμενα λέγειν, τὸν δὲ οἷα ἂν γένοιτο.

—시학Poetics 1451a-b

ἐπεὶ γάρ ἐστι μιμητὴς ὁ ποιητὴς ὡσπερανεὶ ζωγράφος ἤ τις ἄλλος

εἰκονοποιός, ἀνάγκη μιμεῖσθαι τριῶν ὄντων τὸν ἀριθμὸν ἕν τι ἀεί, ἢ

γὰρ οἷα ἦν ἔστιν, ἢ οἷά φασιν καὶ δοκεῖ, ἢ οἷα εἶναι δεῖ.

—시학 1460b

2020년 프린스턴대학교 인문학 학회의 활발한 논의를 끌어낸 출발점은 아리스토텔레스의 『시학』에서 발췌한 위의 두 문장이다. '마땅히 되어야 하는 바? 인문학에 묻는다Things as They Should Be? A Question for the Humanities'라는 제목으로 진행된 학회의 목표는 전지전능한 조동사 'should'(마땅히 해야 한다)의 철학적 함의를 다양한 학문 분야에 걸쳐 고찰해보는 것이었다. 토론회 패널들에게 아리스토텔레스의 사유를 바탕으로 다음과 같은 질문이 제시되었다. 과연 문학은 기대를 규정할 수 있는가(혹은 규정해 마땅한가), 그럼으로써 사회 및 정치 변화의 도구가 될 수 있는가(혹은 되어 마땅한가), 또한 역사의 내러티브는 개연성이나 필연성에 따라 구성되기도 하는가.

나는 작가 측 패널로 토론회에 참석했다. 하지만 번역가이기도 한지라 위 인용문의 다른 영어 번역본들을 살펴보고 싶은 호기심이 일었고, 녹슬고 빈약한 내 고대 그리스어를 테스트해봐야겠다는 생각도 들었다. 그렇게 나름대로 공부해본 결과, 시와 역사의 차이에 대한 아리스토텔레스의 말과 그에 관한 나의 이해가 명확해지는 동시에 복잡해졌고 그 사실이 나로서는 크게 놀랍지 않았다. 주어진 언어에서 벗어나 다른 언어로 모험을 감행할 때면 으레 있는 일이다.

첫 번째 인용문에서 아리스토텔레스는 시인과 역사가의 차이를 기술하고 있다. 나는 우선 집 서재에 꽂혀 있는 잉그럼 바이워터 영역의 1920년판 『시학』을 펼쳤다. 100년의 세월이 지났음에도 글이 잘 읽혔고, 내 판단으로는 세 가지 핵심

포인트에서 아리스토텔레스의 구문을 충실히 따르고 있었다. 바이워터의 번역본에 실린 서문에서 고전학자 길버트 머리는 이렇게 말한다. "양쪽 해당 언어에 공통적으로 축적된 사상이 있고 두 언어가 동일한 문명기에 속해 있다면, 번역을 통해 훌륭한 외국 도서를 이해하는 일이 충분히 가능하다. 그러나 고대 그리스와 근대 영국 사이에는 인류 역사의 엄청난 간극이 있다." 그리고 덧붙이기를, "『시학』의 첫 몇 페이지에 실린 명사들 가운데 정확한 영어 상응어가 있는 말은 열에 하나가 될까 말까다."

저 경고의 말을 염두에 두고, 바이워터의 1451a-b행 번역문을 읽어보자.

앞서 말한 내용으로 미루어, 시인의 역할은 일어난 일을 묘사하는 것이 아니라not 일어날 수도 있는might happen 일, 즉 개연적이거나 필연적이기에 가능한 일을 묘사하는 것임이but 확인될 터이다. 역사가와 시인의 차이는 한쪽은 산문을 쓰고 다른 한쪽은 운문을 쓰는 데 있지 않다not. 헤로도토스의 저서를 운문으로 바꿔볼 수도 있겠지만, 그렇더라도 그것은 여전히 역사의 한 종일 것이다. 진짜 차이는 여기에 있으니, 한쪽은 일어난 일을 묘사하고, 다른 한쪽은 있을 수도 있는 유의 일을 묘사한다는 것이다. (9장)

아리스토텔레스는 시인과 역사가를 비교하며 비슷한 말을 두 번 언급하는데, 그러면서 빵 위에 속, 그 위에 다시 빵을 얹은 샌드위치형 논증 효과가 빚어진다. 첫 번째 빵 조각은 상관 구조를 활용해 시인의 역할 하나에만 집중하고 있고, 이 구조를 드러내는 단어, 'not~이 아니라 but~이다'은 그리스어의 부정부사 'ou'와 접속사 'alla(οὐ … ἀλλὰ)'에 상응하므로, 시인은 '일어난 일이 아니라 일어날 수도 있는 유의 일'을 묘사한다는 문장이 된다. 그런 다음 역사가를 등장시키는 것으로 샌드위치의 속을 얹고, 그 뒤로 두 번째 'not~이 아니다'으로 문장을 잇는다. "역사가와 시인의 차이는 한쪽은 산문을 쓰고 다른 한쪽은 운문을 쓰는 데 있지 않다not." 아리스토텔레스는 헤로도토스를 언급하고 나서 두 번째 빵 조각으로 끝을 맺는다. 역사가는 "일어난 일을", 시인은 "있을 수도 있는 유의 일을" 들려준다고. 이 후자의 대비는 'not/but~이 아닌 ~이다'의 상반적 구조를 반복 채택 하지 않고 그리스어의 'mén'과 'dé(μὲν … δὲ)'를 이용하는데, 번역하면 "한쪽은/다른 한쪽은on the one hand/on the other" 정도가 된다. 아리스토텔레스는 이런 식으로 두 관념을 견준 다음, 양쪽 관계절에 동등한 무게를 실어 더 수평적인 문장으로 마무리한다. 그런 의미에서 더 이상 샌드위치 유비가 작동하지 않는다. '~이 아니고/~이 아닌not/not' 한쪽 대 다른 한쪽의 배열은 수사적으로 조금 다른 처리 방식, 말하자면 빵 두 조각 위에 속이 얹힌 형태를 보여준다.

이어서 나는 1955년에 S. H. 부처의 번역으로 출간된 두 번째 영문판으로 넘어갔다. 학교 연구실에 보관 중인 이 판본은 대학원 시절 내가 밑줄을 그어가며 공부한 책이다. 부처의 번역에도 바이워터의 번역처럼 두 개의 'not~이 아닌' 부사절이 제시되어 있고, 상반된 두 관념이 공존하는 핵심적인 종결 문장이—앞에 제시한 바를 강화하면서—뒤를 잇는다.

더욱이 지금까지의 논의가 명확히 보여주는 바, 시인의 역할은 일어난 일을 이야기하는 것이 아니라 일어날 법한may happen 일—개연성이나 필연성의 법칙에 따라 가능한 일—을 이야기하는 것이다. 시인과 역사가는 운문을 쓰느냐 산문을 쓰느냐로 나뉘지 않는다. 헤로도토스의 저작이 운문으로 쓰일 수도 있겠지만, 운율이 있든 없든 그것이 역사서임에는 변함없을 것이다. 진정한 다름은 한쪽은 일어난 일을 이야기하고 다른 한쪽은 일어날 법한 일을 이야기한다는 것이다. (9장)

이 글에서도 우리는 '~이 아니고/~이 아닌' 한쪽 대 다른 한쪽이라는 동일한 패턴을 발견한다. 한 가지 중요한 차이점은 바이워터는 끝에 동사 'be~이다'를 쓰고, 부처는 'happen일어나다'이라는 동사를 선택한다는 것이다. 두 번역본의 언어를 살펴보다가 나는 'might~할 수도 있다'와 'may~할 법하다'라는 단어에 동그라미를 쳤다. 각 구절의 첫 문장에 나타나고 마지막 문장의 마지막 절에서도 이 조동사들이 되풀이된다. 바이워터는 일관되게 'might~할 수도 있다'를 선택하고, 마찬가지로 부처는 일관되게 'may~할 법하다'를 선택한다. 물론 영어에서 이 두 동사는 밀접하게 연관되어 있고, 호환할 수 있다고까지 말하는 사람도 있을 것이다. 비록 전자might는 명사로서 이중의 역할을 하고, 위력의 다른 말로도 쓰이지만 말이다.

아리스토텔레스의 원문에서 영어의 'might be/may happen있을 수도 있다/일어날 법하다'의 출발점이 된 동사는 'γένοιτο/genoito'이다(부정사형 'γίγνεσθαι/gignesthai'의 활용형으로, 대략적으로 '있다, 태어나다, 생기다'를 뜻한다). 'genoito'는 강력한 의미를 띠는 동사인데, 아리스토텔레스는 고대 그리스어의 네 가지 동사형 서법敍法 중 바람을 표현하는 기원법으로 이 동사를 활용하고 있다. 나는 낡은 그리스어 문법 지식의 먼지를 털어내다가 기원법에 두 가지 주된 기능이 있다는 사실을 떠올렸다. 첫째, 앞날에 대한 바람을 표현하기. '~이기를may' '~이기만 하다면if only' '바라건대would that' 같은 태도가 담겨 있다. 둘째, 소사小辭 'ἄν/an'이 붙어 어떤 행동이 일어날 가능성이 있음을 나타내기. 이른바 가능법적 기원법으로 알려진 이 두 번째 기능이 "일반적으로 영어의 가능법 구문(may, can, might, could, would 등)에 해당한다."○ 아리스토텔레스의 첫 번째 인용문 마지막 부분에 바로 이 기원법이 쓰이고 있음을 알 수 있다.

라틴어에서는 기원법이 가정법으로 대체되는데, 가정법이란 온갖 애매하고 불확실하고 본래대로라면 확정적으로 밝히기 힘든 것들의 문법적 저장고 같은 것이다. 가정법은 영어에도 존재하지만 대부분의 영어 사용자에게 그것이 무엇

○   William Watson Goodwin, *Greek Grammar*, pp. 281~282.

인지 설명해달라고 하면 상당히 모호한 대답이 돌아온다. 그래도 어쨌거나 영어로 아리스토텔레스의 구절을 풀어내려고 시도한다면, 아리스토텔레스가 의도한 그 단어의 쓰임과 우리가 영어로—기원법은 잃었고, 가정법에는 대체로 무관심한 상태에서—그것에 대해 내놓을 만한 해석과 활용 간의 엄청난 간극을 감안해야 한다.

앞서 말한 인문학 학회의 제목은 '마땅히 되어야 하는 바? 인문학에 묻는다'였다. 이 제목의 착상은 상술한 구절이 아니라 『시학』의 후반부, 이 글 서두에 실린 두 번째 발췌문에서 나온 것이다. 첫 번째 발췌문이 시인과 역사가를 비교하는 것에 비해 이 구절은 오로지 시인의 역할에만 초점을 맞추고 있다.

바이워터의 번역문과 부처의 번역문은 각각 아래와 같다.

시인은 화가 혹은 다른 모상模像 제작자와 마찬가지로 모방자이므로 어떤 경우이든 반드시 세 양상들 중 하나에서 사물을 재현할 수밖에 없다. 즉 사물이 과거에 있었거나 현재 있는 대로, 혹은 사물이 과거에 이러했다거나 현재에 이러하다고 말해지는 대로나 보이는 대로, 혹은 사물이 마땅히 되어야만 하는ought to be 대로 재현해야 한다.

시인은 화가나 다른 어느 예술가와 마찬가지로 모방하는 사람이므로, 부득불 세 가지 사물 가운데 하나를 모방할 수밖에 없다

—과거에 있었거나 현재 있는 대로의 사물, 혹은 말해지거나 보이는 대로의 사물, 혹은 마땅히 되어야만 하는ought to be 대로의 사물. (25장)

두 번역문의 마지막 구절에는 동일한 동사ought to be가 쓰이고 있다. 게다가 끝부분의 'ought'는 다른 동사들의 대열에 희석되어 하나의 선택지로 제시된다. 실제로 이것은 세 가지 모드 중 하나일 뿐 유일하게 가능한 재현 양식은 아니다. 나는 다시 그리스어에 곁눈을 주다가 이 부분에서 아리스토텔레스가 동사를 바꿔 쓰는 것을 발견했다. 동사 'gignesthai'('happen일어나다'과 같은 강도의 에너지를 띤다)가 아니라 'εἶναι/einai'를 사용하는데, 이 동사는 동요가 실리되 더 역동적인 '생성coming into being'과 대비되는, 견고하고 어엿한 '있음to be'의 상태를 나타낸다. 부처는 첫 번째 인용문에서 'happen'을 쓰고 두 번째에 'be'를 씀으로써 이 전환을 따라 하는데, 바이워터는 두 곳 모두 'be'를 고수한다. 아리스토텔레스였다면 자신의 영어 독자들이 어느 번역가를 만나기를 바랐으려나 그저 짐작만 할 뿐이다.

문학의 영역에서 기원祈願은 유념해야 할 중요한 단어다. 소설을 쓰기 시작하면서 가장 먼저 배운 것 중 하나가 등장인물은 반드시 무언가를 욕망해야 한다는 점이다. 'desire욕망하다'라는 말의 외피를 벗겨보면, 라틴어 'desiderare', 문자 그대로 별sidus에서 떨어져de 있음을 뜻하는 단어에서 유래하므로, 모든 욕망은 거리, 부재, 만족감의 결여를 암시한다는 것을 알게 된다. 그 갈망, 채워지지 않은 빈 공간 안에 기원법 'genoito'의 폭발적 잠재력이 서식한다.

올여름 나는 작가인 친구와 수십 년 동안 우리 두 사람 다 욕망하고 우리가 해야 하는 일이라고 느낀 어떤 일을 행동에 옮겼다. 우리는 호라티우스의 『송가Odes』 제4권을 라틴어 원문으로 읽었다. 첫 번째로 우리를 고심하게 만든 작품은 제4권의 10편이었다. 데이비드 페리가 번역한 제목으로는 「리구리누스에게To Ligurinus」. 8행으로 된 이 시의 수신자는 호라티우스가 욕망하는 소년이다. 우리는 라틴어 원문에 미래시제가 네 차례 쓰인 사실에 주목했다. 시인 자신의 투영이라는 시의 비유는 리구리누스가 거울 앞에 서 있다는 사실로 더욱 증폭된다. 시는 처음이자 마지막으로 리구리누스가 제 목소리로 탄식하며 끝난다. "아아 안타깝다, 나의 지난 모습이여 / 지금의 나보다 젊었던 시절이여, 아아 안타깝다 / 그때는 내 몰랐지 지금 내가 아는 것을 / 아아 안타깝다, 지금은 내 알지 내가 무얼 알지 못했는지." 호라티우스의 원문에는 "아아 안타깝다Alas"의 3단 반복anaphora이 (아아, 안타깝게도!) 없지만, 리구리누스가 이렇게 "말하리라will say"라는 호라티우스의 확언은 눈에 띈다. 그런데 정말 그럴까? 리구리누스의 비탄 역시 시인 자신의 투사로 볼 수 있지 않을까?

송가 10편은 이중의 욕망과 이중의 회한을 표현한다. 리구리누스를 향한 화자의 채워지지 않은 욕망, 그리고 과거에는 시야에 잡히지 않던 전망에 대한 리구리누스 자신의 회한 섞인 욕망이 혼재되어 있다. 우리 뇌리에 강하게 남은 한 단어는 첫 행의 'potens'인데, '강력하다powerful'라는 의미를 지닌 이 단어에서 나온 영어 단어가 'potential잠재력'이다. 이 시는 정중앙에 놓인 분사, '변해 있음'을 뜻하는 'mutatus'를 중심축으로 돌아간다. 잠재력은 무엇이 다른 무엇으로 바뀌지 않고는 결코 실현될 수 없다. 창작의 과정은, 번역도 마찬가지일 텐데 하나의—경험, 기억, 텍스트—형태가 다른 형태로 대체되어 돌아오는 당황스러운 반작용이 수반된다. 문학의 토대는 규범이 아닌 추측이며, 그 사실이 이 송가 속의 거울 안에 아름답게 축약되어 있다. 페리의 번역에서 서로를 불완전하게 투영하는 마지막 시행들이 이 사실을 한층 더 강조해준다.

몇 세기 뒤로 순간 이동 해보자. 나는 단편소설 창작을 강의할 때, 가끔 「빗속의 고양이」라는 헤밍웨이의 아주 짧은 단편을 학생들에게 읽힌다. 주인공은 이탈리아의 호텔에 묵고 있는 어느 미국인 부부다. 갈등은 사소하면서도 몹시 조마조마하다. 줄거리를 간추리면 다음과 같다. 부인이 건물 바깥 탁자 밑에 있는 고양이를 발견하고 데리러 나가지만 고양이는 이미 사라지고 없다. 낙심한 부인이 화장대 거울 앞에 앉아 자기 모습을 들여다보고 있는데, 고양이에 대한 그녀의 갈망이 다른 것들을 향한 욕망을 촉발한다. 먼저 부인은 자기 머리모양을 바꿔볼까 하며 "머리를 길러보면 괜찮을 것 같지 않아?"라고 묻는다. 그녀의 희망 사항은 점점 늘어난다.

머리를 뒤로 말끔히 넘겨서 손으로 만져질 만큼 풍성하게 묶고 싶어…… 무릎에 새끼 고양이를 앉혀놓고 쓰다듬어주면서 가르랑거리는 소리를 듣고 싶어…… 그리고 내 은식기로 차린 식탁에서 식사하고 싶고, 양초가 있으면 좋겠어. 또 지금이 봄이었으면 좋겠고, 거울 앞에서 머리를 곱게 빗질해보고 싶고, 새끼 고양이도 갖고 싶고, 새 옷도 몇 벌 있으면 좋겠어.

남편은 아내에게 입 좀 다물고 책이라도 읽으라고 말한다. 아내의 욕망 리스트를 듣고 난 남편은 아내가 그저 푸념을 늘어놓고 있다는 듯 점잖게 처신하라는 말로 응수한다.

고대 그리스어의 문법 자체에 바람hope이 내재되어 있는 것처럼, 이 암울한 이야기에서도 바람은 빼놓을 수 없는 요소다. 헤밍웨이는 노골적으로 이런 말을 하는 법이 없다. 감정적 진실은 사실과 어긋난 채 '~할 수도 있는might' 가능성의 영역에 잠재되어 있을 뿐이다. 이 소설과 아리스토텔레스 사이에는 몇 광년의 거리가 있지만, 그럼에도 이 이야기에는 'genoito생성'—있을 수도 있는 일—의 힘이 실려 있다. 바꿔 말해서, 호텔에 있던 저 부부는 1년 뒤에는 헤어졌을지도 모른다. 헤밍웨이는 호라티우스가 한 것처럼 거울과 반복과 시간이라는 장치를 움직여 이야기의 구조가 닿지 못할 순간과 장소까지 앞당겨 투사한다.

세상일은 좀처럼 마땅한should be 대로 되지 않고, 그래서 우리는 상황이 달라지기를 기원하는 일에 그토록 많은 시간과 에너지를 쏟는다. 작가 메이비스 갤런트는 '변화의 충격'에서 파생된 글쓰기의 충동에 대해 이렇게 묘사한다. "아마 그 충격은 지각과 상상 사이의 문을 덜컥 흔들어 빗장을 풀고 영영 문이 닫히지 못하게 하는 것이랄지, 내지는 기억과 언어와 공상을 뒤죽박죽 섞어버리는 경악에 가까울 것이다. 어떤 작가들은 그냥 처음부터 보이는 그대로의 사물과 보일 법한 대로의 사물이 겹쳐 보이는 시각을 갖고 태어나는지도 모른다."○

변화의 충격은 종종 예술의 촉매로 작용하지만, 예술은 어떤 유의 변화든 변화의 도구가 아니며 그래서도 안 된다. 사회적이나 정치적인 목적과 결탁한 예술은 예술로서 참된 목적을 상실한다. 예술의 참목적은 세상을 변화시키는 것이 아니라 변화 자체의 현상과 결과를 탐색하는 데 있다. 역사가 변화를 아카이빙하고 평가하는 데 비해, 예술은 셰익스피어를 비롯한 여러 사람들이 말해온 것처럼 거울을 추켜든다. 호라티우스가 자신의 송가에 삽입하고 헤밍웨이가 자신의 소설에 세워둔 것과 똑같은 거울이다. 내가 자세히 살펴본 저 짧은 발췌문에서 아리스토텔레스 역시 자신이 한 말을 거울에 비춰 보는 것과 비슷한 방식으로 논지를 전개한다. 삶을 관찰하고 모방하는 과정에서 예술은 아리스토텔레스처럼 우리가 누구이고 무엇이며 왜 지금의 우리인지에 대한 대체 버전들 사이를 기민하게 오간다.

○　　Mavis Gallant, "Preface" In *The Collected Stories of Mavis Gallant*, p. 15.

그리스어로 기원법을 나타내는 말은 '기도하다, 간청하다, 갈망하다'를 뜻하는 동사 'εὔχεσθαι/euchesthai'에서 유래한다. 만약 문학이 곧 독자적인 언어라면—나는 그렇다고 믿는다—이 언어의 주된 서법은 기원법일 것이다. 기원법이 그렇듯 문학은 지금 여기의 너머를 비추고, 때로는 이렇게가 아니라 다르게 되었더라면 하는 맹렬한 소원을 토로하니까.

만일 내 소원 하나가 이뤄진다면—오래전에 배운 고대 그리스어를 되살려 만약 내가 아리스토텔레스의 첫 구절을 번역하게 된다면—나는 'may~일 법하다' 대신 'might~일 수도 있다'를 강조하겠다. 'may'도 틀린 선택이 아니고 'might'가 꼭 옳은 선택도 아니다. 번역은 때로는 현명하게 때로는 마지못해 하는 선택의 문제로, 언제나 의구심이 오래 서성이게 마련이다(라틴어 'optare'에 '마음대로 고르다'와 '기원하다'라는 의미가 모두 들어 있다는 사실을 떠올리기에 알맞은 타이밍이다). 번역에서는 수없이 많은 'might'와 비교적 드문 'should'가 만들어지기에 큰 물결을 만난 보트처럼 이쪽저쪽으로 의미가 연신 기우뚱댈 수밖에 없다. 이번 학회의 전제였던 'should'는 사실상 상상력과 창의성에 정면으로 충돌하는 개념이다. 상상력과 창의성을 좌우하는 건 불가사의하고 변덕스럽고 꼭 합당하지만은 않은 그런 힘이니까.

번역을 통해서 보니, 동사이자 명사로서 'might'가 지닌 '위력'과 '가능성'이라는 두 가지 의미가 이제 내게는 계시처럼 그리고 시처럼 와닿는다. 그런 또 하나의 단어는 '위력적임'

을 뜻하는 호라티우스의 'potens'이다. 이 말이 비롯한 동사 'posse'는 어떤 일을 '할 수 있다'—다시 말해, 그 일을 할 수단과 기운과 역량과 승인과 권력과 자유를 갖추고 있다—라는 뜻이다. 그러나 그 자유는 결코 기본 값으로 주어지지 않는다. 작가는 언제나 수단, 기운, 역량, 승인, 권력, 무엇보다 자유에 의지해 글을 쓰고, 눈앞의 페이지를 한 단어로 채울 것인지 들어가는 글자 수만큼 채울 것인지 선택할 뿐 '당위'가 숨어들 여지는 남기지 않는다. 문학의 막강한 힘, 그 무한한 잠재력이 바로 거기에서 나온다.

2020년 로마

나를 발견하는 곳

자기번역에 관하여

『내가 있는 곳』을 이탈리아어로 써놓고서 이 소설이 영어로 변환될 수 있을지 제일 먼저 의심한 사람은 나였다. 물론 번역은 가능할 것이다. 완성도에 차이가 있겠지만 어떤 텍스트라도 번역은 가능하다. 번역가들이 다른 언어로—예컨대 스페인어나 독일어나 네덜란드어로—이 소설을 옮기기 시작했을 때는 별로 염려되지 않았다. 오히려 예상되는 결과에 마음이 흡족했다. 그런데 유독, 이탈리아어로 구상하고 쓴 이 소설을 내가 가장 잘 아는 언어로—애당초 이 작품이 태어나기 위해 내가 매몰차게 떠나와야 했던 그 언어로—복제하는 replicating 일에 관해서는 마음이 두 갈래로 나뉘었다.

『내가 있는 곳』을 쓰는 동안에는 이 책이 이탈리아어 텍스트가 아닌 다른 무엇이 된다는 건 말도 안 되는 일이라고 생각했다. 글을 쓰는 사람은 쓰는 동안 다른 길로 빠질 생각이

나 기대를 품지 말고 똑바로 정면을 주시해야 한다. 작가에게나 운전자에게나 위험천만한 일이기 때문이다.

하지만 책을 쓰는 내내 두 가지 질문에 졸졸 미행당하는 기분이었다. 하나, 이 텍스트가 언제 영어로 변환될 것인가. 둘, 누가 그것을 번역할 것인가. 이런 질문이 나온 연유는 내가 영어 작가이기도 하고 수년간 그렇게만 지내온 탓이기도 하다. 그러다 보니 이탈리아어로 글을 쓰겠다 마음먹으면, 한겨울에 싹을 틔우는 성질 급한 알뿌리처럼 곧바로 영어 버전이 고개를 쳐든다. 내가 이탈리아어로 쓰는 모든 글은 동시에 영어로 존재할 잠재력—어쩌면 운명이라는 말이 더 어울리는지도—을 품고 태어난다. 좀 섬뜩한 이미지도 떠오른다. 못자리를 잡아놓고 대기하는 생존 배우자 같은 느낌이라고 할까.

번역은 장기이식이나 심장판막 수술만큼 위험하고 막중한 책임이 따르는 일이라, 누가 이 수술을 집도하느냐의 문제로 나는 오래 망설였다. 이국의 언어로 이주를 감행한 다른 작가들을 되돌아보았다. 그들이 자기 작품을 직접 번역했던가? 만약 그랬다면, 어디서부터 번역의 비중이 줄고 고쳐쓰기 위주로 기울었을까? 나는 스스로를 배신하는 상황이 올까 봐 경계했다. 베케트는 자기 글을 영어로 번역하는 과정에서 프랑스어 원문을 확연하게 수정했다. 브로드스키도 자기 시를 러시아어에서 영어로 옮기면서 한껏 재량을 휘둘렀다. 아르헨티나 출신이면서 이탈리아어로 주요 저서를 집필한 후안 로돌포

윌콕 같은 작가는 자기 글을 원문에 '충실하게' 스페인어로 옮겼다. 또 한 사람의 아르헨티나 작가인 보르헤스는 스페인어와 영어의 이중언어를 사용하며 자랐고 수많은 작품을 스페인어로 번역했지만, 본인 작품의 영어 번역은 다른 이들에게 맡겼다. 영어가 제1언어였던 리어노라 캐링턴 역시도 프랑스어와 스페인어로 쓴 여러 작품을 번역하는 골 아픈 작업을 남에게 맡겼고, 이탈리아 작가 안토니오 타부키도 포르투갈어로 쓴 명저『레퀴엠』에 대해서는 같은 방법을 택했다.

작가가 다른 언어로 이주해 왔을 때, 차후에 이전 언어로 넘어가는 것이 어떤 이들에게는 일종의 되건너오기, 귀환, 귀향으로 비칠지도 모르겠다. 이건 빗나간 생각일 뿐만 아니라, 내 목표도 아니었다.『내가 있는 곳』을 직접 번역하기로 결정하기 전부터 나는 더 이상 '귀향'이라는 발상이 내 선택지가 아님을 알고 있었다. 나는 이미 이탈리아어라는 물속에 너무 깊숙이 몸을 담갔고, 때문에 나에게 영어는 더 이상 수면 위의 숨쉬기처럼 안정적이고 필수적인 동작을 뜻하는 말이 아니었다. 나의 무게중심은 이미 옮겨 갔다. 아니면 적어도 오락가락 옮겨 다니기 시작했거나.

* * *

『내가 있는 곳』을 쓰기 시작한 것은 2015년 봄이었다. 이탈리아에서 3년째 살고 있다가 다시 미국으로 돌아가기로 괴로운 결정을 내린 뒤였다. 대개의 프로젝트가 그렇듯 처음에는 공책에 끄적이는 낱말들이 책으로 발전하리라는 직감 같은 것은 없었다. 그해 8월 로마를 떠나며 그 공책도 가지고 돌아왔다. 공책은 브루클린의 내 서가에 방치되었는데, 돌이켜 생각하면 '동면 중이었다'라고 하는 편이 정확하겠다. 같은 해 겨울 로마에 돌아갔을 때도 그 공책이 동행했고, 어느새 나는 그것을 다시 펼쳐 새로운 장면들을 추가해가고 있었다. 이듬해 나는 뉴저지주 프린스턴으로 이사했다. 하지만 두어 달에 한 번씩, 짧게는 며칠 혹은 여름 한 철을 보내러 로마로 돌아갔고, 그때마다 공책을 기내용 여행 가방에 넣어 다녔다. 2017년 즈음 공책이 모두 채워졌을 때부터 안에 적힌 것들을 타이핑하기 시작했다.

안식년이었던 2018년에는 로마로 돌아와 한 해를 고스란히 책 출간 준비에 쏟을 수 있었다. 영어판에 관한 질문을 받으면 그런 생각을 하기는 너무 이르다고 대답했다. 번역 작업을 맡으려면, 아니 다른 사람이 해놓은 번역을 검토라도 할 수 있으려면, 해당 책을 낱낱이 이해해야 한다. 이상적으로는 외과 전문의가 수술실에 들어가기 전에 환자의 장기를 샅샅이 알아둬야 하는 것처럼. 이 기준을 충족하려면 나로서는 시간이―아주 많이―필요하다는 것을 알고 있었다. 작품과 거리를 두고 작품과 관련된 질문에 답변하고 이탈리아 독자들의 반응을 살펴야 했다. 책을 써놓고 나서도 나는 이민자인 내 부모님이 아마도 나를 기르며 느꼈을 그런 심정을 느꼈다. 내

피와 살에서 나왔지만 알아볼 수 있으면서도 알아볼 수 없는, 본질적으로 낯선 생명체를 낳아놓은 것 같았다.

마지막까지 남은 영어 번역 문제를 둘러싸고 재빨리 두 진영이 형성되었다. 첫 번째 진영은 나에게 직접 책을 번역하도록 강권하는 사람들로 구성되었다. 반대편 진영에서는 나더러 그 작업을 멀리하라고, 마찬가지로 열렬히 만류했다. 나는 가끔 외과의사 비유를 다시 가져와 첫 번째 진영 가담자들에게 말했다. "어떤 의사가 과연 수술이 필요할 때 자기 몸에 직접 메스를 갖다 댈까요? 다른 사람 손에 수술을 맡기지 않겠어요?"

두 번째 진영에 속한 친구이자 이탈리아어 번역가인 조이아 구에르조니의 조언에 따라 나는 이탈리아어를 주로 영어로 옮기는 번역가 프레데리카 랜들을 수소문했다. 프레데리카는 수십 년째 로마에 거주 중인 미국인이었고, 내가 지내던 곳, 느슨하게 말해서 (비록 어디에도 명시한 적은 없지만) 내 책의 무대가 된 로마의 특정 지역에서 멀지 않은 곳에 살고 있었다. 본인의 번역이 어떤 느낌일지 함께 가늠해보도록 앞부분 열두 쪽 정도를 옮겨보겠다고 선뜻 제안해준 덕에, 나는 마음이 놓였다. 이 사람이야말로 내 소설을 번역해줄 적임자라는 확신이 들었다. 단지 대단히 노련한 번역가라서만이 아니라 소설의 배경과 분위기를 나보다 훨씬 더 잘 아는 사람이었기 때문이다.

일단 프레데리카가 번역을 완료하면, 나도 한두 가지쯤 의

견을 보탤 수 있지 않을까, 무례하지 않은 협력자의 역할을 해볼 수도 있겠다고 생각했다. 미라 네어 감독이 내 소설을 영화화했을 때 느낀 할머니의 마음과 비슷했다.● 어쩌면 이번에는 앤 골드스타인의 『이 작은 책…』 번역 때보다 조금쯤 더 가까운 할머니가 되지 않을까(이 책의 영어 번역은 내가 영어와 일체의 재접촉을 경계하느라 할머니로서의 역할을 전혀 음미하지 못하던 시기에 진행되었다). 하지만 속마음으로는, 일단 영어 버전이 눈앞에 놓이면 이 책이 영어로 제대로 기능하지 못할 거라는 사실이 매정하고도 명확하게 드러나리라고 확신하고 있었다. 프레데리카가 무엇을 잘못해서가 아니라 책 자체에 내재된 결함 때문에 책이 순응을 거부할 테니까, 마치 속이 썩은 감자나 사과처럼 막상 속을 갈라 들여다보면 내쳐지고 말 테니까, 어느 요리에도 쓰일 수 없을 테니까.

그런데 막상 그녀가 준비해준 원고를 읽으면서 나는 책에 아무 문제가 없으며, 문장의 의미가 통하고, 다른 언어로 쓰인 다른 텍스트를 지탱할 만큼 충분한 수액이 책 속 이탈리아어에 흐르고 있음을 알게 되었다. 이 대목에서 깜짝 놀랄 일이 일어났다. 나는 그해 여름 딸아이가 물속에서 공중제비를 도는 모습을 지켜보다가 나도 배우고 싶다는 자극을 받았을 때처럼 이 일을 맡아 해보고 싶은 충동을 느끼고 진영을 갈아탔다. 물론 딸아이 덕분에 마침내 방법을 터득한 그날이

●　　『이름 뒤에 숨은 사랑』을 각색한 2016년 작 동명의 영화.

오기 전까지는 생각만 해도 몸이 덜덜 떨리던 저 어지러운 뒤집기 동작을 이번에는 바로 내 책이 해내도록 만들어야 했다. 아주 오래도록 영어와 이탈리아어 양쪽에 걸쳐 살아온 프레데리카는 철저히 초당파적인 입장을 취했다. 처음에는 내가 어째서 내 책의 번역 작업을 꺼려하는지를 이해해주었고, 내 심경에 변화가 일어나고 있다고 말했을 때도 놀라지 않았다. 딸아이처럼 그녀도 나를 격려해주었다. 새로운 문턱을 넘을 때 종종 그러하듯, 딸아이처럼 해낼 수 있다는 걸 나에게 보여줄 그녀라는 거울이 필요했다.

결정을 내릴 당시 나는 아직 로마에―이탈리아어를 영어로 옮기는 일에 내게 아무런 영감을 주지 못하는 장소에―있었다. 로마에 살면서 글을 쓸 때 내 무게중심은 이탈리아어에 놓인다. 나는 다시 프린스턴으로, 영어에 둘러싸여 로마를 그리워하게 되는 그곳으로 돌아가야 했다. 나에게 이탈리아어 번역은 내가 사랑하는 언어와 멀리 떠나 있을 때 그 언어와의 접촉을 유지하는 방법이다. 번역한다는 건 한 사람의 언어적 좌표가 달라지는 일, 놓쳐버린 것을 붙잡는 일, 망명을 견뎌내는 일이다.

* * *

2019년 가을 학기 시작과 함께 번역 작업에 착수했다. 프레데리카의 샘플 번역은 보지 않았다. 실은 감춰두었다. 소설은 마흔여섯 개의 비교적 짧은 장들로 구성되어 있다. 나는 앉은 자리에서 한 장씩, 일주일에 두세 차례 씨름해나가는 걸 목표로 정했다. 내가 텍스트에 다가가면 텍스트는 따뜻하게까지는 아니어도 충분히 예의 바르게 이웃처럼 인사를 건네주었다. 더듬더듬 내가 책 속으로 다시 밀어붙이며 들어가면, 텍스트는 신중하게 길을 터주었다. 이따금 걸림돌이 나타나면 나는 멈춰 서서 궁리를 하거나 혹은 눈앞의 문제에 지나치게 골몰하느라 끝까지 가지 못하는 상황이 오기 전에 마음을 굳게 먹고 걸림돌을 넘어서기도 했다.

한 가지 분명한 걸림돌은 다름 아닌 제목이었다. '나를 발견하는 곳Where I Find Myself'이라는 직역이 내게는 좀 장황하게 들렸다. 아직 몇 장의 번역이 남아 있던 10월 말, 로마행 비행기에 올랐을 때까지도 책의 영문 제목은 미정이었다. 이륙 후 얼마 지나지 않았을 때 문득 'whereabouts거처'이라는 단어가 뇌리를 스쳤다. 영어의 고유한 단어, 'dove mi trovo'라는 이탈리아어 표현처럼 본질적으로 번역이 불가능한 말. 내 영어와 이탈리아어를 가르는 바다 상공 어디쯤엔가 다른 언어를 입은 저 자신을 알아본—감히 말하건대, 저 자신을 발견한—소설의 원제목이 살고 있었다.

초고를 끝내자마자 나는 이탈리아어를 못 읽고 오직 영어 작가로서의 나만 잘 아는 소수의 독자들에게 원고를 돌렸다. 그리고 기다렸다. 세상에 나온 지 벌써 1년이 넘은 책이고, 이미 말했듯이 이탈리아어뿐만 아니라 다른 여러 언어로 살아가고 있는 책인데도 마음이 초조했다. 이 독자들로부터 책이 가슴에 와닿더라는 말을 듣고 나서야 비로소 내 손으로 나를 수술하겠다는 무모한 도전이 헛되지 않았음을 믿게 되었다.

『Dove mi Trovo』를 『Whereabouts』으로 바꿔가면서 자연히 내가 쓴 책의 원문을 계속 참조해야 했다. 이탈리아어 원문 중에 미리 발견했더라면 싶은 중복이 하나둘 눈에 띄기 시작했다. 내가 지나치게 의존하는 형용사들이 보였다. 앞뒤가 맞지 않는 대목도 두어 곳. 이를테면 디너파티에 참석한 인원을 잘못 계산하기도 했다. 나는 이탈리아어 책에 화살표 모양 포스트잇으로 표시한 다음, 이탈리아 관다Guanda 출판사의 편집자들에게 보낼 리스트를 정리하기 시작했다. 그래야 책의 다음 판본이 조금은 달라질 수 있을 테니까. 말하자면 책의 두 번째 버전이 이제 세 번째 버전을 만들어내고 있었다. 나의 자기번역에서 이탈리아어 원문의 수정판이 파생되어 나오고 있었다. 자기 글을 번역할 때는 선행 텍스트의 결함이나 약점이 낱낱이, 즉각적으로, 고통스럽게, 적나라하게 드러난다. 계속 의학에 빗대어 말해보자면, 자기번역은 의사들이 우리 몸을 투시해 연골 손상이나 불운하게 발생한 폐색 증상, 그 밖에 온전치 않은 부위들의 위치를 파악하는 데 쓰이는 방사성 염료 같은 것이다.

비록 이런 폭로 과정은 당황스러웠지만, 한편으로는 이 문제점들을 추려내고 자각하고 새로운 해법을 찾아낼 수 있다는 사실에 감사했다. 자기번역이라는 가혹한 행위는 결정판 텍스트의 거짓 신화로부터 스스로를 완전히 해방시킨다. "예술가는 결코 작품을 완성할 수 없으며 다만 포기할 뿐이다"라는 폴 발레리의 말뜻을 나는 자기번역을 통해 비로소 이해하게 되었다. 어떤 책이든 책의 발행은 임의적인 사건이고, 따라서 거기에는 생명체의 잉태나 출산의 경우처럼 이상적인 단계라는 것이 없다. 책은 다 된 것처럼 보일 때 혹은 다된 것처럼 느껴질 때, 저자가 넌더리를 내거나 출간을 절절히 원할 때, 아니면 편집자가 쥐어짜낼 때 마무리된다. 돌이켜보면 내 책들은 모두 조산한 느낌이다. 자기번역 행위는 작가로 하여금 이전에 출간된 작품을 가장 생기 있고 역동적인 상태로—진행형의 상태로—복구할 수 있도록, 필요한 만큼 수선하고 재정비할 수 있도록 해준다.

자기번역이란 건 없다, 그건 어차피 고쳐쓰기 혹은 처음 시도에 대한 과감한 편집—다른 말로 하면, 개선—행위로 흐른다고 주장하는 사람들도 있다. 이런 유혹에 끌리는 이들도 있고 그것을 밀어내는 이들도 있다. 개인적으로 나는 더 유연하고 우아하고 성숙한 영어 버전에 도달하기 위해 내 이탈리아어 책을 수정할 마음은 없었다. 내 목표는 내가 원래 구상했던 소설을 존중하며 재현하는 것이었고, 다만 일부 부적절한 점들까지 재생해 존속시킬 만큼 맹목적이지는 않았을 뿐이다.

여러 편집자들과 교정자들의 참여를 거쳐 『Whereabouts』의 교정과 조판이 진행되는 동안, 『Dove mi Trovo』의 변경 사항들도 계속해서 늘어갔다. 거듭 말하지만, 대부분 소소한 사항들이었고 그럼에도 나에게는 의미 있는 것들이었다. 두 텍스트가 제각각 자기 방식대로 동시에 전진해나가기 시작했다. 이윽고 『Dove mi Trovo』의 문고판이 이탈리아어로 나오게 되면—이 글을 쓰는 지금으로서는 아직이다—당분간은 그것을 결정판으로 여길 생각이다. 어쨌든 '결정판 텍스트'라는 것에 대해서 적어도 나는 모국어의 경우와 마찬가지로 본질적으로 논란의 여지가 있는, 끝없이 상대적인 개념으로 간주하기로 했으니까.

* * *

코로나19 팬데믹이 덮친 가을, 처음으로 『Whereabouts』의 교정쇄를 손에 붙들던 날, 나는 프린스턴대학교 파이어스톤 도서관에 좌석을 예약해 백색의 대리석 원형 탁자에 자리 잡았다. 마스크를 착용하고 있었고, 100명은 족히 수용할 공간에 입장이 허용된 다른 세 사람과도 멀찍이 떨어져 앉았다. 영어 텍스트에 의문스러운 점이 있어 잠시 생각하다가 그날 내 손때 묻은 이탈리아어판(『Dove mi Trovo』)을 집에 두고 왔다는 걸 깨달았다. 번역가로서의 나는 책을 영어로 옮기는 일에 집중하느라 벌써 이탈리아어 텍스트와 무의식적으로 거리를 두고 있었던 것이다. 물론 번역 원고의 마지막 검토 단계에서 원문에 거의 소홀해지는 건 늘 생소하지만 절대적으로 중요한 일이다. 아이들을 처음 학교에 보냈을 때 항의의 울음에 촉각을 곤두세우고 내가 건물 어딘가를 서성였던 것처럼 원문이 주변을 맴돌게 두어서는 안 된다. 허위로라도, 확실한 분리가 반드시 필요하다. 자기 글이든 타인의 글이든 번역 원고의 최종 검토 단계에서는 수면 위를 떠다니거나 해저에 쌓여 있는 풍경의 요소들을 흐뭇하게 감상할 여유가 없다. 바다를 헤엄칠 때 물의 성질과 감각에 온전히 집중하는 상태와 유사한 고도의 집중력을 발휘하게 된다. 언어에 온 신경을 집중하면 선택적 맹목blindness이 발생하고, 그러면서 일종의 투시력이 생긴다.

나는 『Whereabouts』의 영문 교정쇄를 읽는 틈틈이 일기에 이탈리아어로 적어놓은 책의 번역 과정을 반추하기 시작했다. 지금 당신은 내가 영어로 쓴 글을 읽고 있지만 사실 이것은 이탈리아어로 남긴 메모의 결과물이다. 어떤 의미로는 이 글이 내가 이중언어적으로 구상한 첫 번째 글이고, 그러니 자기번역이라는 주제와 특히 잘 어울리는 것 같다. 아래에 내가 적어둔 메모 몇 가지를 번역해보았다.

1. 자기번역에 있어서 심히 불안정한 요소는 책이 올올이 풀려나가 잠재적 소멸로 돌진할 위험이 있다는 것이다. 책이 스스로를 폐기하는 것 같다. 아니면 내가 그것을 폐기하고 있는 것인가? 그런 수준의 검열을 버텨낼 텍스트는 없다. 어느 지점에선가 꺾인다. 글을 쓰고 번역하는 행위에 내재된 읽기와 검열과 집요한 탐문은 필연적으로 텍스트를 닦아세우고야 만다.

2. 이 일은 심약한 사람에게는 맞지 않다. 지면에 쓰인 낱말 하나하나의 유효성을 의심하도록 강제한다. 너의 책을—이미 표지를 입고 출간되어 서점에 진열, 판매 중인데도—심히 불확실한 수정 상태로 던져 넣는다. 이 수술은 시작부터가 불길하고 심지어 자연에 위배되는 행위다. 빅터 프랑켄슈타인의 실험처럼.

3. 자기번역은 후퇴와 전진이 한꺼번에 진행되는 당황스러운 역설이다. 앞으로 밀고 나아가려는 충동과 저지하려는 묘한 중력의 방해 사이에 끊임없는 긴장이 있다. 말을 하고 있으면서 침묵당하는 느낌이다. 저 어질어질한 단테의 칸토 두 편, 이중 구조와 왜곡된 논리를 담아내는 시의 언어가 연상된다. "잠든 이가 불길한 꿈을 꾸다가 / 꿈결에도 그저 꿈이기를 바라고 / 실제의 일이 없는 일이기를 갈망하듯, // 내가 그런지라 차마 말은 못 하고, / 간절히 사죄하기를 원해 이미 / 사죄를 했으면서도, 내가 그리한 것인지 알지 못했으니."○

4. 영문을 읽다가 어딘지 어색하고 번역 과정에서 빗나가버린 문장이 나올 때마다 거슬러 올라가보면 이탈리아어로 쓴 내 글의 오독이 발견되었다.

5. 『이 작은 책…』에서처럼 『내가 있는 곳』의 영역본은 이탈리

○　단테 알리기에리Dante Alighieri, 「지옥편Inferno」 30곡, 『신곡The Divine Comedy』.

아어 원문을 함께 싣지 않고 단독으로 나올 것이다. 내가 보기에는 오히려 이탈리아어 원문의 부재가 내가 쓴 버전과 내가 옮긴 버전의 접합을 더 단단하게 해주는 것 같다. 두 버전이 테니스 시합을 벌이고 있다. 사실상 이 시합에서 두 텍스트를 나타내는 건 네트 이쪽과 저쪽을 오락가락하는 공이다.

6. 자기번역은 네가 쓴 책과 너의 관계가 연장된다는 의미다. 시간이 늘어나고, 곧 어두워지겠거니 생각이 들 때도 아직 햇빛이 반짝인다. 이런 햇빛의 과잉이 혼란스럽고 어색하지만, 한편으로는 유익하게 느껴지고 황홀하기까지 하다.

7. 자기번역은 책에 제2막의 기회를 제공하는데, 내 생각에 이 두 번째 막은 번역본보다 원문에 더 해당된다. 분해와 재조립 과정을 거친 덕분에 원문이 재정비, 재배치되었으니까.

8. 이탈리아어에서 고친 부분은 나중에 생각해도 여전히 내 눈에는 군더더기처럼 보였다. 영어가 지닌 엄격함이 때로는 이탈리아어 원문에도 허리띠를 졸라매도록 강요했다.

9. 자기번역 작업이 짜릿한 이유는 아마도 한 언어에서 다른 언어로 말을 바꿔가면서 나 자신이 그렇게 깊이 변화했다는 사실, 그리고 나에게 그런 변화 능력이 있었다는 사실을 부단히 상기시켜주기 때문이 아닐까. 언어적 접목을 경험한 덕분에 나와

영어와의 관계도 돌이킬 수 없이 달라졌음을 깨달았다.

10. 내 마음속에서 『Whereabouts』은 앞으로 영영 독자적인 텍스트가 아닐 것이고, 그 점은 『Dove mi Trovo』의 문고판도 마찬가지다. 이 나중 버전은 첫째로 번역 작업, 둘째로 『Whereabouts』의 수정 과정에 톡톡히 신세를 지고 있다. 두 텍스트는 중요한 몸의 기관을 공유하는 사이다. 표면상으로는 샴쌍둥이지만, 서로 닮은 구석은 전혀 없다. 둘은 서로 영양을 공급하고 공급받는다. 번역이 진행되면서부터는 두 텍스트들끼리 원소를 공유하고 교환하기 시작해서 나는 거의 수동적인 구경꾼이 된 것 같았다.

11. 나는 이탈리아어 번역가가 필요한 상황을 미연에 방지하려고 이탈리아어로 글을 쓰기 시작했다고 생각한다. 과거에 내 영어 책들을 이탈리아어로 옮겨준 이들에게 고마움을 느끼는 것과는 별개로, 이탈리아어로 내 생각을 말하도록 나를 추동하는 힘이 있었다. 내가 없애려고 했던 역할을 이제는 역으로 내가 맡게 되었다. 내 글의 영어 번역자가 됨으로써 나는 오히려 이탈리아어 내부에 더 깊이 들어와 머물게 되었다.

12. 저 책은 영어로 변신했는데도 어떤 의미에서 내 머릿속에는 여전히 이탈리아어로 존재한다. 내가 영어로 조정한 사항들은 언제나 원문 텍스트에 유용한 것들이었다.

　　　　　　　　　　＊ ＊ ＊

　『Whereabouts』의 교정쇄를 검토하다가 영문 텍스트에서
내가 완전히 빠뜨린 문장을 발견했다. 'portagioie보석 상자'라
는 단어와 관련된 문장인데, 이탈리아어판에서는 주인공이
이 말을 이탈리아어에서 가장 아름다운 단어라고 생각한다.
하지만 그 문장은 오직 이탈리아어로만 온전한 무게가 실린
다. 영어로는 기쁨gioia과 보석이 하나가 아니라서, 보석 상자
를 뜻하는 영어 단어 'jewelry box'에는 'portagioie'같은 시詩가
담겨 있지 않다. 번역문에 저 문장을 삽입하되 다르게 고쳐
야 했다. 아마 이 부분이 책에서 가장 중요하게 바뀐 지점일
텐데, 나는 각주로 설명을 추가했다. 웬만하면 각주는 피하고
싶었지만 이 경우에는 이탈리아어의 '나'와 영어의 '나' 사이
에 합의점이 보이지 않았다.
　이 소설의 끝에서 두 번째 장 제목은 'Da nessuna parte아무
데서도'이다. 영어로는 'Nowhere'로 옮겼는데, 그렇게 해놓으
니 영문 제목에서는 전치사가 주는 묘미가 사라졌다. 어느 이
탈리아 독자가 이 점을 지적하면서 문자 그대로 'In no place'
로 옮기기를 제안했다. 나도 수정을 고민했지만 결국은 나의
영어 청각이 승리를 거뒀고, 내가 생각한 영문 제목과 똑같이
'where'가 들어 있어 마음에 드는 부사를 쓰기로 결정했다.
　지독한 오역의 사례도 하나 있었다. 결정적인 문구였는데,
최종 단계에서 간신히 실수를 잡아낼 수 있었다. 마지막으로

이탈리아어 원문 대조 없이 영문 교정쇄를 소리 내어 읽어나가다 문장이 잘못됐음을 깨달았다. 의도치 않게 내 단어들의 의미를 완전히 망쳐놓은 문장이었다.

나의 이탈리아어 쪽 뇌가 번역 과정에서 엉성하게 옮겨놓은 영어 보조동사 하나를 바로잡기까지도 몇 번의 재독이 필요했다. 영어에서는 '조치를 취하다'라고 할 때 동사 'take'를 쓰지만 이탈리아어에서는 'make'가 쓰인다. 두 언어로 읽고 쓰기를 하다 보니, 내 뇌에 사각지대가 생겼다. 영문을 되풀이해 들여다본 뒤에야 '걸음을 떼려는making steps' 등장인물 하나를 구해냈다. 이렇게 말하고 보니, 영어로 헛발질을 할to make missteps 때는 'make'를 써도 되겠다.

따지고 보면 『Whereabouts』의 번역에서 가장 어려웠던 건 나 아닌 다른 작가들이 쓴 문장들이었다. 제언에 인용한 이탈로 스베보와 본문에 인용한 코라도 알바로. 내가 궁극적으로 책임감을 느끼고 가장 씨름한 문장은 내 것이 아니라 이 두 사람의 것이다. 책이 인쇄에 들어갈 때까지도 나는 계속 이 문장들로 노심초사할 것이다. 번역하려는 욕망—다른 이의 말에 최대한 바짝 다가가 그의 의식의 문턱을 넘어서려는 욕망—은 여지없이 너무도 명백하게 손이 닿지 않는 상대일 때 더욱 간절해진다.

* * *

내 생각에는 『Dove mi Trovo』를 마주하기 전에 다른 이탈리아 작가의 책을 먼저 번역해본 경험이 중요했던 것 같다. 이탈리아어로 글을 쓰던 초기에 내 글의 번역을 시도했던 당혹한 일화에 대해서는 『이 작은 책…』에 짧게 언급한 적이 있다. 다른 사람의 이탈리아어를 번역한 경험이 없었다는 점이 원인의 큰 부분을 차지했다. 그때는 최대한 영어를 외면하고 새로운 언어를 더 깊이 파고드는 데에 전념하고 있었다. 내가 또 다른 내가 되는 환상을 얻기 위해서는 먼저 타인의 번역가로 인정을 받아야만 했다.

번역이 가장 치열한 형태의 읽기와 다시 읽기라는 점을 고려할 때, 나처럼 자기 글을 다시 들여다보기 싫어하고 할 수만 있으면 되읽지 않기를 선호하는 사람은 『Dove mi Trovo』를 번역하기에 이상적인 후보자가 아니었다. 내 책 중에 『Dove mi Trovo』만큼 여러 번 다시 읽은 책은 단 한 권도 없다. 영어로 쓴 책으로 그런 경험을 했더라면 아마 감흥이 사라졌을 것이다. 하지만 상대가 이탈리아어일 때는, 내 손으로 쓴 책인데도 놀랍도록 내 손가락 사이로 스르르 들어오고 빠져나간다. 이탈리아어는 내 안에 들어와 있으면서도 내 이해가 닿지 않는 저 너머의 언어이기 때문이다. 『Dove mi Trovo』를 쓴 작가와 그 글을 번역한 작가는 동일 인물이기도 하고 아니기도 하다. 이런 분열된 의식은 분명 신선한 경험이다.

나는 내 글의 일부를 낭독해달라는 요청을 받을 때마다 다른 사람의 글인 것처럼 접근하는 훈련을 오랫동안 해왔다. 어쩌면 이전 작품들과 나를 철저히 분리하려는 충동이 내 안에 늘 살고 있던 작가들의 존재를 인식하도록 진작부터 나를 길들이고 있었는지도 모른다. 우리는 책을 쓸 때 어느 고정된 순간, 의식과 발달의 특정한 국면에 놓인다. 그래서 수년 전에 써놓은 말을 읽으면 생경함을 느낀다. 당신은 더 이상 그 말들의 생성에 존재를 의탁했던 그 사람이 아니다. 그러나 싫든 좋든 생경함은 거리를 확고히 하고 관점을 허용한다. 그리고 이 두 가지는 자기번역 행위에서 특히 중요하다.

자기번역은 내가 쓴 책에 대한 깊은 인식으로, 따라서 나의 과거 자아들 중 하나에 대한 깊은 인식으로 이어졌다. 앞에서도 말했지만, 나는 일단 책을 쓴 뒤에는 어떻게든 빨리 거기서 벗어나려 하는 경향이 있다. 그런데 『Dove mi Trovo』에 관해서는 지금도 어느 정도 애정이 남아 있고, 그것은 이 책의 영문판에 대해서도 마찬가지다. 혼자 하는 글쓰기와는 다르게 번역이라는 공동 작업을 통해서만 얻어지는 친밀감에서 생겨난 애정이다.

『Dove mi Trovo』에 대해서는 다른 작품들에서 느끼지 못한, 어느 정도 수용하는 마음도 든다. 다른 작품들은 이런 선택을 할 수도 있었을 텐데, 이런 아이디어를 발전시켰어야 하는데, 이 구절은 더 수정했어야 하는데 싶은 생각들이 아직도 머릿속에 출몰한다. 『Dove mi Trovo』를 번역하면서, 두 번째 언어로 두 번째로 그 글을 쓰고 비교적 온전하게 두 번째 생을 글에 허용하면서 나는 글에 더 가까워진 느낌, 글과 두 겹으로 묶인 느낌을 받는다. 반면에 다른 책들과는 한때는 죽고 못 사는 사이였데도 이제는 타다 만 불씨만 남은, 돌아올 수 없는 선 너머에서 한 번도 헤매보지 않은 그런 관계다.

지금 나의 이탈리아어판 『Dove mi Trovo』에는 접힌 귀퉁이와 밑줄이 그득하고, 여기저기 수정이나 정정할 곳을 표시한 포스트잇이 붙어 있다. 출간된 텍스트였던 것이 출간 전의 가제본 같은 상태로 바뀌었다. 애초에 책을 구상하고 창작한 언어와 다른 언어로 책을 옮긴 경험이 아니었으면, 아마 책을 고칠 생각 같은 건 하지 않았을 것이다. 양쪽 텍스트의 내부로 들어가 둘 다를 고칠 수 있는 사람은 오직 나 한 사람뿐이다. 이제 곧 책이 영어로 인쇄되면, 완성된 이탈리아어판과 자리가 뒤바뀐다. 저자인 내 관점에서 보면 이탈리아어판이 출판물로서의 아취를 잃고 출간 텍스트가 되기 직전 단계에 놓인 작품으로 되돌아가 있다. 이 글을 쓰는 지금, 『Whereabouts』은 한창 출간 준비를 마쳐가고 있고,• 『Dove mi Trovo』는 몇 가지 신중한 공정을 위한 재검토를 앞두고 있다. 지금 내 눈에는 저 원본이 미완으로 보이고, 두 텍스트는 서로 겹쳐 있다. 거울 속 이미지 같은 시뮬라크룸이다. 각각은 이성으로든 비이성으로든 뒤에 온 것의 출발점이기도 하고 아니기도 하다.

2020년 프린스턴

• 　2022년 3월 출간되었다.

치환

도메니코 스타르노네의 『트러스트』 후기

글쓰기는 기본적으로 이야기를 전달할 단어를 고르는 작업이고, 번역은 저자가 고른 단어 하나하나를 예리하게 감정하는 작업이다. 반복적으로 쓰이는 단어들은 특히나 즉각적으로 수면 위로 떠오르고, 그 단어를 옮길 방법이 하나 이상일 때 특히 역자를 주저하게 만든다. 한편으로는 저자가 의도적으로 되풀이해 쓰는 단어이니 반복하는 게 나을 것 같고, 다른 한편으로는 과연 그 반복이 의도적이었을까 하는 의문이 든다. 저자의 의도가 무엇이었든, 역자에게는 다른 언어를 듣는 반대쪽 청각이 있어 다른 해법으로 통하는 수문이 열린다.

이 소설에서 다른 어떤 단어보다 내 귀를 자극한 이탈리아어는 'invece'다. 화산처럼 분출하는 첫 단락에서만 세 번, 책 전체를 통틀어 총 예순네 번 등장한다. 이탈리아어 회화에서 자주 튀어나오는 단어라서 내게도 익숙하다. '대신에'라는 뜻으로 'rather그보다는' 'on the contrary반대로' 'however하지만' 'meanwhile반면에' 'in fact사실은' 같은 말들을 포괄하는 의미로 쓰인다. 전치사 'in'과 명사 'vece'의—후자는 '자리' 또는 '대리, 대신'을 뜻한다—합성어로 라틴어 'invicem번갈아'에서 유래하고, 다시 이것은 'in'과 명사 'vicis교대'가 합쳐진 말로서 탈격은 'vice'로 바뀐다. 『Trust』의 초벌 번역을 마친 뒤 나는 이탈리아어와 영어로 된 라틴어 사전 몇 권을 뒤적여 'vicis'와 관련한 다음의 정의들을 찾아냈다. '변화, 교환, 교체, 교번, 연속, 보상, 보답, 보복, 상환, 자리, 공간, 위치, 직위, 처지, 부지, 운, 때, 경우, 사건, 그리고 복수형일 때는 위험이나 모험.'

그러나 우선은 언어의 연표를 따라 내려와 이탈리아어 'invece'로 되돌아오자. 의식적이든 무심결이든 스타르노네가 이 단어를 선호하는 것은 분명해 보인다. 이탈리아어에서 부사로 기능하는 이 단어는 개념과 개념을 연결하거나 대비해 상이한 생각들 간의 관계를 설정한다. 'invece'는 하나가 다른 것을 대체하도록 유도하는데, 이 말의 강고한 라틴어 어원에서 비롯한 영어 표현으로는, 'vice versa'(문자 그대로 하면, '뒤집힌 순서로'), 접두사 'vice'(유사시 대통령을 대신해야 하는 부통령 'vice-president'의 그 접두사), 그리고 상황이 바뀌는 흐름을 뜻하는 'vicissitude변천' 등이 있다. 세 언어에 걸친 나름의 조사 내용을 바탕으로, 나는 이탈리아어에서 일상적으로 쓰이는 이 부사가 스타르노네 소설의 은유적 기반이라는 확신을 얻었다. 『끈』이 담음의 행위이고 『트릭』이 병렬의 상호작용이라면, 『트러스트』가 최우선으로 탐색하는 것은 치환이다. 치환은 이 소설의 전개에 스며 있는 동작일 뿐 아니라 내가 그것을 영어로 옮기는 과정을 묘사하는 말이기도 하다. 바꿔 말하면, 내가 생각하기에 치환의 촉발자로서 'invece'는 번역 행위 자체에 대한 은유다.

'invece'는 상황은 끊임없이 변화한다고—표준의 변주 없이는 들쭉날쭉한 플롯의 재미도 사라지고 납작한 사실로서의 정황만 남는다고—역설한다. 이 단어에 대한 스타르노네의 애착은 언어를 불문하고 플롯이 있는 책이라면 그 안에는 일을 복잡하게 비틀어 사건을 진전시키는 'invece'의 개념이 작동한다는 사실을 우리에게 상기시킨다. 이 말이 가리키는 방향을 거슬러 올라가면 'polytropos많이 떠도는 자'에 가닿는다. 호메로스는 그의 서사시 도입부에서 이 호칭을 사용해 오디세우스를 "온갖 우여곡절을" 겪는 인간으로 묘사한다. 거듭 말하지만, 하나의 현실이나 경험이나 성향에 의문을 제기하는 또 다른 현실이나 경험이나 성향 없이는 이야기가 굴러가지 않는다.

적절하게도 『트러스트』에는 시소의 요소가 이야기를 관통하는데, 지금 보니 그보다 더 자극적인 오락거리인 롤러코스터(참고로, 영어로는 롤러코스터를 'twisters회오리바람'라고도 부른다)가 연상된다. 스타르노네는 롤러코스터가 서서히 궤도를 따라 올라가다 아래로 돌진하기 직전에 잠깐 멈추는 그 정확한 순간을 놓치지 않고 숨을 고른다. 'proprio mentre' 또는 'proprio quando'—번역하자면 '바로 그 순간' 혹은 '마침 그때'—같은 말로 이 급격한 전환의 순간을 강조한다. 그것은 매번 낙하, 갑작스러운 출렁임, 급강하, 뒤집힘을 알리는 신호다. 스타르노네의 허구적 우주의 법칙은 우주 일반에도 부합해서, 인생만사가 언제나 변하거나 사라지거나 전복되기 직전임을 환기한다. 이런 변화는(더 정확히는, 이런 변천은) 때로는 경이롭고 감동적이다. 또 때로는 충격적이고 공포스럽다. 스타르노네의 소설에서 변화는 언제나 양면적이다. 그의 글을 읽고 특히나 번역하다 보면 그가 얼마나 능수능란하게 허구의 시간을 조형하고 조정하는지, 그것을 구부려 기울이고 접어 엮고 속도와 완급을 조절해 상승과 하강을 만들어내는지 그 솜씨를 인정할 수밖에 없다. 숨 막히는 파노라마를 차곡차곡 구축하다가 다음 순간, 심장이 털렁 내려앉는 불안과 원초적인 비명과 발작적인 웃음을 유발한다. 어쩐지 스타르노네는 이런 레일을 설계하는 데서 극도의 쾌감을 얻는 것 같다.

자리는 바뀌고, 우리의 기호와 선호가 달라지고, 사람과 정치가 변한다. 스타르노네의 다른 소설들이 그렇듯 이 작품 역시 과거와 현재 사이를, 나폴리와 로마 사이를, 초년과 노년의 숙고 사이를 오락가락한다. 그러나 가장 의미심장한 전환은 선생과 학생 간의 역할 전환이다. 우리 대부분 학생이었던 시절이 있어서 학생-선생이라는 역학 관계에 익숙하다. 공교롭게도 스타르노네는 (역자인 나도) 이 등식에서 선생 쪽에 위치한다. 역시 공교롭게도 이 소설은 교육제도와도 관련이 있어서, 가르치고 배우는 것이 무슨 의미인지, 왜 선생은 항상 더 잘 가르치는 법을 고민해야 하는지도 다루고 있다. 따지고 보면 선생이란, 역할을 바꿔치기한 전직 학생이지 않나? 어디서부터 학생과 선생의 역할이 전도되는 걸까? 만약 학생의 배움이 선생을 추월한다면, 그래서 도리어 선생을 가르치는 입장이 되면 무슨 일이 벌어질까? 이 소설은 선생인 남자와 과거 학생이었던 여자의 연애를 들려준다. 포스트 미투 시대에 그런 관계에 대한 우리의 독해가 (또한 용인이) 달라졌을 수도 있다는 사실을 논외로 하면, 저 연애 관계 자체는 새로울 것이 없다. 학생에서 선생으로의 이행에는 아동기에서 성인기로의 이행이나 연인에서 배우자로, 부모에서 조부모로의 이행처럼 일종의 승계 행위가 일어난다. 한자리에 영원히 고정된 역할은 없다. 작중인물들은 무명에서 성공으로 올라서고 곤궁하던 형편이 넉넉하게 펴지기도 한다. 이 소설은 인생에서 개인의 입지가 시종일관 어떻게 흔들리는지, 사람의 마음과 욕망이 어떻게 돌연한 변덕을 부리는지 추적해간다. 사랑한다면서 사랑의 대상을 다른 인물로 대체하고 싶어 하는, 특히나 자식들이 연루됐을 때 유독 두드러지는 충동이 빚어내는 극적갈등도 진하게 담아낸다.

이 작품의 중심에는 말들, 독자에게 결코 드러내 보이지 않는 말들의 교환이 놓여 있다. 이 은밀한 정보의 교환이 두 인물의—그중에서도 남자 주인공 피에트로의—운명을 쥐고 있다. 인물들 사이에 오가는 (하지만 지면에는 끝까지 드러나지 않는) 말은 인물의 세계를 송두리째 무너뜨릴 만큼 위협적이다. 이것은 혼돈을 불러들이겠다는 위협이고, 혼돈은 스타르노네의 작품에서 일상이라는 유한한 현실의 가장자리에 늘 찰랑이고 있다. 『트러스트』에 잠재된 지진은, 적어도 피에트로의 시점에서는 옛 애인이 자신에 대해 발설할지도 모를 말과 관련된 것이다. 질서가 유지될지는 (피에트로의 평범한 인생 '플롯'의 무탈한 전개가 보장되느냐는 물론이고) 말을 하지 않음에 달려 있다. 단테부터 만초니를 거쳐 헤밍웨이와 스타르노네에 이르는 작가들의 계보를 따라가보면 작가들이 어떻게 언어를 이용해서 침묵과 함구의 중요성을 이야기하는지 확인할 수 있다. 하지만 『트러스트』의 빙산 아래 잠복한 교환은 응징의 위협까지 담고 있고, 그래서 위험의 진원지가 된다.

총명하고 의사 표현이 분명한 여자에게서 나올 법한 말은 언제나 위험한 것으로 간주되어왔다. 오비디우스의 『변신 이야기』—마침 스타르노네에 관한 글을 쓰는 지금 내가 옮기고 있는 작품이다—에서 이들은 혓바닥을 잘리거나 메아리로 전락하거나 바스락거리는 이파리 소리로밖에 뜻을 전하지 못하는 나무가 되거나 문장을 말하는 대신 울음소리를 내는 동물로 바뀐다. 오비디우스의 이야기 안에서 일어나는 변환(혹은 변이)에는 여성의 목소리가 일부 내지 전부 무음화되거나 심지어 훼손되는 일이 수반된다. 이것을 가부장권과 약탈적 행위로부터 해방된—또한 그것으로 초래된—상태로 해

© Amy Bennett, 〈Problem Child〉 | 『나와 타일을 변역한다는 것』 마음산책

나와 타인을
번역한다는 것

줌파 라히리
이승민 옮김

"나는 작가이기 전부터 번역가였지, 그 반대가 아니었다."

집에서는 뱅골어를, 학교에서는 영어를 사용하는 환경은 줌파 라히리를 타고난 번역가로 만들었습니다. 그는 의도치 않게 '번역'이라는 행위를 체득하며, 살아오는 내내 번역을 고민해왔는데요. 제3의 언어인 이탈리아어를 만나고 교유가 깊어지면서 그 의식은 점차 깊이를 더해갑니다.

『나와 타인을 번역한다는 것』은 2015년부터 2021년까지, 그러니까 줌파 라히리가 이탈리아어로만 글을 쓰고 영어로는 이탈리아 작품을 옮기는 작업에 몰두해 있던 시기, 번역에 대해 사유한 글들을 엮은 책입니다. 책에는 도메니코 스타르노네의 세 작품을 번역하며 느낀 점, 자신이 이탈리아어로 쓴 『내가 있는 곳』을 직접 옮긴 경험, 에코와 나르키소스 신화를 투영해 바라본 원작과 번역의 관계, 삶이 번역 그 자체였던 안토니오 그람시에 관한 심오한 탐구가 이어집니다.

오랜 시간 익숙하게 써오던 언어에서 구태여 달아나 새로운 언어의 영토로 발을 내디딘 줌파 라히리. 끊임없이 경계를 오가며 언어와 글쓰기와 번역과 정체성을 성찰하는 태도에서 느껴지는 것은, 역시나 언어에 대한 지극한 사랑입니다. 이 고아한 필치의 '러브 레터'를 독자님에게 띄웁니다.

마음산책 드림

석할 수도 있다. 오비디우스의 이야기 중 어느 에피소드에서든 변신의 순간을 따로 떼어놓고 보면 치환의 효과, 즉 신체 기관들이 하나하나 다른 해체 부위로 대체되는 느낌이 확연해진다. 이를테면 양발 대신 발굽이 생긴다거나 양팔 대신 나뭇가지가 돋아난다.° 이런 체계적인 치환이 있기에 오비디우스의 이야기 안에서 완전하고 총체적인 형태 변화가 가능해진다. 매번은 아니더라도 꽤 많은 경우에 오비디우스는 역동적이고 드라마틱한 변신의 과정을 독자가 정확히 이해할 수 있도록 서술의 속도를 늦추고 차근차근 독자를 안내한다.

번역 역시 역동적이고 드라마틱한 변환이다. 낱말에서 낱말로, 문장에서 문장으로, 단락에서 단락으로, 그렇게 한 언어로 구상되고 쓰이고 읽힌 텍스트가 다른 언어로 다시 구상되고 쓰이고 읽힐 때까지 변화된다. 번역가는 원문의 효과를 상쇄하지 않으면서 다른 버전으로 맞받을 대체 가능한 해법을 찾으려 고심한다. 지금 이 영역본도 이탈리아어의 대체 버전으로, 영어권 독자들과 이 책 사이에 다리를 놓기 위해 태어났다. 이제 이 책은 이탈리아어 책을 대신하는—'invece di'—영어 책이다.

○ 나는 현재 『트러스트』에서 'invece'를 조사한 경험에 힘입어 『변신 이야기』에 반복적으로 등장하는 'vicis연속, 교대'를 추적하고 있다. 제4권에서 두 가지 예를 가져와보면, (미뉘아스의 딸들의 신화 가운데) 40행에는 "한 명씩 번갈아by turns"라는 뜻의 "perque uices", (클뤼티에와 레우코토에의 신화 가운데) 218행에는 "밤이 (낮을) 교체하는"이라는 뜻의 "noxque uicem peragit"가 나온다. 앞의 예는 교대로 진행되는 스토리텔링을 가리키고, 뒤의 예는 시간의 전환을 가리킨다.

같은 언어 안에서도 아주 빈번하게 한 단어가 다른 단어를 대체할 수 있다. 앞서 말했듯이 단어를 선택하는 것은 작가의 일이고, 다음으로 그의 뒤를 잇는 번역가의 일이다. 작가가 보통 한 번에 승부를 내는 데 비해, 번역 작업에서는 복잡하게 의미가 뒤얽힌 연장전이 되곤 한다. 같은 말을 하는 데에도 가능한 표현이 여럿이라서 우리는 생각, 말하기, 글쓰기, 그 외에 자기표현 방식을 둘러싸고 모두가 참여하는 일종의 치환 게임을 하고 있다. 사전이 일깨워주듯이 세상에는 반의어보다 동의어가 더 많다. 모든 낱말에 반대말이 있는 것은 아니지만, 대다수의 낱말들은 우리의 이해와 해석과 단어 활용의 폭을 넓혀줄 대체어를 가지고 있다.

일례로 이 소설에 자주 등장하는 'anzi'라는 이탈리아어를 보자. 'anzi'는 전치사나 부사로 쓰일 수 있고, '사실은' '반대로' '오히려' '전혀' '사실상' 등의 의미를 갖는다. 'anzi'에 접속사 'che'를 붙이면 기본적으로 'invece di'와 뜻이 같아지기 때문에 ('대신에' '이것보다는 차라리'), 사실상 'invece'를 대체할 수 있다. 'invece'처럼 'anzi'는 운명, 기분, 관점과 관련한 숨은 반전이나 돌발 변수나 뜻밖의 전개로 이목을 끄는, 구문상의 옥에 티 같은 표현이다. 라틴어 전치사 겸 접두어 'ante-앞에, 앞으로'에서 나온 말로서—영어에서와 마찬가지로—시간이 흘렀고 상황이 더 이상 예전과 같지 않고 이것에 앞서는 다른 순간이 있었음을, 요컨대 당신은 다른 순간이 아닌 지금 이 순간 이 문장을 읽고 있음을 상정한다.

이 소설에는 인간이 경험할 수 있는 가장 깊으면서도 가장 잠재적 불안정성이 높은 감정을 나타내는 두 가지 표현이 쓰이고 있다. 하나는 '사랑하다'라는 뜻의 동사 'amare'이다. 이 말이 우리에게 준 명사 'amore'가 이 소설의 첫 단어라는 사실에서 『사랑의 기술Ars Amatoria』뿐 아니라 『변신 이야기』곳곳에 깃든 변화하는 사랑 이야기의 저자인 오비디우스와 『트러스트』의 연결 고리가 한층 강고해진다. 그도 그럴 것이 이 소설을 추동하는 질문은 한 번이라도 사랑을 해본 사람이라면 생각해봤음직한 질문이다. 사랑이 변하면, 사랑이 식거나 물러지거나 시들해지면, 다른 대상에 자리를 내주면, 그럼 어떻게 되는가? 셰익스피어의 소네트 116번은 "변화가 찾아올 때 변하는 / 사랑은 사랑이 아니"라고 말하지만, 셰익스피어의 시에서 변함이나 구부러짐과 관련한 모든 말은 우리를 잠시 생각에 빠뜨리고, 사랑의 방해물에 쏟는 스타르노네의 집요한 관심으로 통하는 길을 내준다. 그런데 스타르노네는 'amare' 외에도 'voler bene아끼다, 좋아하다'라는 표현을 뒤섞어서 사용한다. 'voler bene'를 대체할 마땅한 영어 표현은 찾기가 어렵다. 문자 그대로 풀어 쓰면 '누군가에게 좋은 일이 있길 바란다, 누군가가 잘되기를 바란다'라는 말이다. 하지만 이탈리아어로 이 표현을 쓰면 사실은 '누군가에게 애정을 느낀다, 따라서 누군가를 사랑한다'라는 의미이며, 거기에는 연애 감정이 실리기도 하고 안 실리기도 한다. 'amare'와 'voler bene'는 웬만큼 호환이 가능한데, 그래도 분명한 차이가 있다. 이탈리아 내에서도 지역에 따라 함축하는 의미가 달라지거나 각각 다른 유형의 사랑을 뜻하기도 한다.

재미난 차이점 하나를 말해보자면, 사람이 'amare'할 수 있는 대상은 아주 많은 데 비해 'voler bene'할 수 있는 대상은 다른 사람 또는 의인화한 물체뿐이다. 두 가지 표현 모두 라틴어에 어원을 두고 있다. 카툴루스의 시 72편에는 'amare'와 'voler vene'의 감정이 혼재되어 있다. 카툴루스는 시 앞부분에서 레스비아를 향한 자신의 사랑을 아비가 자식에게 품는 애정에 비유하는데, 그럼으로써 자칫 변하기 쉬운 평범한 연인 간의 감정을 뛰어넘는 사랑이라는 의미를 전달한다. 시는 이렇게 끝맺는다. "quod amantem iniuria talis / cogit amare magis, sed bene velle minus."(프랜시스 워 코니시의 산문체 번역으로는, "이런 상처는 연인에게 연인다움은 커지도록, 하지만 친우다움은 옅어지도록 만들기 때문이다"라고 되어 있다.° 나라면 이렇게 옮길 것 같다. "그런 손상은 / 연인을 더 많이 사랑하고 싶게, 그러나 더 적게 좋아하도록, 만드니 말이지.") "완벽하게 균형 잡힌" 문장으로 일컬어지는°° 마지막 행의 무게 받침은 '그러나'를 뜻하는 접속사 'sed'인데, 'invece'처럼 이 말도 대화 안에 두 가지 생각을 얹고, 나중에 오는 생각이 앞에 놓인 생각을 수식하게 한다. 이탈리아어 번역판들에서 'bene velle'는 'voler bene'로 옮겨져

○ Gaius Valerius Catullus, "The Poems of Gaius Valerius Catullus," in *Catullus, Tibullus, Pervigilium Veneris*.

○○ *Catullus: The Shorter Poems*, edited with introduction, translation.

있고, 따라서 낭만적 사랑과 대비되는 우정, 혹은 사랑함에 대비되는 좋아함을 가리킨다.°

'amare'와 'voler bene'는 이 작품의 도입부에서부터 우리의 눈길을 사로잡는다. 우리가 처음 알게 되는 것이 이 말들이고, 이 말들이야말로, 변화와 함께 스타르노네 소설의 진짜 주인공이다. 이 둘을 착한 마녀와 나쁜 마녀 정도로 생각해두자. 누가 어느 쪽인지는 굳이 밝히지 않겠다. 이들이 서로 겨루고 중첩되고 도전하는 정도와 서로 대응하고 경쟁하고 상쇄하는 방식에서 ('invece'와 'anzi'의 관계와 사뭇 비슷하게) 언어를—또는 인간의 사용법과 결합된 언어를—액면 그대로 이해하기란 불가능하다는 사실이 증명된다. 대신에 우리는 말과 더 심오한 관계를 맺어야 한다. 말의 심층부로 내려가 은밀하게 감춰져 있는 겹겹의 대체어를 캐내야 한다. 언어를 조금씩이나마 이해해나갈 방법은 오로지 언어를 아주 많이 사랑하는 것, 그래서 우리를 혼란에 빠뜨리고 우리를 괴롭히다 못해 통째로 집어삼킬 듯 위협하는 언어에 우리를 내맡기는 것이다.

세 작품 연속으로 스타르노네가 명징한 하나의 단어로 담아낸 이탈리아어 제목들을 대체할 만족스러운 영어 단어를 찾기란 쉽지 않은 일이었다. 원제인 'Confidenza'를 단순히 동일한 어원의 영어 단어로 대체한다고 할 때 처음 떠오르는 단어는

° 라틴어로 '원하다, 바라다'를 뜻하는 부정사 'velle'는 주인공의 성姓인 'Vella'와 한 글자 차이다. '나는 뽑는다/잡아 뺀다/파괴한다'라는 뜻의 라틴어 동사 'vello' 도 있다.

'Confidence'다. 하지만 나는 다른 선택을 했다. 'confidenza'처럼 영어의 'confidence'에도 '친밀함, 비밀, 확신' 같은 다중의 의미가 있다. 주제적으로는 스타르노네의 제목에 세 가지 뜻이 모두 담겨 있다. 하지만 이탈리아어로 'confidenza'는 '은밀한 교환'이라는 개념을 가리키는 말이라서 영어적인 의미의 확신이나 장담과는 맞지 않는다. 내가 선택한 'trust'라는 단어는 이 소설에 담긴 은밀한 관계, 거기에 따라오는 아슬아슬한 심리 게임과 연결되어 있다. 흥미롭게도 영어 표현에 함축된 대담함, 배짱, 당돌함 같은 의미에 더 가까운 말은 라틴어 'confidentia'이다. 내가 기어이 내 선택을 옹호하는 이유는 내 라틴어 사전에 실린 동사 'confido'의 첫 번째 정의가 실제로 '신뢰하다to trust'이기 때문이다.° 생각해보니 '트위스트Twist'나 '턴Turn'이라는 제목도 붙여봄직했다 싶지만.

이 작품은 지난 6년간 내가 세 번째로 번역한 스타르노네의 소설이고 이로써 한 바퀴의 순환이 완결된다. 3부작의 완결판 같은 것은 아니지만, 삼각형의 세 번째 변인 것은 분명하다. 세 권 모두 다양한 일인칭 화자, 긴장감이 감도는 결혼 생활, 불편한 부모 자식 관계가 등장한다. 자유에의 탐구, 과거와 현재의 충돌, 직업적 성공, 두려움, 노화, 울분, 평범성, 재능, 경쟁 등의 주제가 공통적으로 이야기를 관통한다. 연달아 읽으면, 한 권이 다음 권에서 모습을 드러내는 것 같다. 그렇지만 상당량

°   Charlton T Lewis, *An Elementary Latin Dictionary: With Brief Helps for Latin Readers*.

에 이르는 스타르노네의 저작을 모두 읽은 독자에게는 이 마지막 권이 제 앞에 온 모든 전작과 나누는 대화가 들릴 것이다. 행간을 읽는 독자의 눈에는 다른 작가들과의 풍부한 상호텍스트성은 물론이고, 스타르노네 전작들과의 절묘한 '내적텍스트성 intratextuality'도 보일 것이다. 다른 스타르노네들, 이전 스타르노네들을 대신하는 스타르노네가 보인다고 해야 할까.

이 소설은 한 남자와 한 여자가—과거 애인이고, 법적인 부부는 아니지만 영혼의 단짝인—과거를 돌아보며 자신들의 삶의 여건이 어떻게 달라졌는지 곰곰이 따져보는 이야기다. 2020년 봄 뉴저지 프린스턴에서 『트러스트』의 번역을 시작할 당시 내 심경도 이러했다. 그때까지 나는 저 '신종 코로나바이러스'가 곧 사라질 용어, 그러니 곧 사라질 문제라는 희망을 줄곧 품고 있었다. 로마에서 학교에 다니다가 별안간 이탈리아가 국경을 봉쇄한 다음 날 JFK행 비행기에 오르게 된 아들아이도 조금 있으면 다시 비행기를 타고 돌아가 친구들 옆에서 무사히 고등학교를 마치겠거니 짐작했다. 당연히 남편과 나도 딸을 데리고 로마에서 열릴 아들의 졸업식에 참석하겠거니 생각했다. 아무것도 생각대로 되지 않으리란 걸 깨달았을 때, 나는 스타르노네의 이탈리아어에 마음을 기댔다. 이 경험이 오래 지속되도록 하루에 한 페이지씩 인쇄했다. 하루 아침에 일상이 뒤집힌 상황에서 이 소설을 번역하는 아이러니에 무심할 수는 없었다. 내가 절실히 느낀 또 한 겹의 아이러니는 한 권 두 권 출간된 책이 쌓여가는 작가 생활의 우여

곡절—집필부터 수정, 교정 교열, 출장, 호텔 숙박, 실내를 가득 메운 청중 앞에서의 강연, 책 사인회, 행사 후의 회식까지—을 재현하는 스타르노네의 빈틈없이 정확하고 코믹한 묘사에서 비롯했다. 하나부터 열까지 내가 잘 아는 일들, 그중 몇 번은 스타르노네와 즐겁게 같이했던 일들, 그리고 대부분 그도 나도 더 이상 할 수 없게 된 일들이었다.

치환의 재미는 이 소설에서 내가 가장 사랑하는 한 문장으로 응축할 수 있다. 펼친 우산이 갑작스러운 돌풍을 맞아 "큐폴라cupola●에서 컵으로" 바뀌는 대목은 가히 천재적이다. 이탈리아어로는 "mutare da cupola in calice", 말 그대로 큐폴라에서 성배로 바뀐다는 뜻이다. 스타르노네는 이 문장에서 시각적이고도 언어적으로 형태의 변화를 환기한다. 말장난의 묘미는 (외람되게도) 영어 표현 쪽이 좀 더 맛깔나긴 하지만. 그런데 큐폴라에서 컵으로의 진행이 이 문장의 끝은 아니다. 문장은 이렇게 이어진다. "말이 사물의 형상을 바꾸기는 얼마나 쉬운지com'è facile cambiare a parole la forma delle cose." 저 'forma'는 우리를 곧장 오비디우스에게로, 『변신 이야기』의 첫머리로 다시 데려간다. "In nova fert animus mutatas dicere formas / corpa"("새로운 몸으로 변신한 형상들에 대해 말하고to speak 싶어 내 마음이 기우니") 오비디우스의 동사 'dicere말하다' 역시 스타르노네가 질문으로 던지는 간결한 첫 문장과 공명한다. "Amore,

● 작은 컵을 엎어놓은 모양의 둥근 천장이나 돔형 지붕.

che dire?"("사랑이라, 뭐라 말해야 하나?") 스타르노네는 롤러코스터의 전문가이기도 하지만 회한의 달인이기도 해서, 폭풍처럼 몰아치는 그의 이야기들 옆에는 항상 그것을 누그러뜨리는 애절한 영혼이 있고, 그것은 그리스어와 라틴어의 비가를 연상시키는 동시에 유행가 가사의 보편적인 감성과도 공명한다. "내가 뭔가 잘못 말했나 봐, 이젠 지난날이 그리워요"(〈Yesterday〉)라고 읊조리는 폴 매카트니의 노랫말을 떠올리며 이 소설에 흐르는 언어와 사랑의 테마를 곱씹어보시길.

팬데믹 기간 동안 나는 이 소설과 더불어 1년을 보냈고, 그 사이 'invece'에 대한 나의 이해는 바람에 뒤집힌 우산처럼, 내 이탈리아어 어휘집의 단골 일상어에서 순수한 시와 철학이 응축된 언어적 정제수로 뒤바뀌었다. 친구의 책을 차례로 번역하면서 나는 언어와 말에 대한 한 가지 비밀을 배웠다. 말은 눈 깜박할 새에 변한다는 것, 대체할 말들은 넉넉히 있다는 것. 스타르노네의 텍스트 번역에 몸담았던 지난 6년의 경험은 나를 명실상부한 번역가로 만들어주었고, 내 창작 생활의 일부가 된 이 새로운 활동 덕분에 언어뿐만 아니라 삶에 내재된 불안의 의미도 명료해졌다. 그렇기에 스타르노네의 이탈리아어를 대신할 영어 단어들을 고르는 작업을 하면서 나는 언제나 고맙고 끝없이 변화한다.

2021년 프린스턴

그람시의 '트라두치온'

통상적 이감과 특별한 번역에 대하여[*]

제안 LA PROPOSTA · THE PROPOSAL

2021년 1월 31일, 로마의 그람시재단 책임자 겸 역사학자인 실비오 폰스로부터 이메일을 받았다. 얼마 전 에이나우디 출판사에서 펴낸 안토니오 그람시의 『옥중 서신』 이탈리아어 최신 완결판 출간을 기념해 봄에 열릴 온라인 행사에서 짧게 발언해줄 수 있느냐는 문의였다. 그람시는 1926년 11월 8일 이탈리아 파시스트 정부에 체포된 직후부터 서신을 쓰기 시작했다. 최초 수감된 곳은 로마의 레지나 코엘리 교도소 독방이었고, 그 뒤로 이탈리아 전역의 교도소와 구금 장소로 수차

---

[*]   영어 원제는 「Traduzione (stra)ordinaria/(Extra)ordinary translation」이다. 이탈리아어 'Traduzione'에는 '번역'이라는 뜻 외에 '수감자 이송'이라는 뜻이 있고, 라히리는 그람시의 서신에서 이 단어의 다의적 쓰임새를 포착해 제목을 가져온 듯하다.

례 이감되었다. 그리고 1937년 4월 27일, 석방된 날로부터 엿새, 뇌출혈을 일으킨 날로부터 이틀 뒤에 로마의 한 병원에서 사망했다.

그람시에 관해 이 정도의 사실들은 이미 알고 있었다. 로마에서 지내면서 트라스테베레 지구의 레지나 코엘리 앞을 지날 때면 나는 그를 떠올린다. 테스타치오의 신교도 공동묘지가 우리 아파트에서 강을 건너 조금 걸으면 닿는 거리인지라 이따금 그의 마지막 안식처에도 찾아갔다. 하지만 실비오 폰스의 연락이 왔을 때 나는 로마에서 멀리 떨어진 뉴저지주 프린스턴에서 온라인으로 학부 학생들에게 번역 강의를 하고 있었다.

나는 몸은 내 일상이라는 현실에 매어둔 채 머리로는 다른 한 사람, 11년 동안이나 국내 유형지에 수감되어 가족, 친구, 자신의 정치적 신념을 지지하는 외부 세계와 단절되어야 했던 인물을 골똘히 생각했다. 그러면서 팬데믹이 초래한 제한된 대인 접촉과 제약 속에 보낸 수개월—이 기록을 적은 시점에서는 11개월—을 바라보는 나의 인식이 달라진 것은 그다지 놀랍지 않았다. 그람시의 서신을 두 달 간 체계적으로 읽어나간 집중적인 독서가 나를 놀라게 한 이유는 따로 있었다. 그람시가 사르데냐섬에서 태어나 자랐고 이탈리아공산당의 창립자이자 당수를 역임했고 사후 80년이 지난 지금까지도 마르크스주의의 아이콘으로 살아 있다는 사실을 알고 있었음에도, 내가 그를 번역의 아이콘으로 인정하고 이제 추앙까지 하게 된 건 오직 팬데믹 기간 동안 그람시의 서신에 몰두한 덕분이었다.

문고판 IL TASCABILE · THE PAPERBACK

실비오 폰스가 책의 pdf 파일을 보내주었다. 489편의 편지 글과 진지한 작품 해설이 담겼고, 페이지 수는 1,262쪽에 달했다. 내게는 이것보다 간추려진, 300쪽이 채 못 되는 문고판 서간집이 한 권 따로 있었다. 미켈라 무르자의 서문에 이끌려 이탈리아에서 구입한 책이었다. 당시 나는 정치사상가로서가 아닌 작가 그람시를 알고 싶은 호기심이 발동했다. 번역을 통하지 않은 그의 목소리를 듣고 싶었고 그가 직접 말해주는 개인사의 단편들도 알고 싶었다. 로마에서 책을 손가방에 넣어 다니다가 버스나 전차나 대기실에서 꺼내 읽던 기억이 난다. 때로는 페이지를 휘리릭 넘겨 띄엄띄엄 편지들을 읽었고, 그렇게 경계를 넘어 나와 마주치리라고는 의도하지 않았을 그의 말들을 읽었다. 그 경계 너머에서 나는 다정하고 위트 있고 놀라운 지성과 호기심과 박식함을 갖춘 남자를 발견했고, 그의 통찰은 내 분주한 외출에 길동무가 되었다. 나는 일상의 장면과 사건을 묘사하는 그의 재주와 주체성과 진실성이 놀라웠다. 이 비극적인 서사, 그럼에도 생명력과 친밀감이 그득하고 시종일관 인생과 신념을 탐구하는 이야기에 빨려 들어갔다. 언제고 나를 불러들이는, 내가 발을 담갔다 뺄 수 있는 한 편의 복잡한 소설 같았다. 그러던 참에 책의 자리가 바뀌었다.

이탈리아와 미국을 자주 오가던 어느 여행길에 나는 이 책을 프린스턴에 가져가기로 결정했다. 어쩌면 기내에서 읽고 싶었는지도 모른다. 여하튼 나는 각성과 수면의 경계를 넘어가는 야심한 시각에 이따금 길동무로 삼으려고 침대 옆에 책을 놓아두었다. 새삼 이런 생각이 또렷해진다. 그람시의 서신들을 내가 처음 발견한 것은 한곳에서 다른 곳으로 이동하고 있을 때였던 데 반해, 두 번째 발견이 일어난 것은 코로나19 팬데믹 기간 동안 프린스턴대학교의 파이어스톤 도서관에 앉아 있던, 역사에 남을 정적의 순간이었다는 것. 이 두 가지 독서 방식의 차이는 그람시의 옥중 서신이 지니는 대단히 모순적인 성격과 서로 조응한다. 저 말들은 늘 장소를 이동하는데 그것을 쓴 남자는 아무 데도 갈 수 없었다.

이감의 여정 VIAGGIO DI TRADUZIONE · TRANSLATION JOURNEY

우스티카섬에서 처형인 타니아 슈히트에게 보낸 1926년 12월 19일 자 편지에 그람시는 이렇게 적었다. "È stato questo il pezzo più brutto del viaggio di traduzione."("그 부분이 내 번역의 여정translation journey에서 가장 힘들었습니다.")● 정확히 말하면, 내가 보기엔 그렇게 적은 것처럼 보였다. 그때까지 나는 이탈리아어로 번역을 뜻하는 'traduzione'이란 단어에 다른 의미가 하나 더 있

●　서신의 영문 번역은 저자인 줌파 라히리가 했고, 우리말은 이 영문 번역을 옮긴 것이다.

다는 사실을 모르고 있었다. 이 말이 용의자나 구금 대상자의 호송을 가리키는 행정 당국의 용어라는 것. 이 두 번째 의미를 발견하고, 나는 기가 막히고 당혹스러웠다. 이탈리아어를 그렇게 열심히 공부했으면서, 직접 책을 번역하고 번역을 가르치기도 하면서 어떻게 이걸 모를 수 있었을까? 나는 죄수의 이송과 언어의 이송, 이 둘을 동일한 존재론적 스펙트럼에서 사고하기 시작했다. 12월 19일 자 편지에서 그람시는 한 장소에서 다른 장소로의 이송 과정을 아주 상세하게 들려준다. 수갑, 항구까지의 호송차 탑승, 보트, 소형 증기선, 몇 번의 사다리 오르기, 손목이 결박된 채 다른 죄수들과 같이 쇠사슬로 묶인 것, 최종 목적지인 감방 도착에 이르기까지 순차적인 사건으로. 그는 이행의 매 순간 모든 변화를 하나하나 인식하고 있다. 이 이동의 기억을 더욱 강조하는 것은 당연히, 그에게 강요된 불가동성이다. 한참 후에 그는 이렇게 적는다. "우리는 정해진 한계선을 넘어갈 수 없다." 따지고 보면 저 지난한 이동의 핵심은 (그를 억류한 자들에게는) 이동의 차단, 혹은 통제와 감시 속에서의 이동이라는 조건이다. 그람시는 이감 항해voyage of translation 끝에 우스티카 섬에 도착했다. 그 뒤 11년은 또 다른 종류의 이동의 여정voyage of translation이 기다리고 있었다.

사전과 문법서

I DIZIONARI E LE GRAMMATICHE · DICTIONARIES AND GRAMMARS

그람시의 투옥 현실을 이루는 한 부분은 의류, 개인위생

용품, 약품 따위의 이런저런 필수품을 편지로 계속해서 요청하는 일이었다. 하지만 그람시에게는 책 또한 필수품이었고, 이탈리아어 책과 번역서를 망라하는 요청 도서 목록에 외국어 사전과 문법서가 꾸준히 포함돼 있었던 점은 그람시와 다른 언어들 사이의 깊은 관계를 보여준다. 우스티카섬에 도착하자마자 쓴 1926년 12월 9일 자 편지에서 그는 "가능하면 곧바로," 독일어-러시아어 문법서와 독일어 사전을 보내달라고 부탁한다. 교도소의 하루 일과를 간략히 전하면서 그가 자신의 두 번째 우선순위로 꼽는 것은 (첫 번째는 좋은 건강상태 유지하기다) "체계적이고 꾸준하게" 독일어와 러시아어를 공부하겠다는 목표다. 그는 12월 19일 자 편지에서 다시 한번 타니아에게 벌리츠 어학원의 독일어-러시아어 교재를 부탁한다. 5월 23일에는 어학 공부가 여전히 그의 으뜸 관심사라는 점을 되풀이해 밝히고 있다. 그리고 사전 한 권을 분실했다며 사전들을 추가로 요청한다. "어학 공부를 나의 주된 활동으로 삼기로 굳게 마음먹었습니다." 계속해서 그는 (러시아어와 독일어 다음으로) 영어, 스페인어, 포르투갈어, 루마니아어 같은 외국어를 (고등)학교와 대학교에서 "건성으로 공부한" 수준이라며 이 언어들을 더 꼼꼼히 공부할 작정이라고 말한다. 이런 치열한 언어학습이야말로 감옥 안에서 그의 심리적 평정을 유지하게 해준 힘이다. 1929년 12월 즈음, 서신집의 가장 감동적인 어느 구절에서 그는 자신의 영혼이 지치지 않는 것은 언어 때문이라고, 언어 공부가 자신을 구제해주기 때문이라

고 말한다. "내 마음 상태가 어떠하냐면 설령 나에게 사형선
고가 내려지더라도 나는 여전히 차분하게, 심지어 사형 집행
전날 밤까지도 아마 중국어 공부를 하고 있을 것 같다."

공부와 여행 STUDI E VIAGGI · STUDIES AND TRAVELS

체포와 투옥으로 더욱 절실해졌을 뿐, 번역은 그람시에게
평생에 걸친 현실이고 열망이고 수련이고 닻이고 은유였다.
학창 시절 그는 고대 그리스와 라틴 문학을 읽었다(아울러 옮
겼다). 학교에서 그가 배운 언어에는 프랑스어, 독일어, 영어,
산스크리트어가 포함되어 있다. 언어학과 방언도 공부했다.
그가 이탈리아 문학에 심취한 사실부터가 스무 살까지 살았
던 고향 사르데냐의 언어와 전혀 다른 언어와의 결합을 예증
한다. 대안적인 언어 체계와 그의 동일시가 어느 정도였는가
하면, 초기 논평들을 발표할 때 자기 이니셜에 해당하는 그리
스어 철자를 조합한 알파 감마Alfa Gamma라는 가명을 사용했
을 정도다. 어느 시점부터인가는 러시아어까지 익히기 시작
했다. 이십대 초반에 문학도에서 저널리스트로 변신하면서—
비록 실제로는 일평생 열혈 문학도였지만—그의 외국어 지
식은 그가 정치가로 성장하고 편집자로서 비전을 세우는 데
결정적인 역할을 했다. 덕분에 그는 참여하던 잡지에 마르크
스와 레닌의 저술을 게재할 수 있었고, 뿌리부터 다중언어적
인 광범위한 국제공산주의운동의 담화 자체에 참가할 자격
을 확보할 수 있었다. 그가 파시즘 치하에서 스탈린을 비롯한

이들의 글을 번역한 것은 이제껏 번역이 수행해온 필수적이고도 전복적인 역할을 재삼 강조한다. 모든 번역은 정치적 행위이지만, 무솔리니 치하에서는 더더욱 그러했다. 무솔리니는 언어순수주의에 입각해 번역 행위가 야기하고 옹호하고 의미하는 일체의 것들에 반대하며 집권 중에 번역문학의 출판을 엄중히 검열·감시했으니 말이다. 러시아어와 독일어는 그람시가 공산주의운동의 사상과 실천을 이해하는 데 결정적으로 중요한 언어였고, 1922년의 모스크바 여행, 이듬해 독일과 오스트리아 여행이 저 두 언어와 그의 접촉을 더욱 증폭하는 계기였음은 두말할 나위 없다. 그람시는 편지에서 여행에 대해 별로 언급하지 않지만, 과거 언어를 공부한 기억이나 토리노대학교에서 그에게 언어학을 가르친 교수이자 친구가 되기도 한 마테오 바르톨리의 이야기는 들려준다.

결혼 MATRIMONIO · MARRIAGE

번역은 텍스트 간의 결혼으로 이해되기도 한다. 부디 변치 않길 소원하는 친밀한 결속 같은 것. 그람시는 말 그대로 번역과 결혼했다. 1922년, 이른바 '로마진군'에 이어 무솔리니가 집권하던 해, 러시아에서 그람시는 줄리아 아폴로노바 슈히트를 만났다. 줄리아는 러시아인 부모에게 태어나 스위스와 로마에서 어린 시절을 보냈고, 스무 살 무렵 러시아로 돌아왔다. 그람시가 코민테른 의장단의 일원으로 이바노보-보즈네센스크시를 방문했을 때, 줄리아가 그의 통역 담당이었다. 두 사람은 알렉산드르 보그다노프의 소설 번역에 힘을 모았다. 1923년 둘은 부부가 되었고, 그 시점부터 번역은 그람시 개인의 삶과 가족관계와 미래의 일부로 영원히 자리 잡았다.

이중의 정체성 DOPPIA IDENTITÀ · DOUBLE IDENTITY

그람시는 하나로 규정되지 않는 인물이었고 앞으로도 죽 그럴 것이다. 그는 사르데냐인이면서 이탈리아인이었고, 정치가이면서 언어학자였다.° 게다가 11년 동안 갇혀 지내면서도 쉬지 않고 다른 사람들과 교류했다. 프리모 레비—화학자 겸 작가에 그치지 않고 여러 정체성과 버전을 넘나들었던 인물—처럼 그람시 역시 다면적인 인물이었다. 그러나 이중(혹은 다중) 정체성의 이면은 정체성의 결핍일 수도 있다. 1931년 10월 12일에 타니아에게 쓴 장문의 편지에서 그람시는 언어와 민족의 문제, 더 구체적으로는 유대인이라는 조건에 관해 이야기한다(그의 장모는 유대인 혈통이지만, 1938년에 이탈리아 최초의 인종법이 공포된 것은 아직 한참 뒤의 일이다). "고대의 언어를 망각한 '민족'은 이미 제 과거 유산과 최초의 세계관을 대부분 잃어버리고 정복자들의 문화를 (언어도 같이) 흡수했다는 말인데, 그렇다면 이 경우에 과연 민족이 더 이상 무슨 의미일까요?" 그런 뒤 같은 편지의 뒷부분에서 "나라는 사람은 아무 민

° 1929년 5월 20일 자 편지에서 그람시 자신은 줄리아에게 자기가 "반쪽짜리 사르데냐인"일 뿐 "진짜"가 아니라고 말하고 있긴 하다.

족에도 속하지 않습니다"라고 선언한다. 그는 알바니아 혈통인 아버지와 스페인 혈통의 할머니를 언급하며 이탈리아인의 정체성과 자기의 관계는 주조된 것이라고, 이탈리아인이 되는 역동적인 과정은 이주 혹은 이동—진정한 의미에서의 "옮김 translation"—에서 생겨난다고 덧붙인다. 비록 편지 말미에 스스로 내린 결론에서는, 자신이 "근본적으로 이탈리아의" 문화에 속해 있으며 "두 세계 사이에 찢겨" 있다고 생각지 않는다고 이야기하지만, 바로 이런 정확한 뿌리와 언어의 결핍이 새로운 언어를 향한 그의 끝없는 목마름과 합쳐져 그람시를 번역가로 존재하게 한다고 나는 믿는다. 그리고 어쩌면 관계를 형성할 때에도 자신처럼 다중의 정체성이 내재된 이들에게 끌리지 않았을까? 예를 들어 타니아와 줄리아는 두 사람 다 번역가이자 통역사로 일했고, 대사관을 비롯해 그들이 근무한 환경에서 언어와 언어를 중재하느라 끊임없이 경계에 놓일 수밖에 없었다. 그람시처럼 그들도 각자 다중 의식을 지닌 혼종적인 인간이었다. 1931년 9월 7일 타니아에게 쓴 편지에서 그의 이등분된 자아 또는 이중의 마음이 드러난 문장을 발견하고 나는 적이 놀랐다. "그래서 내가 나를 즐겁게 해줍니다." 1931년 11월 9일 자 편지에도 비슷한 말이 흥미롭게 되풀이된다. 바늘로 성냥개비를 쪼개 하나를 둘로 만드는, 감옥에서 관습처럼 하는 행동을 설명하면서 그는 적는다. "성냥의 경우 우리 죄수들은 습관처럼 바늘로 성냥개비 하나를 두 조각으로 쪼개 두 배수를 만들곤 하지요."

이중의 텍스트 DOPPIO TESTO · DOUBLE TEXT

그람시의 옥중 저술은 방대한 양의 서신과 방대한 양의 수고手稿로 나뉘어 있었다. 각각의 글 묶음은 다른 쪽 글 묶음을 읽음으로써 의미가 증폭된다. 그의 저술은 두 텍스트 간의 대화이고, 대화는 모든 번역의 기반을 이룬다. 그람시가 공책에 글을 쓰기 시작한 날짜는 1929년 2월 8일이었다. 약 두 달 뒤인 4월 22일, 그는 타니아에게 이런 편지를 쓴다. "뭐니 뭐니 해도 가장 보람 있는 공부는 현대 언어를 익히는 것입니다. 문법서 한 권만 있으면 충분합니다. 그런 건 중고 책 가판대에서도 헐값에 구할 수 있고요." 그리고 몇 줄 아래에 이렇게 적는다. "그렇지만 내 생각에 정치범으로 수감된 자는 돌에서 피를 뽑아낼 수 있어야 합니다. 독서에 목적을 부여하고 기록해두는 것이 중요해요. (글을 쓰는 특혜를 누릴 수 있다면 말이지요.)" 그람시는 이때 이미 공책 기록을 언급하고 있다. 공책에 적힌 글은 떠오르는 단상들을 기록한 사적인 메모들이라 명료한 조탁을 거치기 이전의 글들이다. 물론 공책 안에서 수차례 갈고 다듬어지는 생각들도 있다. 그의 편지글은 더 논리정연하고 절제된 느낌이다. 더 내면적인 일기체라는 점에서 어떤 의미로 공책 수기가 (지극히 매력적이면서도) 접근을 차단하는 글이라면, 그의 편지는 역시 내면적인 글이면서도 바깥을 겨냥하는 일종의 서사이고, 그야말로 줄거리가 있는 한 편의 드라마처럼 읽히기도 한다. 편지는 항상 경계를 넘어가고 바깥의 목소리에, 타인을 향한 관심과 그리움에 화답한다. 편지에서, 오직 편지에서만, 그것도 아주 드물게 그는 극심한 고립감과 취약함과 절박감을 드러낸다. 그람시의 편지를 읽다 보면, 그가 쓰는 말만 들릴 뿐 그가 받는 답글은 들리지 않으니 마치 두겹진 실의 한 올만을 만져보는 묘한 느낌이 든다.

말을 통한 양육

PATERNITÀ ATTRAVERSO LE PAROLE · FATHERHOOD THROUGH WORDS

그람시가 아버지로 존재하는 건 순전히 편지글 형식의 언어 덕분이다. 그는 모스크바에서 태어난 델리오를 거의 안아보지 못했고, 줄리아노는 한 번도 못 만났다. 아이들은 러시아에 살면서 그람시에게 러시아어로 편지를 썼다. 그가 아이들과 추억을 나누거나 지난 시절 얘기를 들려주는 것은 오직 서신 왕래를 통해서 뿐이었다. 오직 편지 안에서만 아이들과 유대를 형성할 수 있었다. 하지만 언어는 또 다른 장벽이었다. 줄리아와 타니아 두 사람이—번역자로—핵심적인 역할을 해준 덕에 그람시는 자식들과 소통할 수 있었다. 1927년 3월 26일 자 편지에서 그는 엄마의 모어인 러시아어로 말문이 트인 델리오를 대견해하며 아이가 이탈리아어도 알고 프랑스어 노래도 헷갈리지 않고 부를 줄 안다고 적는다. 같은 편지의 앞부분에서는 타니아한테 아이들이 어느 나라 말을 하느냐고 물으면서 아이들이 사르데냐어를 익히도록 해주기를 권유한다. 사르데냐어를 방언이 아닌 독립된 언어로 규정하는 그람시가 보기에 조카 에드메아에게 사르데냐어를 가르치지 않은 것은 잘못된 판단이었다. 그람시는 아버지와 자식의 관계란 세대 간의 상호 교환 같은 것이고, 그런 의미에서 또 다른 유형의 이동이라고 말한다. 1931년 6월 15일에 어머니에게 쓴 편지에는 이렇게 적혀 있다. "우리의 행동 하나하나가 선악의 가치에 따라 다른 이들에게 전달되지요, 아비에서 아들로, 세대에서 세대로 이어지는 영구운동처럼요." 저 중요한 단어, '운동motion'이 여기에서도 언급된다. 아이들에게 혹은 아이들에 대해 쓴 편지글 안에는 델리오와 줄리아노에게 쏟는 그의 정성이 잘 드러나 있다. 그렇지만 아이들의 삶에 자신이 부재하는 상황은 아주 일찍부터 그를 번민에 빠뜨린다. 레지나 코엘리 교도소에 있을 적에 줄리아에게 쓴 초기의 편지에서 그는 말한다. "성실한 부모로서의 나의 책임을 생각하면 마음이 괴로워요." 하지만 아이들이 자랄수록 언어 문제가 점점 큰 걸림돌이 된다. 세상을 떠나기 반년 전쯤인 1936년 11월 5일에도 그는 줄리아가 아이들에게 자기 편지를 번역해서 전해주기를 바라는 마음에 이런 편지를 쓰지만, 끝내 아이들과 가까워지지 못했다. "적힌 그대로가 아니라 아이들 심리에 맞게 내 메모를 아이들에게 '번역'해주고, 내가 아이들의 속마음을 이해하도록 도와준다면." 어느 때는 "아빠babbo"라는 애정 어린 말로 아이들에게 보내는 글을 끝맺는다. 또 어느 때는 자기 아이들한테 보내는 편지인데도 '안토니오'라고 서명하기도 한다. 아이들에게 쓴 그의 편지들은 한결같고 다정하지만, 그럼에도 편지 전체에 스민 정서는 극심한 좌절감, 아이들의 삶에서 유령이 된 듯한 감정이다. 1931년 12월 14일 자 편지에서 그는 아이들에 대해 아는 것이 아무것도 없고 아이들의 삶에 관여할 수도 없어서 아이들과 가까워질 자신이 없다고 타니아에게 토로한다. "솔직히 말하면, 아이들과 정신적으로 친밀한 관계를 맺기가 나로서는 역부족입니다. 그 애들의 생활이나 성장에 대해 기본적으로 아무것도 모르니까요." 편지 뒤에 가서는 자식들이 자기를 유령으로 여길까 걱정이라고까지 말한다. "플라잉더치맨Flying Dutchman이 보내는 편지라고 하면 어쩌지요?" 플라잉더치맨은 영원히 바다를 항해하며 떠돌아다닐 운명에 처한 유령선이다. 그는 덧붙인다. "유령된 자의 소명에 신물이 납니다." 이 이미지와 동일시함으로써 그람시는 정체성의 문제를 한층 더 복잡하게 끌어가고, 어쩌면 자기 자신의 끝을 예고라도 하는 것처럼 스스로 번역의 대상인 동시에 매개자를 자처한다.

관계 RAPPORTO · RELATIONSHIP

번역은 두 텍스트, 개념, 현실, 순간 사이에 맺는 친밀하면서도 불완전한 관계를 암시한다. 그람시의 편지를 읽다 보면, 부인, 어머니, 처형, 형제, 자식을 비롯한 가까운 인물들과 그람시의 관계가 얼마나 친밀하면서도 불완전한가를 이해하게 된다. 그람시의 편지를 읽으면서 모든 대인관계가 번역의 한 형태로 읽힐 수 있음을 깨닫게 된다.

두 번째 독서 LA SECONDA LETTURA · THE SECOND READING

앞에서도 이야기했지만, 이 서신집과의 두 번째 만남은 첫 번째와 매우 달랐다. 그람시재단에서 개최하는 행사까지 2개월의 준비 시간이 있었으니 그 전까지 편지를 최대한 많이 읽어두고 싶었다. 매일 독서 시간을 정해놓고 모니터에 띄운 방대한 pdf 파일과 내 책장에서 꺼내 온 손때 묻은 문고판을 번갈아 들여다보았다. 두 번째 독서를 해나가다가 나는 본문에 밑줄을 긋고 메모를 남기기 시작했다. 프린스턴의 파이어스톤 도서관에 이용 시간을 예약해서 혼자 아무 방해도 받지 않고 편지들을 흡수하기 시작했다. 순서대로 한 편 한 편, 체계적으로 읽어나가고 싶었다.

메아리 ECO · ECHO

이 글이 아닌 다른 글에서도 나는 번역 행위와 그것이 가져오는 결과를 고찰하는 한 방법으로 메아리를 제시한 바 있다. 그람시의 서신과 수고 안에는 분명 메아리처럼 서로를 되울리는 구절들이 있다. 나란히 놓고 읽으면, 그람시가 비슷한 것들을 다른 식으로 논증하고 해석하는 순간들이 포착된다. 그런데 이즈음 내 탐지기에 다른 메아리들이 감지된다. 말하자면 그람시의 감금과 팬데믹 기간 동안 내 삶의 단면, 이 둘 사이의 되울림이다. 내가 지금 그의 글을 읽고 그를 떠올리고 있는 이곳, 책으로 가득 찬 이 도서관에서 그는 얼마나 행복해했을까. 내 독서의 어느 시점에선가 서서히 변화가 찾아온다. 나는 반드시 날마다 그의 글을 읽어야 하고, 읽기 위해 날마다 꼭 도서관에 와야 한다. 집에서 도서관까지 걸어와야 하고, 같은 테이블에 앉아야만 하고, 간혹 같은 의자로 자리를 옮겨야 할 때도 있다. 그리고 반드시 도서관 안에서 다양한 사전들, 특히 살바토레 바탈리아의 『이탈리아어 대사전Grande Dizionario della Lingua Italiana』 21권 전집(이하 바탈리아)이 지척에 있어야만 한다. 편지의 어떤 단어들이 더 심층적인 조사를 요구해오기 시작할 때 내가 이해할 수 있도록 도와주는 존재들이다. 그의 글을 읽으면 읽을수록 더 많이 읽지 않을 수 없고, 내 집과 도서관을 오가는 이동의 자유를 분명하게 의식할수록 나는 'traduzione'이라는 단어의 총체적 의미에 대해 더 많이 생각하게 된다. 나의 이용 시간대는 정해져 있다. 팬데믹으로 인해 반드시 지정된 시간에 입장하고 퇴장해야 한다. 지켜야 하는 새로운 규정이 생겼다. 화장실 사용은 한 번에 한 사람씩만, 식수대와 일부 좌석들은 테이프로 이용이 차단되어 있다. 이 도서관에 들어설 때마다, 700만 권이 넘는 장서가 내 잠재적 가용 범위에 있음을 확인할 때마다 내가 경험하는 무한한 자유에 비하면 이런 제약들은 아무것도 아니라는 것을 실감한다. 그람시는 과연 몇 권의 서적을 지니고 여러 감방을 전전했을까.

오리지널 ORIGINALE · ORIGINAL

좋든 나쁘든 이 말은 번역가의 어휘집을 이루는 일부이고,

또한 그람시의 독특한 지적·문학적 산출물을 규정하는 말이기도 하다. 'originale'은 '기원'을 뜻하는 라틴어 'origo'에서 유래하며 모든 것의 시작점, 존재가 생성되는 사건, 탄생 신화, 우리가 비롯한 장소, 우리 부모와 조상, 내러티브가 생겨나는 장소, 말이 파생된 근원에 우리를 뿌리내리게 한다. 그러나 한편으로 기원은 출발점을 발생시킨다. 빼어나게 독창적인 그람시의 저술이 숱한 번역을 양산했고, 여기에는 한 언어에서 다른 언어로의 '문자적literal' 번역은 물론이려니와 학문적 분석의 형태로 이뤄지는 유의미한 추론적heuristic 파생물까지 포함된다. 이들이 모두 강조하는 사실은 이것이다. 번역이란 하나의 텍스트가 여러 개로 증식하는 과정이라는 것.

옥중 독서 LETTURA DAL CARCERE · PRISON READING

초언어학적translinguistic 주제와 관심은 그람시의 독서 생활에서 꾸준한 화두였다. 그가 프랑스어로 마르크스를 읽은 일이며 에스페란토어*나 토착어의 기능에 해설을 남긴 사실은 잘 알려져 있다. 그는 서신은 물론 수고에서도 크로체와 마키아벨리, 도스토옙스키와 G. K. 체스터턴을 아우르는 독서 편력에 여러 페이지를 할애한다. 단테의 「지옥편」 10편을 읽고 쓴 장면 분석에서는 동사 시제와 의사소통의 혼선과 침묵, 말해지지 않은 것을 중심으로 돌아가는 사건을 다루고 있다. 만

* 1887년 폴란드 의사 루도비코 라자로 자멘호프가 국제 공용어로 창안한 언어.

초니를 읽으면서는 이탈리아 공용어의 문제를 재검토한다. 그람시의 사유 방식이 전반적으로 치열한 것은 반복해서 대상을 탐문하는 정신이 있음을, 번역이 불가피하게 요구하는 수준으로 치열하고 정밀하게 읽어내는 정신이 있음을 말해 준다. 나는 그람시가 번역을 의도했든 안 했든 모든 것을 번역가의 입장에서 읽었다고까지 말하고 싶다. 안목 있는 다중 언어 독서가들 대부분이 그렇듯, 그람시도 번역서에 대해 할 말이 많다. 타니아에게 쓴 1929년(정식으로 그에게 글쓰기가 허용돼 공책 기록을 시작한 해다) 8월 26일 자 편지에서는 여러 부문의 번역을 직접적으로 언급하는데, 특히 엉성한 번역에 대해 불평한다. 미래파 작가 마리네티의 타키투스 번역본 오류를 비판할 때는 프랑스어와 라틴어 텍스트를 나란히 놓고 오류의 예시들을 꼼꼼하게 지적한다.

편지 번역

TRADUZIONE DELLE LETTERE · TRANSLATION OF THE LETTERS

그람시의 편지들은 끊임없이 번역의 필요성을 제기한다. 주로는 이탈리아어에서 러시아어로, 또 그 반대로도. 1927년 3월 19일 자 편지에서는 타니아를 통해 장모님에게 이탈리아어나 프랑스어로 긴 편지를 써달라는 부탁을 전달하고 있다. 이어서 대학 때의 비교문학 졸업논문을 깊이 있게 발전시키겠다는 계획을 이야기할 때는 'für ewig영원히, 불변하게'라는 독일어로 자기 마음을 묘사한다. 이것은 그의 편지글 곳곳에 무수히 퍼져 있는 외국어 표현 사례 중 하나에 불과하다. 사실 그람시의 편지글은 거기 등장하는 언어를 전부 다—그람시가 잘 알고 글쓰기에 동원한 모든 언어를—알지 못하는 독자라면 누구든 번역이 필요할 것이다. 특히 델리오와 줄리아노에게 글을 쓸 때 불쑥 튀어나오는 러시아어 단어들, 어머니와 고향 친지에게 쓸 때의 사르데냐어 표현들은 기본이고, '기억'이라는 뜻의 그리스어 'mneme', '비계'라는 뜻의 프랑스어 'échaffaudage', 'thermos보온병 브랜드'와 'schooners세로돛 범선' 같은 영어 단어들을 비롯해서 다양한 외국어 단어들이 발견된다. 내가 그람시의 편지를 읽다가 새로 배운 이탈리아어 중에 휘파람을 뜻하는 'zufolare'라는 단어가 있다. 그람시는 1931년 5월 18일 자 편지에서 줄리아노와 델리오에게 물수제비뜨기를 제대로 익히려면 이런 소리가 나야 할 거라고 설명하면서 이 단어를 사용한다.

편지에 담긴 번역

TRADUZIONE NELLE LETTERE · TRANSLATION IN THE LETTERS

알려져 있다시피 그람시가 수감 중에 쓴 서른 몇 권의 공책 수고 가운데 일부는 전적으로 번역에 할애되어 있다. 한편으로 그의 편지글에서도 단어와 단어의 의미, 다시 말해 번역의 주요 쟁점이 다뤄지곤 한다. 누이동생 테레지나에게 쓴 1932년 1월 18일 자 편지에서 그는 "연습 삼아" 그림 형제의 동화를 독일어에서 이탈리아어로 직접 번역한 것을 언급한

다. "어린이들의 상상의 세계를 발전시키는 데 보탬이 되고
자" 한 일이라고.

전자轉字 TRASLITTERARE · TRANSLITERATE

바탈리아 사전에서 'traslazione이전, 이행'의 바로 다음 항
목은 'trasletterante문자 표기 바꾸는 사람'이고, 그다음 항목은
'traslitterare문자 표기를 바꾸다'이다. 우리는 그람시의 편지 곳곳
에서 여러 문자 체계를 옮겨 다니기 좋아하는 그의 성향을
확인할 수 있다. 예를 들어 델리오와 줄리아노에게 쓴 편지에
는 키릴문자로 "아빠"라고 서명할 때가 더러 있다. 1929년 5월
20일 자 편지에서는 델리오에게 "Toi papa"라고 인사하는데,
이것은 '너의 아빠'(이탈리아어로는 'tuo papa')를 뜻하는 러시아
어 'tvoj papa'를 불완전하게 옮긴 것이다. 거의 후반부에 가까
워지는 1935년 4월 8일 자 편지에서 그는 델리오에게 곧바로
러시아어로 적어 보낸다. "Твой папа."

수고에 담긴 번역

TRADUZIONE NEI QUADERNI · TRANSLATION IN THE NOTEBOOKS

수고에서 그람시는 번역을 변증법적 과정으로, 프롤레타리
아와의 소통을 매개하는 수단으로, 따라서 혁명운동의 한 형
태로 이야기한다. 좀 극단적인 조합이지만, 공책에 적힌 그람
시 자신의 번역 사례 두 가지를 함께 소개해도 좋을 듯하다.

첫 번째, 공책 1권에서 리소르지멘토risorgimento●와 관련해 페라리Giuseppe Ferrari, 1812~1876●●가 프랑스어를 이탈리아어로 '번역'하는 것에 실패했다고 말할 때 처음 '번역'이라는 단어를 사용한 것. 두 번째, 공책 7권에서 그람시 자신이 레닌을 오역한 것. "어떻게 우리의 언어를 '유럽의' 언어로 '번역'할 것인지 우리는 아직 이해하지 못했다"라는 이 말은 사실은 "어떻게 러시아의 경험을 외국인들의 손에 쥐여줄 것인지 우리는 아직 이해하지 못했다"라고 해야 한다. 이 부분을 근사하게 치환할 선택안이 무엇일지는 오래 고민해볼 수도 있겠다.

해석 INTERPRETAZIONI · INTERPRETATIONS

그람시 서신집 탐독에 곁들여 나는 '언어와 그람시의 관계'라는 주제로 방대한 학술 자료를 훑어나가고 있다. 그의 정치사상에 비춰 언어학적·문화적 다양성을 탐구한 논문을 영어와 이탈리아어 양쪽으로 찾아 읽는다. 언어에 대한 그람시의 접근 (그리고 개입) 방식을 적은 내 메모들이 쌓여갈수록 잠재적 강의 주제 하나가 머릿속에 떠오른다. 번역이론가이자 현역 번역가로서의 그람시를 집중 조명하는 번역 강좌다. 에세이의 착상도 떠오른다. 그람시는 과거와 기억과 꿈의 해석이라는 정신분석의 의미와 방법을 오래 고민했고, 거기에

● '부흥'을 뜻하는 말로, 19세기 이탈리아의 정치와 문화 전반에 걸쳐 일어난 국가 통일운동.
●● 연방제를 지지한 19세기 이탈리아의 철학자.

도 해석이—번역도 대부분 해석이다—개입한다. 나에게 그람시는 인상 깊은 '질병 통역사'다. 그의 많은 편지가 심각하고 복잡하고 질긴 신체적 질병의 상세한 묘사이므로.

사진 FOTOGRAFIE · PHOTOGRAPHS

편지글 여기저기에서 사진들에 대한 꼼꼼한 해석을 발견하고 나는 가슴이 뭉클해졌다. 그람시는 말뿐만 아니라 사진을 통해서 아이들의 성장을 확인한다. 줄리아에게 쓴 1931년 1월 13일 자 편지에는 떨어져 있는 가족과 그를 이어주는 다섯 장의 사진을 한참 동안 곱씹는 대목이 나온다. "이것은 당신과 우리 꼬마들과 떨어져 지낸 최근 4년 반 동안 내가 받아본 가장 재미있는 사진들이에요." 그람시는 사진을 요청할 때 뒷면에 아이들의 키와 몸무게를 적어 보내달라고 부탁한다. 자기가 상상한 모습이 아니라 아이들의 '구체적인 실감'을 사진을 통해 느끼고 싶어서다. 1932년 8월 1일 자 편지에서는 "사진이 있으면 당신과 아이들의 생활을 혼자 지어내는 상상을 줄이고 좀 더 구체적으로 그려볼 수 있어요"라고 말한다. 내게는 이런 식의 세심한 이미지 독해와 거기서 생성되는 의미까지가 또 다른 형태의 번역으로 읽힌다.

차이와 등가성
DIFFERENZA ED EQUIVALENZA · DIFFERENCE AND EQUIVALENCE

그람시는 편지글 전체에 걸쳐 불가사의한 말의 진화에 대해 사색하는데, 특히 그가 골몰한 것은 사물이 다른 언어로 말해지는 방식이다. 1931년 5월 18일 자 편지에서는 'happy' 'good' 'beautiful' 같은 단어가 이탈리아어에서 사용되는 문제에 대해 길게 숙고한다. 그는 이런 표현을 문화현상과 희망적 사고(이탈리아어로는 'velleità실현되기 힘든 야심')와 결부시키면서 이런 결론을 내린다. "현실은 환경적인 요인이나 도식으로 결정될 수 없으며, 오직 내부의 뿌리에서 생성된다." 언어의 차이와 등가성이라는 문제는 번역가와 항상 붙어 다니는 물음이다. 우리는 언어와 언어 간의 차이를 고려할 때, 진정한 의미의 등가어가 존재하지 않는다는 것을 충분히 알면서도 등가어를 찾으려고 한다. 그람시의 옥중 서신 전체가 편지의 모든 수신인과 그의 처지가 다르다는 사실, 그는 갇혀 있고 그들은 아니라는 이 결정적인 사실을 더욱 확고하게 만든다.

방언 DIALETTO · DIALECT

그람시의 편지글 안에는 언어와 권력의 문제에 관한 그람시의 사고를 추적할 수 있는 참조 사항과 여담이 많이 담겨 있다. 이탈리아의 국가 언어가 한창 상찬을 받던 시기임에도, 그람시는 타니아에게 쓴 1930년 11월 17일 자 편지에서 '이중의 언어', 다시 말해 지식인들의 교양 있는 언어와 대비되는 민중의 언어는 사라지지 않고 계속 존재한다고 말한다. 이 민중의 언어는 '공식' 이탈리아어가 아닌 (무솔리니가 반대하는) 방언이다.

사르데냐어 SARDO · SARDINIAN

어머니에게 보내는 그람시의 편지에는 사르데냐어로 적힌 질문과 생각 들이 가득하다. 사르데냐어는 비고전 라틴어와 아주 밀접하고, 아랍어, 비잔틴제국 시대의 그리스어, 리구리아어, 카탈로니아어, 스페인어 등에서 영향을 받았다. 사르데냐어는 그람시를 그의 어머니, 그의 뿌리와 묶어주는 끈이다. 1930년 12월 15일 자 편지에서 그는 어머니에게 자신이 수감된 지 5년이 지났다고 말하면서 사르데냐어의 표현을 빌려 자기 처지를 묘사하고 있다. "비록 저는 더 이상 'zaccurrare fae arrostia구운 잠두콩 껍질 까기'를 못 하게 되더라도 여전히 다른 사람들이 하는 노릇을 보고 듣는 건 싫지 않은 일인걸요."

명칭과 동물 NOMI E ANIMALI · NAMES AND ANIMALS

새로운 이름을 고안하고 어형을 바꿔 사용하면서 그람시는 정체성을 변화시켜가고, 사랑하는 이들에 대한 애정의 강도를 높여간다. 명칭 바꾸기라는 유희적인 (또한 전복적인) 행위는 언어와 정체성의 가장 본질적인 연결 형태에 의문을 제기하는, 뒤집기의 한 방식이다. 그런 의미에서 일종의 번역이고, 사랑의 한 형태이기도 하다. 그래서 줄리아는 줄카Julka, Julca나 율카Iulca가 되고, 줄리아노는 율리크Iulik가 되고, 델리오는 두 명의 델카Delca, Delka가 되며, 타티아나는 타니아Tania, 타탄카Tatanca, 타타니스카Tataniska, 타타니츠카Tatanička가 된다. 인간이 아닌 동물들은 그람시의 편지글을 구성하는 흥미진진

한 요소라 별도의 에세이 주제로 삼아도 좋을 것 같다. 그는 1932년 2월 8일 자 편지에서 자기가 델리오에게 보내는 편지에 언급한 새와 물고기의 러시아 이름을 괄호 안에 적어달라고 타니아에게 부탁한다. 줄리아가 아직까지 자신의 이탈리아어를 적절하게 번역해주지 못한다는 말도 덧붙인다. 번역할 수 없는 동물 이름들도 있겠지만, '굴뚝새scricciolo'와 '독수리aquila'는 구분해줘야 한다고 강조한다. 그람시는 동물 이름에 신경을 쓸 뿐 아니라 동물과 소통하는 방법에 대해서도 자주 생각한다. 델리오에게 쓴 편지에는 코끼리, 앵무새, 개와 같은 동물들에 대한 언급이 가득하다. 1932년 2월 22일에는 델리오가 집에서 기르는 동물들에 대해 한참을 이야기한다. 1931년 6월 1일 자 편지에서는 사르데냐에 전해 내려오는 말하는 생쥐의 우화를 (델리오를 위해) 들려준다. 한번은 동물 이름에서 방언이라는 꾸준한 화두가 소환되기도 한다. 타니아에게 쓴 1930년 6월 2일 자 편지에는 '스쿠르조네scruzone'라는 도마뱀에 얽힌 일화를 들려주는데, 고등학교에서 자연사를 가르치던 선생님이 그람시에게 저 동물이 상상 속의 동물이라며 시골의 미신이었다고 주장했다는 이야기다. 감옥 안에서 이때의 기억이 되살아난 그는, 자신이 라루스 소사전에서 발견한 프랑스의 '셉스seps'라는 파충류와 스쿠르조네의 관련성을 확인하는 차원에서 저 동물의 이탈리아어 이름을 찾아봐달라고 타니아에게 부탁한다. 그람시는 수의사들에게 각별한 존경심을 품고 있는데, 그것은 1931년 9월 7일 자 편지에서 말하듯 "제 병의 증상을 말로 묘사할 수 없는 동물들을 치유해주기 때문"이다. 달리 말하면, 동물의 치유는 언어를 초월한다는 것. 지역 특색 요리들이나 사르데냐 음식 이름과 조리법에 대한 그람시의 관심은 편지글 곳곳에 드러나 있고, 줄리아에게 쓴 1931년 8월 31일 자 편지에는 아이들이 식용 개구리와 식용이 아닌 개구리를 구별하는 법을 꼭 배워둬야 한다는 말과 함께 식용 개구리 튀기는 법이 자세히 적혀 있다.

대화와 소통

CONVERSAZIONE E COMUNICAZIONE · CONVERSATION AND COMMUNICATION

그람시의 편지글에서 내가 읽은 부분은 대화의 한쪽 상대가 하는 말뿐이다. 그렇지만 그람시에게 대화와 소통이 얼마나 중요한 일이었는지는 알게 되었다. 앞에서도 말했듯이 그람시의 옥중 서신과 옥중 수고 사이에는 담화가 오가고 있다. 한쪽은 혼잣말이고, 다른 한쪽은 둘이 주고받기 위해 쓰인 말이다. 한쪽은 일종의 일기 혹은 자신에게 쓰는 편지이고 다른 한쪽은 여러 명의 개인들과 주고받는 서신이다. 편지글은 내면의 대화, 반추, 지적 탐색이고, 남들과 나누는 것만큼 자기 자신과 나누는 대화이기도 하다. 안으로 향하는 글은 방대하고 범세계적인 반면, 바깥으로 향하는 글은 사뭇 개인적일 때가 많다. 양쪽 글을 함께 읽어야 하는 건 여러 의미에서 하나가 다른 하나의 번역이기 때문이다.

왕복 AVANTI E INDIETRO · BACK AND FORTH

우리는 번역을 왕복운동으로 생각해볼 수 있으며, 그의 편지가 발송되고 도착하는 데에서, 소포가 배달되거나 되지 않는 데에서, 이 점을 실제로 체감할 수 있다. 시공간을 가로지르는 언어의 왕복이 바로 그를 지탱하는 힘이다.

상호성 RECIPROCITÀ · RECIPROCITY

감옥 안에서 그의 정신상태는 편지에 대한 응답과 직접적인 상관관계가 있다. 1931년 8월 3일에는 줄리아의 묵묵부답이 유난히 그를 괴롭히고, 그의 격심한 고립감을 가중하고 있다. 1931년 11월 30일, 그가 불안감을 느끼는 이유는 "내가 당신에 관해 아무것도 모르고 (…) 당신의 생활에 대해 아무것도 상상할 수 없"기 때문이다. 그들은 서로에게 실재하지 않는, 유령 같은 존재가 되었다. 그는 아내의 편지가 모호하다고 불평한다. 그녀를 만질 수도 없으면서, 설령 무지막지한 행동이 될지라도 아내의 몸을 부여잡고 거칠게 흔들어줄 수 있으면 좋겠다고 적는다. 그가 무엇보다 간구하는 것은 자신의 괴로움에 그녀가 반응해주는 일이다. 1930년 10월 6일에는 줄리아에게 이렇게 푸념한다. "우리는 한 번도 우리 둘의 '대화'를 구축해내지 못하는군요. 우리의 편지는 서로 부합하지 못하는 일련의 '독백'에 머물 뿐이고."

정의 DEFINIZIONI · DEFINITIONS

옥중에서 어떤 말들을 길게 숙고하던 그람시는 우리에게 새로운 어휘를 내놓았다. '헤게모니hegemony'와 '실천praxis' 같은 단어를 그가 고안하지는 않았어도, 그 말들에 대한 우리의 이해를 수정하고, 그 말들의 의미를 재규정해서 다른 공명을 불러일으키고 다르게 유포되도록 만든 사람은 그람시였다. 그는 읽기와 재해석을 통해 고대 그리스어에 어원을 둔 이 말들을 번역하고 변신시킨다.

변이 MUTAMENTO · MUTATION

그람시는 1931년 9월 20일 자 편지에서 단테의 「지옥편」 10곡에 관한 해석을 제시하면서, 언어는 변화하는 것이며 이 사실로 인해 역사상 번역이라는 행위가 생겨났다고 말한다. 언어는 항상 변화하고, 항상 다른 것이 되어가며 이 언어의 실상이 번역 행위를 부추기고 강제하고 영속화한다는 것. 번역이 변혁의 밑받침이 되는 것도 이런 이유 때문이다.

격변화 DECLINAZIONI · DECLINATIONS

그람시는 고대 그리스어와 라틴어를 공부하고 나중에 독일어와 러시아어까지 공부한 학생으로서 격변화가 일어나는 언어들, 말하자면 구문에 따라 계속 어형변화를 일으키는 다양한 언어들을 읽고 생각했다. 만약 우리가 대략 '번역translation'이라는 단어에 격변화를 줘본다면? 의식적으로든 무의식적으로든 그것을 시도해본 인물이 그람시였다. 다만 주격, 속격 등의 격이 아니라 원자가原子價●에 따르는 굴절로서의 격변화인데, 그중 언어학은 일착으로 결합하는 원자일 뿐 그 뒤로 문화, 역사, 철학, 정치, 아울러 내 생각에는 감정까지가 모두 결합 가능한 원자들이다.

질서 ORDINE · ORDER

그람시가 체제에 대해 글을 쓴 이유는 체제를 간파했기 때문이고, 어떻게 하면 체제에 변화를 가져올지 고민했기 때문이다. 자유의 몸일 때 그는 "이탈리아에 러시아식 '소비에트'에 상응하는 것을 창출하겠다"는 취지로 창간된 〈신질서Ordine Nuovo〉라는 평론지에 글을 기고했다. 언어를 집중해서 관찰해보면, 언어 자체가 규칙을 따르는 질서 정연한 체계라는 사실을 알 수 있다. 툴리오 데 마우로Tullio De Mauro. 1932~2017●●는 옥중 수고에 담긴 그람시의 체계적 사고가 파편성을 띠는 것처럼 보이는 이유는 단지 파시스트 체제하의 감옥에서 쓴 글이기 때문이라고 말한다. 오히려 마우로가 지목하는 것은 그 글에 담긴 심도 깊은 분석의 엄정함이다. 1931년 8월 3일 자 편지에서 그람시는 대학 시절에 익힌 "혹독한 문헌학적 단련 습관"으로 인해 "체계적 원칙을 따지는 도덕관념이 과잉 공급"

●　　원자의 화학결합 능력을 나타낸 값.
●●　이탈리아 언어학자이자 정치가.

되었다고 이야기한다. 그가 그토록 많은 저술을 남길 수 있었던 지구력은 바로 이런 엄격한 단련에서 나온다. 1922년 2월 22일 자* 편지에서 그람시는 특정 종류의 공책을 보내달라고 요청한다. 그래야 "지적 사고에 일정한 질서ordine를 확립하"려는 취지에 맞게 메모들이 뒤죽박죽되지 않는다고 말이다. 'ordine'는 헤게모니에 관한 대화에서도 빠지지 않는 단어이고, 이미 이야기했듯 'ordinario보통'이라는 형용사와도 관련이 있다. 바탈리아 사전의 'ordine' 항목에는 무려 열네 쪽 길이의 해설과 백 개에 달하는 정의가 실려 있다. 질서는 이성적 사고의 특징이고, 그런 의미에서 그람시가 1932년 2월 15일 자 편지에서 줄리아의 상태를 우려하며 그녀가 "자신의 무질서하고 과열된 공상이 불러온 망령과 싸우고 있다"는 말을 할 때 그람시 자신의 사고에는 질서가 흐르고 있었을 것이다.

침묵 SILENZIO · SILENCE

어머니에게 보내는 1927년 12일 12일 자 편지에는 이렇게 쓰여 있다. "무소식은 때로는 정말 참기 힘든 고통입니다." 아내 줄리아의 정신질환 역시 침묵에 싸여 있고, 편지 어디에서도 명확히 거론되지 않는다. 그가 20년 형을 선고받은 현실도 마찬가지다. '파시즘'이라는 단어는 어디에도 나오지 않는다.

● 편지를 쓰기 시작한 것은 1926년 12월부터로, 원서에 날짜가 잘못 기재된 것으로 보인다.

그가 쓰는 모든 글이 검열관의 손에 들어갔음은 말할 것도 없다. 그람시의 편지글에 흐르는 비극적 맥락 중의 하나는 그가 줄리아의 편지를 도저히 이해하지 못한다는 점이다. 1932년 2월 15일 자 편지에서 그는 타니아에게 "나는 문제의 핵심이 무엇인지 찾고 있습니다"라고 적는다. 정신질환은, 당시로서는 특히 번역이 불가능한 사안이기도 했다. 가끔은 그람시 자신도 정보를 은폐한다. 가령 1932년 5월 23일 자 편지에는 "옥중 편지에 쓰고 싶지 않은 일들도 있습니다"라고 적혀 있다.

목소리 VOCE · VOICE

그람시의 서신을 탁월한 문학작품으로 만들어주는 것은 목소리의 복잡성이다. 편지글 전체를 일관된 일인칭소설로 읽을 수도 있지만, 사실 언제 누구에게 쓰는 편지냐에 따라 화자의 목소리는 매번 달라진다. 반어법과 진실한 어조를, 빛과 어둠을, 요리법과 철학을, 사무적인 용무와 떨쳐지지 않는 상념 사이를 오간다. 이런 식의 변동이 특히 두드러지게 나타나는 건 같은 날 다른 사람들에게 편지를 쓰는 때다. 이 인격들 각각의 목소리를 다른 언어로 되살려내는 일은 번역자로서는 더없이 까다로운 도전이 되지 않을까.

경계-구금 CONFINE-CONFINO · CONFINE-CONFINEMENT

그람시에게 중요한 이 두 단어의—일란성까지는 아니고 이란성쌍둥이로 칭해보자—모체는 이탈리아어 동사 'confinare'

이고, 이 동사에는 자동사와 타동사 두 가지 의미가 있다. 자동사 'confinare'는 '경계를 공유하다 혹은 인접하다'라는 뜻이다. 타동사로서의 의미는 누군가를 고립된 장소로 쫓아 보내는 벌을 준다는 뜻이다. 이 두 번째 의미를 전하는 또 다른 표현으로 '유형 보내다'라는 뜻의 'mandare al confino'가 있다. 말하자면 이탈리아어에서는 두 영역의—더 나아가 두 언어의—경계선을 뜻하는 말이 멀리 보내 처벌하는 행위를 지칭하기도 하는 것이다. 동사 'confinare'의 어원은 'con' + 'fines'이다(라틴어 'cum' + 'fines'에서 유래하며 '한계가 있는, 제한된'이라는 뜻을 갖는다). 라틴어의 같은 동사에서 이탈리아어 'confinare'가 나왔으리라 짐작했는데, 아니었다. 고대 로마에서 누군가가 추방되거나 유형 보내질 때 쓰이는 타동사는 'relegare좌천시키다' 한 가지뿐이었다. 하지만 키케로는 'exagere in exsilium추방을 강화하다' 'pellere/expellere in exsilium유형지로 내쫓다' 'mittere in exsilium유배 보내다' 'eicere in exsilium유형지로 몰아내다'처럼 (모두 '유형 보내다'라는 변주들인) 명사와 동사의 조합을 사용한다. '경계를 공유하다'라는 의미의 'confinare'에 대응하는 라틴어는 'adiacere'이다. '인접하다 혹은 맞닿다'라는 뜻의 이 단어에서 영어의 'adjacent'가 나왔다. 형벌을 가하는 타동사로서 이탈리아어의 'confinare'는 파시즘 치하에서 부상한 단어이고, 옥중 수고와 서신을 집필하는 동안 그람시가 처한 상태를 묘사하고 규정하는 말이기도 하다. 이 단어가 그람시의 숙명이었을지도 모르나, 이것은 또한 그의 해방이었다. 그람시는 '유형에^{al confino}' 처해진 처지이지만, 라틴어 'confinis'는 가르기와 통합하기를 모두 품은 단어다. 라틴어 'confinis'는(아울러 관련 어인 'confine' 'confinium'까지) 공통의 경계, 인접하고 가까운 관계, 친연성을 가리키며, 우리는 그것을 이 편지들에서 고스란히 확인한다. 바꿔 말하면, 분리는 또한 근접해 있음을 나타내준다. 유배당한 처지인 그람시가 아버지이고 남편이며 제부이자 아들인 것은 다른 무엇도 아닌 오직 편지를 매개로 할 때다. 설령 편지로 그의 고립이 강조될지라도 편지는 연결을 생성하고 유지시킨다. 언어를 통해 그람시는 자기를 감금한 현실과 대립하고 끊임없는 소통과 엄청난 양의 연구와 글쓰기로 그것에 저항했다. 철창 안에서 그가 실행한 열렬한 지적 활동과 광범한 사유를 묘사하기에 가장 적절한 이탈리아어는 결성어缺性語 'sconfinato'가 아닐까. 문자 그대로 한계라는 속성이 결여된, 무한한 것이었으니.

번역가 TRADUTTORE · TRANSLATOR

그람시는 줄리아와 타니아 두 사람 모두에게 번역가와 번역 작업의 중요성에 관해 아주 많은 조언을 한다. 1932년 9월 5일 자 편지에서는 이탈리아어를 옮기는 일에 더욱 전념하는 실력 있는 번역가가 되라며 줄리아를 독려한다. 그람시의 기준으로는, 그러자면 상업 통신문이나 신문 기사 유의 산문 번역에서 벗어나 "문학, 정치, 역사, 철학, 어느 분야의 글이라도 번역할 수 있는 능력"을 키워야 한다. 이 일의 가치에 대해 그람시가 줄리아에게—또한 우리에게—하는 말 안에 이상적인 번역가의 자질이 설명되어 있다. "말하자면, 그런 번역가는 두 문명사회에 관한 전문적 식견을 쌓아야 하고, 역사적으로 해당 문명에 고유한 언어로 하나를 다른 하나에 소개할 능력을 갖춰야 해요." 요컨대 번역가는 역사가 만들어지는 과정에 일조하는 사람이라는 것. 그람시는 이것이 줄리아가 가야 할 길이라고 믿고 있다. 하지만 1931년 8월 3일 자 편지에 보면, 정작 본인더러 옥중 번역 프로젝트를 해보라는 타인의 제안에 대해서는 "터무니없는 프로젝트"라며 거절해버린다.

'통상적' 이감

TRADUZIONE 'ORDINARIA' · 'ORDINARY' TRANSLATION

신판 서신집에서 그람시의 생애를 간추려 소개한 글을 읽다가 나는 'traduzione ordinaria'라는 표현을 맞닥뜨렸다. 전후 맥락상 그람시가 물리적으로 한 장소에서 다른 장소로 이송될 때 따라야 했던—보트, 기차, 차량 등 운송수단이 무엇인지, 혼자인지 단체인지 같은—특정한 방식이나 규정과 관련된 말이었다. 'traduzione'에 담긴 이 기술적 의미는 물론 라틴어 명사 'traductio이송, 인도'와 '인솔해 건너다'라는 뜻의 동사 'traducere'에서 유래한다. 포로들의 이동을 가리키는 이 말 앞에서 나는 이와 유사한 언어의 이동을 곱씹어보지 않을 수 없었다(비록 학생들에게는 '이동'의 은유는 번역의 실체라 할 '변신'을 온전히 담아내지 않으므로 기만적이고 한계가 있다고 경고해두지만).

'traduzione ordinaria'라는 표현을 이해하자면, 'ordinario'도 그냥 지나칠 수 없다. 이 말에는 영어의 'ordinary보통의'보다 더 많은 의미가 담겨 있다. 예를 들어, 'professore ordinario정교수'는 대학 내에서 가장 직위가 높은 교수를 가리키는 말이고, 그래서 역설적이게도 비범하다는 의미로 해석될 수 있을 테니까. 그람시는 평범과 비범, 둘 다의 의미로 '옮김translation'을 체현하고 실행한 인물이다.

번역 가능성 TRADUCIBILITÀ · TRANSLATABILITY

옥중 서신의 체계적 독해에 돌입한 이후로 나는 그람시의 "번역가능성" 이론 그리고 포괄적으로 말해서, 그의 정치사상에서 번역 개념이 차지하는 중심적 위치를 논한 다량의 학술 논문을 찾아냈다.° 바탈리아 사전에서 'traducibilità'를 찾아보았더니, 인용문 가운데 하나가 그람시의 노트 11권에서 가져온 문장이다. "다음의 문제를 반드시 해결해야 한다. 다양한 철학적·과학적 언어들의 상호 번역가능성은 세계의 총체적 구상에 '필수적인' 요소인가 아니면 오직 실천철학에만 속하는 (유기적인) 요소인가 하는 문제다."°° 외국어 사전의 애호가였던 그람시를 내가 각별히 아끼는 이 이탈리아어 대사전

° 가령, 피터 아이브스와 로코 라코르테가 엮은 『그람시, 언어, 번역Gramsci, Language, and Translation』.

°° 안토니오 그람시Antonio Gramsci, 『옥중수고Quaderni del carcere』 4권. 영역본은 데릭 부스먼이 옮긴 『옥중수고 추가 선집Further Selections from the Prison Notebooks』 p. 307 참조.

에 박힌 문구에서 찾아내다니 사뭇 뜻깊은 발견이었다.

세계시민주의 COSMOPOLITISMO · COSMOPOLITANISM

세계시민이라는 개념 'κοσμοπολίτης/kosmopolitēs'은 그리스어 'κόσμος/kosmos세계'와 'πολίτης/politēs시민'가 만나 탄생한 합성어로, 정체성과 소속에 대한 혼종적 태도를 표상한다. 이 합성어를 고안한 인물은 소크라테스 이전 철학자인 디오게네스로, 그가 어느 나라 사람이냐는 물음에 구체적으로 답하기를 거부하며 내놓은 말이라고 한다. 그러니 세계시민주의는 정치적 기원부터가 국민 의식과 국가라는 개념에 대한 저항이자 재규정이었던 셈이다. 자연스럽게도 이 이중적인 용어와 그람시의 관계는 양가적이다. 한편으로 우리는 그의 개인적인 배경, 사상적 정수, 언어의 경계를 넘나드는 사고에서 세계시민적 측면들을 짚어낼 수 있다. 동시에 다른 한편으로 그람시는 '코즈모폴리턴'을 표방한 이탈리아 지식인층의 역할과 유산에 대해 대단히 비판적이다. 1930년 11월 17일 자 편지에서 그는 타니아에게 "18세기까지 이탈리아 지식인이 수행한 코즈모폴리턴적 역할"을 언급하며 "이 주제로 글을 써 보면 지금껏 없었던 흥미로운 책이 나오리라 생각"한다고 말한다. 역시 타니아에게 보내는 1931년 8월 3일 자 편지에서는 세계시민주의의 기원을 로마제국까지 거슬러 올라가 두 단어, 'cosmopoliti/imperiali코즈모폴리턴적/제국적'를 병치시키며 18세기까지 "이탈리아 지식인들은 코즈모폴리턴적이었고, (교회나 제국의 편에 서서) 보편주의적이고 몰沒국민적인anazionale 역할을 수행했다"고 적는다. 『옥중수고』 3권에서 그는 "민중과 지식인들, 민중과 문화 간의 분열"을 언급하며 대중적인 토착어들을 통합한 코즈모폴리턴적 지식인 지배계층과 이탈리아어의 역사를 연결 지어 설명한다. 결과적으로 "대체로 시인과 예술가 들을 제외하고 유식한 이탈리아인들은 이탈리아가 아니라 기독교 유럽을 위한 글을 썼으며, 이들은 코즈모폴리턴들의 소수집단이지 국가적 지식인들이 아니었다"라고 그는 주장한다.° 따라서 한편으로는 그람시의 성장배경과 관심사, 국제공산주의운동에의 참여를 고려하면, '세계시민주의'는 그람시 개인의 운명이라고까지 말할 수 있을지 모른다. 그러나 다른 한편으로, 이 말은 가톨릭교회의 헤게모니에 순응적이고 프롤레타리아 계급의 언어적 정체성, 특수성, 복잡성과는 상충된다. 피터 아이브스와 로코 라코르테는 번역과 관련해서 그람시에게 세계시민주의가 가지는 문제적 함의를 우리에게 상기시켜 준다. "(언어의 경우도 그렇지만) 번역의 개념에서 정치적 내용이 탈색된 채 '다름'에 대한 관심, 수용, 접근성이라는 어렴풋한 긍정성을 띠는 용도로 쓰이는 일이 비일비재하다. 이에 반해 그람시에게 번역은 언제나 변혁의 쟁점과 연결된 정치적 사안이다."°°

○   『옥중수고』 3권, p. 73.
○○ 피터 아이브스와 로코 라코르테 엮음, *op. cit.*, p. 11.

변화 TRASFORMAZIONE · TRANSFORMATION

생애 마지막 몇 년간 그람시는 두 가지 변화를 첨예하게 인식한다. 몸이 극심한 쇠약 단계에 접어들면서 느끼는 건강상의 변화, 이것과 대비되는 아이들의 신체적 성장이 가져오는 변화이다.

"Giuliano mi pare cambiato completamente cambiato."
"내 눈에는 줄리아노가 완전히 달라 보입니다."

"Stai diventando una persona grande."
"너는 쑥쑥 자라는구나."

"Io sono molto cambiato."
"나는 꽤 많이 변했습니다."

"Sono diventato inetto a qualsiasi cosa, anche a vivere."
"나는 매사에 서툴러졌어요, 심지어 사는 일에조차."

그가 겪는 심신의 변화가 가장 강렬하게 표현된 것은 1933년 3월 6일 자 편지에서다. 그는 난파선에서 임박한 죽음과 인육을 먹는 야만인이 되는 것 사이의 기로에 놓인 사람들을 예시로 들고 있다.

"하지만 정말로 그들이 같은 사람일까요? 순전히 이론적 가설로 제시되는 순간과 대안이 당장의 필요로 최대치의 압박을 가하는 순간, 이 둘 사이에서 '분자적' 변화가 일어난 것이고, 아무리 순식간이라 해도 변화 이전의 사람과 이후의 사람은 더 이상 같은 사람일 수 없습니다."

내게는 이 글이 텍스트의 변화 과정에 대한 계시적인 주해로도 읽힌다.

이송, 이동, 이전

TRASLAZIONE · TRANSLATION, TRANSFER, REMOVAL

이 이탈리아어를 영어로 어떻게 정의해야 할까? (여러 가지 의미 가운데) 이동 혹은 이행을 뜻하는 라틴어 명사 'translatio'에서 파생한 이 단어가 실은 'traduzione'보다 더 '번역'의 의미에 가깝다. 바탈리아 사전을 보면 'traslazione' 항목에 열다섯 가지 정의가 따라오고, 이 단어 앞쪽으로는 'traslatamento이동, traslatare이동시키다, traslatario양수인讓受人, traslativamente이전되도록, traslativo양도의, traslatizio전수되는, traslato은유, traslatore자동중계기, traslatorio직선운동의, traslazionale번역의' 같은 단어들이 실려 있다. 'traslazione'의 첫 번째 정의는 한곳에서 다른 곳으로 무엇을 이동 혹은 이전하는 것, 특히 신성한 물건이 경건한 장소로 옮겨지는 것을 가리킨다. 더 일반적인 의미로는 이전되는 사람(혹은 사람들)을 가리킨다. 세 번째 정의까지

내려가야 비로소 '번역'의 의미, 즉 한 언어에서 다른 언어로 텍스트를 옮긴다는 뜻이 나온다. 이것 외에도 'traslazione'에는 법률상의 변화, 광물의 생성, 기하학적 변환, 물리적 파동, 정신분석에서 분석가와 피분석자 간의 '감정전이', 마지막으로 은유 혹은 비유를 뜻하는 광범위한 정의들이 망라되어 있다. 나는 바탈리아 사전 바깥에서도 'traslazione'에 포함되는 의미들을 추가로 발견했는데, 그것들이 모두 그람시와 밀접한 관련이 있다. 이를테면, 범죄 혐의의 정정, 이식 또는 접목 행위, 옮겨 적기, 환생, 기독교에서 말하는 삶에서 죽음으로의 이행까지. 그람시의 글을 탐독하면서 나는 'traslazione'의 의미를 곱씹어야 했다. 이 단어를 (과거분사 형태로) 맞닥뜨린 것도 그의 신간 서신집의 한 대목이었고, 거기에는 "trasferimento환승"와 "trasportata운송된" 같은 단어들도 함께 들어 있었다. 'traslazione'의 여성 복수형 과거분사 'traslate'는 그람시 사망 후 임시로 유해가 보관되어 있던 베라노 묘지에서 유해를 옮기는 과정을 서술할 때 신간 편집자 프란체스코 지아시가 사용한 단어다. "saranno traslate per volontà di Tania al Cimitero acattolico per i cittadini stranieri di Testaccio nel settembre 1938." 이것이 그람시의 신간 서신집에 실린 작가 연보 마지막 구절이다. 옮겨보면, "그의 유해는 타니아의 요청에 따라 1938년 9월 테스타치오의 신교도 외국인 공동묘지로 이전될 것이다." 여기서 내가 마지막으로 짚어두고 싶은 것은, 그람시는 죽어서도 장소에서 장소로 이동하고 있었다는 점이다.

유령 FANTASMI · GHOSTS

그람시의 편지에서 되풀이해 등장하는 말, 이미지, 지표.

의의 SIGNIFICATO · SIGNIFICANCE

번역이 의미를 해석해 재창조하거나 개선하거나 근사치에
접근해가는 것을 일컫는 말이라면, 지난 몇 달 동안 그람시의
서신집을 읽는 것이 어떤 의미였는지를 해석해 옮기는 것으
로 이 글을 마무리할까 한다. 나는 그람시가 한 번도 와본 적
없는 나라에서 그의 글과 그의 사상, 그가 쓴 책들은 물론 그
에 대해 쓰인 책들과 그의 말을 이해하도록 도와줄 참고도서
들이 소장된 도서관에서 그의 서신집을 읽으며 그가 남긴 유
산에 대해 곰곰이 생각했다. 독서의 강도를 더해갈수록, 책을
읽다 멈추고 (매번 도서관 이용 제한 시간에 맞춰) 자리에서 일어
나기가 점점 힘이 들었다. 그람시의 편지들이 내 안에 변화를
일으켰다. 나는 이탈리아어로 그람시를 읽어나가다가 그의
글을 영어로 바꾸면 어떤 모습이 되려나 생각하곤 한다. 아직
번역되지 않았기 때문은 아니고, 번역을 해보면 그를 더 깊이
이해할 수 있을 것 같아서였다. 가벼이 흘러가는 독서가 아니
라 그람시의 편지 외에는 무엇에도 나를 분산시키지 않고 날
마다 체계적으로 '순서에 따라' 편지글을 독파해나가는 결연
하고 규칙적인 일과를 거쳐서, 나는 번역가로서만이 아니라

부모이면서 자식이고 배우자이자 누군가인—이쯤이면 모든 사람이 아닌지?—그람시라는 인물과 나만의 특수한 관계를 쌓았다. 그는 역사를 탐문하는 사람, 우리 세계가 견딜 만하고 공정해지기를 희망하는 사람이다. 내가 고립 상태에서 그의 글을 읽고, 그를 통해 가장 넓은 의미에서 '번역'의 속뜻만이 아니라 자유로움의 의미를 이해해가는 동안 도서관 안에는 그의 유령이 나와 함께하고 있었다.

2021년 프린스턴

언어와 언어들

나는 지난 9년간 이탈리아어라는, 내가 엄연히 사랑하는 언어로 글쓰기를 해왔다. 이탈리아어는 나를 불러 맞아주고 영감을 북돋아준, 둘도 없는 언어다. 이 언어는 내가 매일 사용하는 언어, 가장 내밀한 생각을 표현하는 언어가 되었다. 내가 이탈리아어로 쓴 글을 읽고 논의하고 격려해준 이들, 선생님이자 비평가이자 친구가 되어준 이들에게도 빚진 것이 많다. 그런데도 꾸준히 들리는 저―"라히리가 우리 말로 글을 쓴다Lahiri scrive nella nostra lingua"라는―말에는 이탈리아어가 응당 내 말이 아닌 남의 말이라는 뜻이 담겨 있다.

여섯 해 전 그리스에서 한 친구가 자신이 아끼는 니콜로 톰마세오Niccolò Tommaseo. 1802~1874●의 『이탈리아어 동의어 새

● 이탈리아의 작가, 언어학자, 저널리스트. 이탈리아계이지만 크로아티아에서 성장했고 이십대에 이탈리아로 이주했다.

사전Nuovo Dizionario dei Sinonimi della Lingua Italiana』을 책꽂이에서 뽑아 나에게 주었다. 이 너그러운 친구는 내가 이탈리아어와 중추적 관계를 맺게 된 계기가 오래전 의사소통을 목적으로 들고 다닌 이탈리아어-영어 포켓 사전 덕택이란 걸 알고 있었다. 나는 유의어 사전을 자주 탐독하는데, 아마 그 안에 그야말로 생성적 텍스트가 담겨 있기 때문인 것 같다. 유의어 사전은 치환의 행위를 강조하고, 단일한 단어가 아니라 단어들을, '한 가지 언어lingua'가 아니라 '언어들lingue'을 고집한다.

톰마세오 사전에는 ('책'을 뜻하는 'libro'와 '빛'을 뜻하는 'luce' 사이에) 'lingua' 항목이 여덟 개 조항으로 나뉘어 실려 있고, 각각의 조항마다 인용구와 뜻이 적혀 있다. 1번 조항에서 저자는 다음과 같은 말로 'lingua'와 'linguaggio'(나는 이 단어를 '발화speech'라고 옮기겠다)를 구별하고자 한다. "언어란 한 사회가 동일한 의미를 전달하기 위해 사용하는, 동일한 방식으로 구성된 일련의 말을 가리킨다." 이어서 설명하기를, "따라서 언어는 발화만큼 일반적인 개념은 아니다. 그러나 간혹 발화에 해당하는 일반적인 의미로 사용되기도 한다."

그렇다면 언어는 한 사회와 결부된 특수성을 띠는 개념이다. 하지만 어느 하나의 언어에 기대어 작동하고 생존하는 사회가 (혹은 그런 '표현 양식이'라고 묻는 게 나을지도) 어디에 있을까?

톰마세오 사전을 빠르게 훑어나가다 나는 'lingua'로 분류된 엄청나게 많은 단어를 발견했다. 'favella언변, locuzione어법, parlata구어의, pronunzia발음, idioma관용구, dialetto방언, gergo은

어, vocabolario어휘집, dizionario사전, glossario용어집, nome명사, vocabolo단어, voce낱말, significato의미, senso느낌 또는 의미' 등등. 항목 끝부분에 실린 단어들이 제일 흥미로웠다. 'tradurre번역하다, traslatare이동시키다, recare가지고 오다, volgarizzare대중화하다, voltare 방향이 바뀌다, volgere바꾸다 또는 향하다, rendere어떤 상태가 되게 하다'. 특히 이 항목은 'lingua'(특정한 하나의 언어)보다는 'lingue'(언어들 일반)와 밀접한 관련이 있다. 변형과 연관된 단어들이라 불안정성이 두드러진다. 언어와 언어 사이의 수문을 열었을 때 벌어지는 현상을 생각해보면 짐작이 갈 것이다.

톰마세오는 번역과 관련된 마지막 인용문을 이런 말로 끝맺는다. "훌륭한 작가는 타인의 말을 주의 깊게 듣는 한편 자신이 하는 말과 정직이라는 미덕을 성찰하며, 이런 방법을 통해 직감적으로든 간단한 조사를 거쳐서든 자신의 사고와 감정에 형태와 강도를 부여할 한 단어를 발견하기에 이른다. 번역을 의식하지 않더라도, 한 언어의 말과 양식은 다른 언어의 말과 양식을 제시하기 마련이다. 내용과 형식은 물론이고 기저의 뿌리까지 충실하게 전달된다."°

톰마세오의 오묘한 고찰에는 항상 둘 이상의 '언어'를 다루는 사람, 즉 번역가의 정신적 지향과 방향성이 드러나 있다. 톰마세오는 이탈리아의 통일 언어 논쟁에 적극 참여했으면서도, 스스로를 이탈리아어보다 라틴어의 성향이 더 강한 이중언어

° 　영어 번역은 알레산드로 자메이의 도움을 받았다.

시인이라 자부했고, 어느 한 '언어lingua'에 매여 있지 못하는 성격이었다. 완벽한 프랑스어를 구사했으며, 베르길리우스의 『목가집Bucolics』과 『농경시Georgics』를 비롯해서 다양한 라틴어 텍스트들을 번역했다. 라틴어와 라틴 문학에 깊이 공감하는 한편으로 '그리스인의 심장greco col cuore'을 지니고 있었다.° 1848년 톰마세오는 그리스의 코르푸섬으로 망명을 가게 되는데, 훗날 이 섬 출신의 여성을 아내로 맞는다. 사실 그는 코르푸섬에 가기 전 이미 이탈리아에서부터 그리스어의 풍부한 표현력에 매료돼 그리스어를 파고들었다. 1843년에는 프랑스의 문헌학자 클로드 포리엘이 엮은 『근대 그리스 대중 가곡Chants Populaires de la Grèce Moderne』을 번역하기도 했다. 이 프로젝트의 이면에는 아주 흥미로운 '언어들lingue'의 삼각 구도가 숨겨져 있다. 먼저 프랑스어를 한 번 거쳐 나온 근대 그리스어 텍스트를 다시 이탈리아어로 검토해 옮긴 것이다. 피에르 파올로 파솔리니―자기 나름의 '언어 팀team lingue'을 일군 거장●―는 톰마세오의 그리스 대중 시가 선집을 19세기 이탈리아 문학작품의 백미로 꼽았다. 이 다중언어 텍스트 안에는 근대 그리스어뿐만 아니라 고대 그리스어, 라틴어, 프랑스어, 세르보크로아트어, 튀르키예어가 왁자하게 뒤섞여 있다.

° 니콜로 톰마세오, 『그리스 시Canti Greci』(Fondazione Pietro Bembo/Ugo Guanda Editore, 2017), p. 9에서 인용.

● 파솔리니는 시, 소설, 영화 등 장르를 넘나드는 독창적인 화법과 언어의 실험에 몰두했다.

번역한다는 것은 무엇보다도 어떻게 말들이 서로 꿰이며 어떻게 중첩되고 어떻게 그 어지러운 조합이 비옥한 결실을 맺는지를 이해하는 것이다. 그리스어 'σύν/syn표현하다, 동일성을 확인하다'과 'ὄνομα/onoma이름'에서 나온 'synonym동의어'이라는 단어는 그 의미에서부터 일종의 번역을 암시하고 있다. 기존에 존재하는 텍스트에 그것과 다르면서도 동시에 근본적으로는 동등한 의미를 입히는 것이 다름 아닌 번역이니까. 번역은 동의어처럼 문자 그대로 더 많은 경로와 더 많은 의미를 창조하는 행위다.

얼마 전 당혹스러운 일을 겪었다. 나의 이탈리아어 책『네리나의 공책』출간에 맞춰 이탈리아 신문에 기고한 글의 제목 때문이었다. "몬탈레의 미쳐버린 해바라기●가 나의 '이탈리아어' 시를 비추다".○ 나는 자문했다. 어째서 '이탈리아어'에 의심의 따옴표를 붙인 걸까? 내 이탈리아어가 틀렸고 가짜고 편향되고 실체가 없기 때문인 걸까? 제목 아래 이런 문장이 적혀 있었다. "바사니, 팔라체스키, 파베세, 레비의 혼종적 문학을 읽고 당신들의 언어를 사랑하게 되었다."○○ 나는 결코 저런 말들을 하지 않았을 텐데, 그것은 저 말들이 나와 이탈리아어 사이에 벽이 있다고 주장하면서 '언어'의—소유하고 분열시키는—문제적 성격을 반복하기 때문이다. 이탈

● 시인 에우제니오 몬탈레의 시 〈해바라기Bring Me the Sunflower〉를 가리킨다.

○ 〈투토리브리Tuttolibri〉(일간지 〈라 스탐파〉에서 발행하는 주간 문예지), 2021년 6월 5일 자.

○○ *ibid.*

리아어가 내 '언어'라는 사실을 부득부득 우기지는 않겠지만, 내 '언어들' 중 하나라고 나는 굳게 믿고 있다. 바사니도 팔라체스키도 파베세도 레비도 다들 여러 언어에 걸쳐 앉은 작가들임을 기억하자. 그랬기 때문에 저마다 독특한, 온전히 자신의 것이라 할 고유한 '화법linguaggio'을 만들어간 것이다.° 하지만 '언어'의 규칙대로라면, 아마 저 작가들의 이탈리아어에도 의심의 따옴표가 붙을 만할 것이다.

이탈리아어와 그에 앞선 라틴어의 역사를 살펴보면 언제나 정체성에 다원성과 이주의 특성이 드러나 있다. 라틴 문학에서 그 안에 복잡하게 얽혀 있는 고대 그리스 문화의 영향과 존재감을 지워내면 과연 무엇이 남을까? 반대로 만약 로마 작가들이 그리스 문학을 흡수하고 번역하고 모방하는 수

○ 이탈리아어에서 'lingua'와 'linguaggio'는 동의어도 되고 전혀 다른 말도 된다. 'lingua'는 (가령 '이탈리아 언어la lingua italiana'에서처럼) 언어학적 의미로 많이 쓰이는 반면에 'linguaggio'는 (가령 '보디랭귀지il linguaggio del corpo'에서처럼) 의사소통과 기호학 전반에서 포괄적인 언어적 표현을 지칭하는 말로 쓰인다. 나는 이 글에서 '언어lingua'와 구별하기 위해 'linguaggio'를 '발화speech'로 번역하고 있지만, 영어로는 'language'나 'tongue'으로 번역될 때가 많다. 예를 들어, 단테의 「지옥편」 31편에서 베르길리우스가 니므롯—바벨탑을 처음 고안했다고 알려진 인물—에 대해 이야기하면서 3행에 걸쳐 'linguaggio'를 두 번 되풀이해 쓰는 대목의 여러 영문본 번역(Robert and Jean Hollander/Robin Kirkpatrick/Mark Musa/Charles S. Singleton)을 참조하기 바란다. "pur un linguaggio nel mondo non s'usa. // Lasciànlo stare e non parliamo a vòto; / ché così è a lui ciascun linguaggio / come 'l suo ad altrui, ch'a nullo è noto.' / 단 한마디 말도 세상에 쓰이지 않게 되었지. // 놈 얘기일랑 이쯤 해두세. / 놈의 말이 남들에게 전연 통하지 못하듯이 / 어떤 말도 놈에게 통하지 못하게 되었으니."(78~81행).

고를 하지 않았더라면, 그래서 이후 르네상스 시대에 페트라르카를 비롯한 인문주의자들이 동쪽의 비잔티움으로 눈을 돌리게끔 관심을 일깨우지 않았더라면 어떻게 우리가 고대 그리스의 텍스트를 알거나 관심을 가질 수 있었을까?

우리 개개인은 서로 다른 두 개의 근원, 두 인간이 맺은 결실이고, 부모 외에도 우리에게 침투하고 우리를 규정하는 온갖 것들의 영향을 받는다는 사실은 두말할 나위 없다. 마찬가지로 '언어'는 '언어들'이 제공하는 수액이라는 양분에서 태어나고 꽃을 피운다. '언어'의 단수형은 다원적인 제 본성을 감추는 눈가림일 뿐이다. 이탈리아의 형성 과정에 대한 플리니우스의 설명에서 이런 통찰을 얻을 수 있다.

모든 대지의 양자이자 어버이인 땅을 그토록 간략하게 소홀히 묘사하고 지나친다면 배은망덕과 태만으로 마땅히 지탄받을 수 있음을 나도 모르는 바 아니다. 이 땅은 하늘마저도 더 찬란하게 하고, 흩어진 지상의 제국들을 하나로 통합하고, 인간의 예의에 품위를 더하고, 수많은 민족의 투박하고 부조화한 방언들을 단일한 공통어의 막강한 힘으로 결속시키며, 인류에게 담화와 문명의 즐거움을 하사하도록, 요컨대 지상의 온 민족의 모국이 되도록 신들의 섭리로 선택받은 땅이기에.°

° 영문 번역은 페르세우스 디지털 도서관에서 제공하는 존 보톡스의 것이다. (플리니우스 『박물지Natural History Ⅲ』, p. 39.)

이 글의 라틴어 원문은 다음과 같다.

nec ignoro ingrati ac segnis animi existimari posse merito, si obiter atque

in transcursu ad hunc modum dicatur terra omnium terrarum alumna eadem

et parens, numine deum electa quae caelum ipsum clarius faceret, sparsa

congregaret imperia ritusque molliret et tot populorum discordes ferasque

linguas sermonis commercio contraheret ad conloquia et humanitatem homini

daret breuiter una cunctarum gentium in toto orbe patria fieret.[○]

한편 이탈리아어 번역문은 다음과 같다.

So bene che a ragione potrei essere tacciato di animo integrato e pigro, se

trattassi superficialmente e di passaggio, limitandomi a queste indicazioni, la terra

che di tutte le terre è a un tempo alunna e genetrice, scelta dalla potenza degli

dèi per rendere più splen- dente il cielo stesso, per unificare imperi dispersi e

addolcirne i costumi, per radunare a colloquio, con la diffusione del suo idioma, i

linguaggi, barbari e tra loro diversi, di tanti popoli, per dare all'uomo umanità e,

insomma, per divenire lei sola la patria di tutte le genti del mondo intero.^{○○}

플리니우스의 발췌문은 여성형 명사 'terra대지, 땅'를 언급하

○   ibid., p. 39.
○○   Storia Naturale I: Cosmologia e Geografia Libri 1~6, p. 401.

면서 어머니와 딸(라틴어 원문은 'parens'와 'alumna')이라는, 의미와 감정이 엉켜 있고 최선의 상황에서도 갈등이 빠지지 않는, 세대 간의 역학 관계를 환기한다. 내가 인용한 영문 번역본에서는 'parens'(남성형이나 여성형 모두 가능한, 아버지나 어머니를 뜻하는 명사)를 그대로 성 중립적인 'parent어버이'로 옮긴 데 반해, '조국'을 뜻하는 'patria'는 '모국motherland'으로 바꿔놓은 점이 흥미롭다. 인용한 이탈리아어 번역본은 'parens'를 양친 중 정확히 여성을 지칭하는 'gentrice모친'로 옮기고 있다.

내가 플리니우스 발췌문을 처음으로 마주하게 된 것은 신문에 저 제목의 기사가 실리고 얼마 뒤 로마 퀴리날레미술관에서 열린 '토타 이탈리아: 국가의 기원Tota Italia: Alle Origini di una Nazione' 전시회를 통해서였다. 이 전시회의 제목은 아우구스투스의 말로 추정되는 아포리즘—"온 이탈리아가 나에게 충성을 맹세하였다"°—을 암시하고 있었고, 기원전 4세기부터 서기 1세기까지 진행된 로마 통일의 기저에 깔려 있던 다양한 문화적 뿌리의 연결망에 초점을 맞추고 있었다. 로마 문명 이전의 언어들이 고전 라틴어의 기층을 이루었던 근본적인 역할을 조명하는 전시 해설문에 플리니우스의 말이 인용되어 있었다. 해설문에서는 'parens어버이'와 'alumna양녀'를 'madre어머니'와 'figlia딸'로 바꿔 넣음으로써, 어버이의 여성성

○   전문은 "온 이탈리아가 자발적으로 나에게 충성을 맹세하고 악티움해전에서 승리한 나를 전쟁의 지도자로 지명하였다."〈아우구스투스의 업적록Res gestae divi Augusti〉(25단락).

을 강조할 뿐 아니라 이들의 관계에서 잠재적으로 연상되는 친밀함과 긴장까지 넌지시 전달하고 있다.°

특히 내 주목을 끄는 것은 영어와 이탈리아어 번역문 모두 모성의 언어가 두드러진다는 점, 그러나 정도에 차이가 있다는 점이다.°° '언어lingua'는 '모어lingua madre'의 구성 요소인 동시에 소위 '조국patria'의 배우자다. 나는 이른바 '모어母語'라 불리는, 그 자체로 제한적이고 상당수의 사람들에게 해당하지 않는 이 개념과 늘 갈등을 빚어왔다. '조국'이라는 말은 더더욱 낯설다. 내 불안이 덜어지는 건 '언어들' 쪽으로 가까이 갈 때다. 그 안에서 나는 단지 모녀 사이뿐만 아니라 이모와 조카, 할머니와 손녀이기도 한, 더 넉넉하고 상냥한 관계의 연결망을 발견한다.°°°

플리니우스도 자기 방식으로 '언어'와 '언어들' 간의 역학 관계를 강조하고 있다. '언어'는 주민들을 통합하고 통제하고 심지어 정복할 수도 있지만, 언제나 우위에 있는 건 '언어들'이다. 불안정하게 흔들리는 (플라톤의 말을 빌리자면, "밀랍보다도 더 빚어내기 쉬운"°°°°) 것이 '언어'인 데 반해, '언어들'은 근간

°   전시 작품 해설 참조. '토타 이탈리아: 국가의 기원', 퀴리날레미술관, 2021년 5월 14일~7월 25일. 큐레이터 마시모 오산나, 스테파네 베르거.

°°   여기에 관해 해설을 제공해준 옐레나 바라즈에게 감사를 표한다.

°°° 이탈리아어 텍스트에서는 이 단어들, 'zia이모, 고모' 'nonna할머니' 'cugina사촌' 'nipotina손녀' 모두 여성형 명사임을 강조하고 싶다.

°°°°『국가Republic』9권, 588d.

195

이자 토대의 자리를 지킨다. 나는 '언어'가 아니라 '언어들'이 우리 모두의 시작점이라고 믿는다. 그렇기에 결국 내 의심의 따옴표는 '언어'에 달릴 것이다. 하나의 구조물, 저항 없는 단락회로short-circuit, 제 꼬리를 무는 고양이 같은 그것에.

톰마세오는 동시대 문인인 자코모 레오파르디를 꽤나 싫어했다. 이 감정은 상호적이었다. 보기에 따라서는, 레오파르디의 『잡문집Zibaldone』이 일종의 사전으로, 톰마세오의 동의어 사전이 비교적 정돈된 '잡문zibaldone'의 일종으로 읽히기도 한다.° 『잡문집』에는 '언어'와 '언어들' 각각에 대한 인용문이 대거 포함되어 있고, 두 개념을 묶어서 보면 레오파르디의 텍스트에서 가장 분석이 많이 된 주제어에 속할 것이다. '언어들'과 의사소통의 핵심적인 연관성을 강조한 레오파르디의 말로 이 글을 맺을까 한다.

여러 언어를 알고 있으면 사고를 체계화하는 데에 능숙함과 명료함을 훨씬 더 발휘할 수 있으니, 그건 우리의 사고가 언어를 통해 이루어지는 탓이다. 한데 어떤 언어도 무한한 생각의 묘미에 상응하는, 그것을 모두 표현할 만큼 충분한 단어와 구절을 갖추고 있지 못하다. 여러 언어에 지식이 있고, 그리하여 한 가지 언어로 말해질 수 없다든지 적어도 다른 언어로는 간단명료하게

°　이탈리아어로 'zibaldone'는 잡다한 요소들이 한데 뒤죽박죽되어 있는 것을 가리키는 일반명사이다. 그런 뜻에서 '언어들'의 유의어로 걸맞다고 얘기할 수도 있겠다.

표현하기가 어렵거나 그 정도로 신속하게 표현을 찾기 힘들 때 다른 언어로 표현할 수 있는 능력이 있으면, 우리가 각자의 사고를 표명하고 우리 자신을 이해하고 아울러 말을 생각에 적용하기가 한결 수월해진다. 결국 말로 적용되지 않는 생각은 머릿속에서 뒤죽박죽인 상태로 남을 것이다.°

오직 '언어들'만이 우리가 자신을 표현하고 알아갈 수 있도록 만들어준다. '언어들'은 우리 내면의 무한으로, 그 공간과 침묵으로, 어떤 국가나 정의도 닿지 않고 어떤 울타리나 경계에도 갇히지 않는 그 감미로운 침잠 속으로 우리를 안내한다.°°

2021년 로마

저자 옮김

° Giacomo Leopardi, *Zibaldone: The Notebooks of Leopardi*. 영문 번역은 케이틀린 볼드윈 등이 한 것이다.

°° 이 마지막 문장은 레오파르디의 시 「무한L'infinito」의 언어를 참조한 것이다.

이국의 칼비노

이탈리아 바깥에서 이탈로 칼비노의 인기를 이야기하는 건 번역 안에서 칼비노를 이야기하는 것이다. 이국에서 읽히고 사랑받은 칼비노의 작품은 이탈리아어가 아닌 다른 언어들로 쓰였을 테니까. 칼비노 스스로 말한 것처럼 "살짝 공중에 떠서" 부유하는 작가에게 번역은—그 이중의 중간 지대는—숙명이었다.

먼저 그의 이탈리아인의 (혹은 비이탈리아인의) 정체성, 언제나 타자 쪽으로 기울어진 이탈리아적 속성Italian-ness에서 시작해보자. 몇 가지 (칼비노 자신이 즐겨 소환했던) 전기적 사실들을 살펴보면, 그는 쿠바에서 태어났고 산레모—그 시절 대단한 국제도시였다—에서 성장했으며 아르헨티나인 번역가와 결혼했다. 프랑스에 오래 살았고 세계 각지를 여행했다. 언어와 문화의 영원한 중심지 뉴욕이 그가 가장 '자기' 자리로 여긴

장소였다는 건 짐작하기 어렵지 않다.

그가 애초부터 이국의 작가들에게 열렬한 애정을 느꼈다는 사실을 놓치면 안 된다. 소년 시절에는 키플링을 즐겨 읽었고 학위논문은 콘래드를, 공교롭게도 타고난 언어가 아닌 다른 언어로 글을 썼던 작가를 주제로 다뤘다. 체사레 파베세와 엘리오 비토리니, 작가 겸 번역가 겸 편집자였던 두 사람과의 우정과 협업도 염두에 두자. 이 정도가 작가로서 칼비노가 세계적 명성을 얻기 전까지 그를 형성해온 몇 가지 핵심적인 요소들이다.

이탈리아인이라기보다 국제적인 성격이 강했던 칼비노는 여러 장소와 언어에 걸쳐 있었고, 그러면서도 자신의 기원과 유리된 개인이 그 경험에서 무엇을 캐낼 수 있는지를 절절히 자각하고 있었다. 그의 가장 성숙한—가장 잘 알려진, 그래서 가장 널리 번역된—작품들은 그가 자진하여 프랑스에서 언어적 망명 상태를 경험하던 기간 동안 쓰였다는 점을 기억하자. 칼비노는 기발한 언어유희로 이름난 프랑스 작가 레몽 크노의 번역가이기도 했는데, 나는 그가 이탈리아 민담을 모으고 고쳐 쓴 『이탈리아 동화Le Fiabe Italiane』 역시 일종의 번역서로 추가하고 싶다.

칼비노의 작품을 옮긴 미국인 번역가 윌리엄 위버는 〈파리 리뷰〉와의 인터뷰에서 칼비노를 번역하기가 어렵지 않은 까닭은 그가 문학적인 언어, 다시 말해 번역에 자연스럽게 자신을 내어주는 보편적인 어법을 구사하기 때문이라고 말한다. 그렇지만 그의 문장에 담긴 세심한 리듬감을 똑같이 구현하는 것은 어려운 도전이었다며, 『보이지 않는 도시들』을 번역할 때는 구절을 소리 내 읽곤 했다고 덧붙인다. 위버는 과학 분야 언어와 전문용어에 대한 칼비노의 열렬한 관심도 이해하고 있는데, 역자 입장에서는 또 다른 언어를, 그것도 그토록 엄밀하게 특수한 언어를 글에 적용한다는 게 또 하나의 걸림돌이라고도 말한다. 나는 바로 이 점을 이야기하고 싶다. 칼비노는 분명 이탈리아 작가인데 순수하게 이탈리아어로 글을 쓴 작가가 아니라는 것이다. 외려 그에게는 흥미로운 여느 주요 작가들처럼 자신만의 고유한 언어—오직 그에게만 속하는 표현 세계—가 있었다.

「번역은 텍스트를 읽는 진정한 방법To Translate Is the Real Way of Reading a Text」이라는 에세이에서 칼비노는 "다양한 언어 층위"라는 표현으로 다중성의 주제를 꺼내 든다. 그는 전문 장비로 증류한 "비밀 에센스" 같은 것을 추출해내려면 번역에는 "모종의 기적"이 필요하다고 이야기한다. 번역가/작가일뿐더러 과학에도 일가견이 있는 저술가로서 칼비노는 번역의 쟁점들을 예리하게 감각한다. 그가 번역의 문제적 성격을 고찰하는 태도의 기저에는 이런 본질적 이중성이 흐르고 있다. "진정한 문학은 모든 언어의 번역 불가능한 가장자리를 따라 작동한다"라고 그는 적는다.

아마 이 에세이에서 가장 놀라운 통찰은 다음과 같은 지점이 아닐까. 음성언어와 문자언어의 차이로 인해 이탈리아 작가들은 "항상 자기 언어와 문제를 겪고 있고 언어적 신경증 상태에서" 살아간다는 것. 칼비노가 이런 문제를 꿰뚫어보는 이유는 그가 이탈리아어를 마치 외국어를 대하는 것처럼 내지는 그 정도까지는 아니더라도 작중인물 팔로마르 씨처럼 일정한 거리를 유지하면서 내부자와 외부인의 시선을 모두 가지고 바라보기 때문이다. 칼비노는 더 많은 장소에서 읽히기를 바라기도 하지만 "내가 무엇을 무슨 이유로 썼는지 더 잘 이해"하기 위해서도 번역의 대상이 되는 것을 환영했다. 칼비노에게 번역은 'ofγνῶθι σεαυτόν/gnōthi seauton너 자신을 알라'의 과정, 새로운 각도에서 낯선 외부인의 시선으로 자신을 보고 인식해가는 각성의 한 형태였다.

　이탈로 칼비노에 관해 비이탈리아 평론가들이 자주 쓰는 두 가지 표현은 창안invention과 혁신innovation이다. 1974년 〈뉴욕타임스〉에 『보이지 않는 도시들』의 서평을 쓴 조지프 매컬로이는 칼비노를 "이탈리아에서 가장 독창적인 이야기꾼"이라 칭하고 있다. 이 작품을 소개하면서 매컬로이는 황제 쿠빌라이 칸과 여행자 마르코 폴로의 대화로 주의를 집중시킨다. 플라톤의 대화편이 환기되고, 글은 자연히 원형적 형식에 대한 논의로 흘러 이런 결론에 도달한다. "그것들을 형식이라고 한다면, 그것들은 또한 형식으로 번역되기를 기다리면서 안으로 힘을 응축하고 있는 신호와도 같다. 그런 점에서 칼비노의 작품은 내가 아는 어떤 책과도 다르다." '독창적original'이라는 말은 처음의 "일차적 텍스트"와 새롭게 변화를 거친 이차적 텍스트 간의 지속적인 역학 관계를 암시하므로, 필연적으로 번역을 가리키는 말이기도 하다. '독창적'인 것은 '급진적'인 것과 관련이 있고, 그러니 혁명적인 것과도 닿아 있다. 칼비노는 미국에서 가장 인기 있는 본인 작품이 『보이지 않는 도시들』이라고 생각했다. 희한하게도 일반적인 미국 독자들의 구미에 가장 맞지 않는 것도 역시 이 작품이라고 스스로 이야기했다.

1983년 〈뉴욕타임스〉에 『마르코발도 혹은 도시의 사계절』을 리뷰한 아나톨 브로야드는 매컬로이만큼 열광적인 반응은 아니다. 그렇지만 브로야드 역시 "미국 독자들에게 가장 흥분을 불러일으키는 이탈리아 작가인 듯하다"라는 말로 칼비노를 소개한다. 브로야드는 칼비노의 환상적 글쓰기를, 조르조 데 키리코Giorgio de Chirico. 1888~1978 •라는, 스펙트럼을 가로지른 또 다른 혼종적 예술가의 고고한 이미지에 비유한다. 또한 칼비노의 작품을 '해방'—미국인의 집단적 양심에서 묵직한 감정적 의미를 띠는 단어—으로 묘사하는 평론가들이 있다고도 말한다. 가브리엘 가르시아 마르케스와 호르헤 루이스 보르헤스라는 스페인 문학의 최고봉에 칼비노를 견주는 시도까지를 언급하고서 그는 마지못해 인정한다. "칼비노는 창안에 능하지만, 끈기는 부족하다." 브로야드에 따르면,

● 그리스에서 이탈리아인 부모에게 태어나 자라고 독일을 거쳐 피렌체에서 미술을 공부한 후 파리, 뉴욕, 이탈리아를 오가며 작품 활동을 하다 이탈리아에 정착한 화가 겸 평론가.

가장 사랑받는 칼비노의 작품은 『어느 겨울밤 한 여행자가』
이다. 번역가의 일을 여행자에 비유하는, 타당하지만 지나치
게 남용되는 은유에 대해서는 굳이 부연하지 않아도 될 것
같다.

이탈리아 바깥에서 칼비노가 그토록 사랑받은 이유는 무
엇이었을까? 나는 그의 실험적인 언어, 배회하며 앞으로 나
아가는 상상력, 그리고 아이러니의 사용을 꼽고 싶다. 저 리
뷰에서 브로야드는 칼비노의 아이러니가 과대평가되고 있다
고 주장한다. 나는 동의하지 않는다. 칼비노는 문학 장르를
넘나들며 고음과 저음, 유머와 진지함, 철학과 공상을 자유자
재로 오가는 언어 변주의 달인이었다. 그는 객관적이고도 주
관적인 시선으로 우주와 세계를, 일상과 영원을 나란히 응시
했다.

프린스턴대학교에서 진행한 한 워크숍에서 나는 학생들과
함께 칼비노의 '팔로마르 시리즈'의 짧은 이야기 「거북과의
대화Dialogue with a Tortoise」를 번역했다.● 이때의 경험으로 나는
칼비노가 여전히 미국 내에서, 심지어 젊은 독자들에게도 얼
마나 많은 사랑을 받고 있는지 확신하게 되었다. 학생들은 과
학용어가 우수수 쏟아지고 유머가 보글거리는 놀랍도록 까
다로운 텍스트와 씨름하는 재미를 즐기고 있었다. 따지고 보

● 1977년에 쓰였지만 『팔로마르』 초판 단행본에는 수록되지 않았다. 메리디아니
　총서 『칼비노 장단편소설집Calvino Romanzi e Racconti』 제3권(1994), 라히리가 엮고
　옮긴 『펭귄클래식 이탈리아 단편선』(2019)에 실려 있다.

면 제대로 번역하기 가장 어려운 건 유머일지도 모른다. 이 이야기의 서술은 플라톤의 대화체나 레오파르디의 잡문을 강하게 연상시킨다. 나는 칼비노가 늘 자기 자신, 자아의 어두운 반쪽과 대화 중이었고, 그건 앞에서도 말했듯 스스로를 새로운 시각으로 바라보기 위해서였다고 믿는다. 이런 측면에서 그의 몸에는 항상 두 개의 텍스트, 두 개의 목소리를 연주하는 번역가의 감성이 배어 있다.

「거북과의 대화」에는 칼비노가 직접적으로 번역—분명하고 고유한 인간의 활동—에 관해 이야기하는 대목이 있다. 팔로마르가 거북에게 이렇게 말한다. "하지만 설령 네 몸 안으로 밀어 넣기가 가능한 너의 그 머리에 생각이 존재한다는 것을 우리가 입증해낼 수 있다 하더라도, 그 생각이 너 자신 외에 다른 이들에게도 존재하게 만들려면 내가 마음대로 그 생각을 말로 번역해야만 하지. 바로 지금 내가 하고 있는 것처럼, 네가 너의 생각을 사고할 수 있도록 내가 언어를 빌려주고 있잖아."

워크숍을 통해 나는 칼비노를 번역하고 싶고 잘 옮기고 싶은 욕구가 어디에서 나오는지 깨달았다. 그것은 칼비노 자신의 정확한 언어에서 비롯되는 욕구이다. 한순간도 모호하지 않은 그의 언어가 매 순간 모호한—최선의 상황에서도 결국 모색에 머무를—번역이라는 경험에 단단한 닻줄이 되어준다. 학생들과 함께 텍스트를 붙들고 씨름하다가 과연 칼비노는 구글 번역기와 알고리즘 기반의 언어 변환 기술을 어떻게 생각했을까 우리끼리 자문하기도 했다.

칼비노의—투명하게 복잡하고, 지적 아이러니가 넘치고, 진지하면서 유희적인—언어는 어느 언어와도 공명한다. 번역문으로 그를 읽는 사람은 그 안에서 편협함을 모르는, 늘 전염성이 높고 해석에 열려 있는 쾌활한 정신을 발견하게 된다. 그런 무게중심이—자유낙하하는 우주비행사의 중력중심처럼—모든 종류의 경계를 뛰어넘어 그를 지극히 번역 가능한 존재로 만들어주었다. 생애 마지막 시기에 그가 그토록 절묘한 시선으로 가벼움의 테마를 성찰한 사실은 무엇보다 그의 표연하고 다중적인 본질을 나타내준다. 누구든 번역문으로 칼비노를 읽다 보면 이국의 영토 쪽으로 기울어진, 더 정확히 말하자면 언어적 투과성이 높은 환경과 동류인 한 사람의 정신을 조우하게 된다.

칼비노가 이탈리아 바깥에서 사랑받는 이유는 그가 창조한 언어 안에 탁월한 결과와 번역의 기적을 뽑아낼 모든 필수 성분, 이른바 '비밀 에센스'가 담겨 있었기 때문이다. 다른 작가들의 글과 번역서를 그토록 깊은 관심과 넉넉한 포용으로 대했던 사람이었으니 세상의 다른 언어들이 이토록 열렬하게 칼비노를 환대하는 상황이 나에게는 타당한 일, 심지어 운명적인 일인 것 같다.

2021년 로마
저자와 협력으로 알베르토 부불리아스-부시 옮김

변신을 번역한다는 것

오비디우스

2021년 1월, 나는 어머니를 만나러 프린스턴에서 로드아일랜드로 향했다. 지난해 여름 이후로 화상통화로밖에는 어머니를 보지 못했다. 어머니 건강이 걱정스러웠다. 어머니는 점점 기력이 떨어지는 증상을 호소했고, 전화기 너머로 가쁜 호흡이 전해졌다. 내가 집에 들어섰을 때, 주방에서 우리 가족이 도착하자마자 먹일 음식 마무리에 한창 신이 나 있어야 할 어머니 모습이 안 보였다. 대신 어머니는 안락의자에 조용히 앉아 있었는데, 우리가 다가가도 몸을 일으켜 우리를 맞이하지 않았다. 내가 머물러 있던 닷새 동안 어머니는 주방에 거의 얼씬도 하지 않았다. 우리가 둘러앉아 스크래블 게임을 할 때 어머니의 손은 게임판 위에 놓인 알파벳 타일들을 자꾸만 건드렸다. 나긋하고 표현이 풍부했던 어머니의 목소리는 메마른 웅얼거림으로 바뀌어 있었다.

며칠 뒤 프린스턴에 돌아와 고전학과 동료 교수인 옐레나 바라즈와 산책을 했다. 나는 옐레나에게 어머니가 상당히 노쇠해지셨다고, 나를 길러준 여성과 어딘가 근본적으로 닮지 않은 사람이 되었다고 털어놓았다. 우리는 사랑하는 사람들이 나이 들고 변해가는 모습을 지켜보는 고충에 대해 이야기를 나눴다. 헤어질 무렵, 옐레나가 화제를 바꾸더니 오비디우스의 『변신 이야기』를 함께 번역하자고 제안했다. 모던라이브러리에서 새로운 번역본으로 출간될 것이고, 영역본 중 최초로 두 여성이 옮기게 될 것이라고.

옐레나는 저 텍스트를 향한 나의 경외심을 알고 있었다. 이전 학기 인문학 고전 강좌의 일환으로 우리는 '고대의 플롯, 현대적 비틀기'라는 제목의 세미나를 함께 구상하고 『변신 이야기』 일부 텍스트의 영어 강좌를 함께 진행했다. 우리 둘에게는 2020년 가을의 기나긴 팬데믹을 버텨내는 생명 줄 같은 시간이었다. 『이 작은 책은 언제나 나보다 크다』에서 이탈리아어로 글을 쓰기 시작한 과정을 설명할 때 내가 오비디우스에 의지했던 사실도 옐레나는 알고 있었다. 프린스턴대학교에서 강의를 시작한 이래 『변신 이야기』는 내 번역 워크숍의 준거점으로 점점 확고하게 자리 잡았고, 이 워크숍에서 발아한 사유들로부터 이 책의 앞부분에 실린 에코와 나르키소스에 관한 에세이뿐 아니라 번역의 주제를 발전시킨 다른 에세이와 강의들이 태어났다. 모호성과 불안정성과 생성의 행위가 관류하는 『변신 이야기』야말로 한 언어에서 다른 언어로의 문학 텍스트 전환 과정을 첨예하게 보여주는 은유라고 나는 수년째 학생들에게 이야기해왔다. 내 창작 여정의 플롯을 따라가려면, 오비디우스의 걸작을 번역하는 것이 논리상 '비틀기'의 다음 수순이었다.

그렇다 해도 내가 라틴어 텍스트를 무리 없이 읽어낸 것은 학부 시절이 마지막이었다. 라틴어 사전을 펼쳐놓고 『변신 이야기』의 원문을 오가며 몇 행씩 들여다보는 건 해볼 만했다. 하지만 총 열다섯 권─정확히는 11,995행─을 번역하는 일은 전혀 다른 문제였다. 당장 에베레스트산이 눈앞에 떠올랐다. 동시에 운명이구나 싶은 전율이 등골을 스쳤다. 감당하기 벅찬 도전으로 느껴졌지만 옐레나가 동행해주리란 걸 알았고, 내 어머니가 다른 사람이 되어가고 있다는 지각이 심장을 무겁게 내리누르던 추웠던 1월의 어느 날, 나는 그러겠다고 대답했다.

우리는 먼저 1권 이오 이야기─젊은 여성이 암소로 변했다가 다시 사람으로 돌아오는 이중의 변신 스토리─를 골라 편집자에게 보여줄 샘플 번역을 준비하기 시작했다. 옐레나가 배려해준 덕분에 나는 파이어스톤 도서관 안의 고전학과 연구실을 사용할 수 있었다. 부분 반투명 유리벽을 등지고 기원전 2세기의 로마시대 비문 석 장을 마주보는 그 방 안의 아름다운 원목 탁자에 나 홀로 앉아 있었다. 일상의 현실과 유리된 그곳에는 오비디우스의 모든 판본, 모든 해설, 내가 필요로 할지 모를 온갖 사전이 팔 닿는 거리에 놓여 있었다. 그

방의 정적, 세 장의 로마 비문, 내가 휴식을 취하던 붉은색 임스 체어에 감도는 무엇인가가 나를 그곳에 붙들었다. 로마에 있는 내 서재처럼 그 방에도 동쪽을 향해 홑창이 나 있었다. 방 안에는 나와 오비디우스뿐이었고, 다른 생각들의 접근은 대부분 차단되었다. 나는 좀처럼 시간의 경과를 알아차리지 못했고, 가방을 챙겨 방을 나와야 할 때마다 애석했다.

텍스트를 자구에 충실하게 옮기는 일은 옐레나가 해주고 있었지만, 나는 나대로 다시 라틴어 원문을 직접 상대해보리라 마음먹었다. 그리하여 쉰세 살 교수에서 학부생 시절의 자아로 변신을 감행했다. 두툼한 두 권짜리 옥스퍼드 라틴어 사전에서 셀 수 없이 많은 단어를 찾아보는 일에, 그 단어들의 촘촘하고 풍부한 정의들을 탐독하는 것에, 한 줄 한 줄 고심하며 구문을 풀어가는 작업에 다시금 익숙해졌다. 작은 단어장—학부 시절 했던 것처럼 더 깊게 곱씹어야 할 말들을 손으로 적어둔 내 맘대로의 사전—이 채워지기 시작했다.

오비디우스의 시에서 그러하듯 변신을 거친 개인도 그의 이전 의식으로부터 결코 자유롭지 못하다. 그러니 나는 내 라틴어가 어느 정도 퇴색했는지를 끊임없이 상기해야 했다. 혼종성을 역설하는 오비디우스의 시처럼, 라틴어는 오래되었으면서도 새로웠고, 익숙함과 당혹감을 번갈아 던져주었다. 이태異態동사●며 미래 분사와 관련한 문법은 하나도 기억나지

●　그리스어·라틴어에서 형태는 수동이고 뜻은 능동인 동사.

않았다. 하지만 이내 내가 뭔가 달라졌음을 깨달았다. 나는 학부 때와 다른 식으로 라틴어를 읽고 있었다. 영어-라틴어 사전을 찾기보다 이탈리아어-라틴어 사전에 더 자주 의지하고 있었다. 공책에 내가 메모해둔 단어의 정의들은 전부 이탈리아어로, 라틴어의 직접적인 변신 그 자체인 언어로 적혀 있었다. 비록 오비디우스를 영어로 번역하는 것이 목적이더라도 이제 나는 언어적으로 이전 어느 때보다 더 라틴어에 근접한 새로운 진입 지점에 놓이게 된 것이다. 내가 본능적으로 이탈리아어 두뇌를 가동해 오비디우스를 읽고 있었으니, 내 번역 경로는 더 이상 두 점 간의 이동이 아니라 삼각형 구도를 그리고 있었다. 더 풍부하고 더 친밀하며 더 많은 발견으로 이끄는 훨씬 만족스러운 과정으로 느껴졌다.

내 읽기는 느리고 자주 멈칫거렸지만, 그러면서도 나는 마치 이오 이야기의 서두를 시원하게 열어젖히는 페네오스강의 물결에 몸이 휩쓸리기라도 하는 것처럼 시 속으로 곤두박이치기도 했다. "폭포처럼 쏟아져 내린 강물이 휘휘 돌아 물보라를 일으키고 구름을 뭉글 피워 올려 엷은 안개를 퍼뜨려 보내면, 나무 우듬지가 물줄기에 축축해지고 우레 같은 굉음에 먼 고장까지 뒤흔들린다." 수십 년 전 오비디우스의 비유적인 언어며 텍스트의 유희성, 자연에 대한 묘사 앞에서 느낀 흥분이 되살아났다. 나는 바다와 하늘을 명확히 그려내는 모든 단어에 탄복했다. 부모와 자식의 절절한 이별 묘사에 마음이 휘청거렸다.

옐레나와 나는 일주일에 한 번씩 대개 금요일 오후에 이스트파인 홀의 고전문학 도서관에서 마스크를 낀 채 탁자 반대편 끝에 마주 앉아 각자 준비해온 구절들을 논의했다. 이런 만남 역시 익숙하면서도 새롭게 느껴졌고, 가벼운 일탈의 느낌마저 들었다. 극소수의 교수들만이 캠퍼스에 남아 있고 모두 사회적 거리 두기와 방역 수칙을 철저히 준수하던 상황에서, 그나마 이 만남이 내가 1년 만에 동료와 꾸준히 대면 접촉을 이어간 유일한 시간이었다. 우리는 진행 중인 번역 원고를 놓고 질문과 논의와 수정과 조율을 해나갔고, 까다로운 부분들은 재고를 위해 표시해두었다. 인물을 설명할 때 복수의 이름과 별칭을 즐겨 활용하는 오비디우스의 성향을 어떻게 풀어내야 하는지, 성폭력 행위를 어떻게 번역해야 하는지도 상의했다. 시 도처에 출몰하는 두운은 어떻게 재현할 것이며, 골든 라인golden line•은 어떻게 지킬 것인지도 논의 주제였다. 우리는 고대 지도책을 들여다보며 오비디우스의 독창적인 지리적 좌표들이 어디쯤일지 추적하기도 했다.

3월 초쯤에는 아폴로와 다프네의 신화까지 진도가 나갔다. 이 신화는 나에게 각별한 울림을 주었다. 앞서도 말했지만, 나는 자유를 지키기 위해 월계수로 변한 요정의 신화를 끌어와 영어 글쓰기에서 이탈리아어 글쓰기로의 이행을 설명한 바 있다. 어느 날인가 안락의자에 앉아 난방기 그릴 틈새를

•　　고대 그리스·로마 서사시의 장단단(강약약) 6보격dactylic hexameter 운율의 한 종류.

응시하고 있는데, 작은 노란색 상표가 눈에 들어왔다. 자세히 들여다보니 개폐 스위치 위에 상표가 덧붙어 있었고, 그 위에 적힌 단어를 발견한 순간 나는 아연해졌다. '아폴로'. 그것이 난방기 제조업체의 이름이었다. 치유의 신.

이 아름답고 간소하고 영혼이 깃든 방은 물론이고 시 자체의 아름다움이 나를 보호해주는 것 같았다. 역자인 나는 그것으로부터 헤엄쳐 나와야만 하는데도, 라틴어는 마치 페네오스의 가장 깊숙한 '안방penetralia'처럼 나를 품었다. 문득 오비디우스Ovid의 이름 철자를 재배열하면 'void빈 공간'가 된다는 생각이 머리를 스쳤다.

나는 주중 거의 매일, 가끔은 주말에도 고전학과 연구실에 나가기 시작했다. 어머니의 마지막이 가까웠음을 직감할수록 몇 년이 걸릴 긴 번역 작업, 내 시야에 잡히지 않을 만큼 결말이 요원한 그런 프로젝트의 시작점에 있는 것이 마치 산화를 막아주는 도금처럼 느껴졌다. 어머니가 사라져간다는 두려움이 커질수록, 나를 굽어보는 세 개의 비문이 새겨진 회색 석판들이 더욱 나를 위로하는 것 같았다. '디스 마니부스Dis Manibus', 망자의 신들에게 헌정된 이 비문들은 네 사람—남자 둘과 여자 둘—의 영혼을 기리고 있었다. 프리무스 아폴리나리스(스물두 해와 여덟 달을 살았다), 베누스투스(여덟 해와 넉 달, 열닷새를 살았다), 아우렐리아 이우스타와 아르텔리아 미르테일. 세 비석 모두 헌정자는 로마인 가족들이다. 어머니, 누이, 남편, 그리고 관계를 특정하지 않은 한 친척. 가운데에 놓인 아우렐리아 이우스타의 비문은 놀랍게도 아우렐리아 본인이 생전에 자기 손으로 남긴 것이었다. 자신과 남편과 아들을 추모하기 위해 "살아생전 (…) (그녀가) 이것을 만들었다Se biva fecit".°

이 방에서 번역을 하고 있던 어느 날, 어머니에게 전화가 왔다. 화상통화로 걸려왔다. 몇 주째 어머니는 아마도 내 영상과 표정의 도움을 받아서인지 내 얼굴이 보여야만 의사소통을 할 수 있었다. 그날 우리가 통화를 하는 사이 아버지가 주방에서 전자레인지를 돌렸고, 전기난방기까지 켜둔 참이라 일시적으로 부모님 댁의 전기가 한꺼번에 나가버렸다. 아버지가 손전등에 의지해 지하실에 내려가서 두꺼비집 스위치를 올리는 동안, 나는 휴대전화 화면으로 어둠의 웅덩이에 떠 있는 어머니의 얼굴을 바라보고 있었다. 그것은 어머니의 생애 마지막 며칠간 내가 느끼게 될 여러 번의 불길한 예감 중 하나였다. 그중에는 내 욕실의 흰색 비누 한가운데에 완벽하게 뚫린 영문을 알 수 없는 구멍도 있었고, 우리 뜰의 작약을 쓰러뜨리고 장미 덤불 꽃잎들을 죄 떨어뜨려놓은 맹렬한 바람도 있었다. 그 무렵 나는 이미 『변신 이야기』 안에 단단히 안착해 있었던지라 모든 것이 오비디우스와 연결되어 보였다. 프린스턴을 꿰뚫고 지나간 바람은 "호리페르 보레아스horrifer Boreas. 추위를 몰고 오는 북풍의 신 보레아스"

° 'vivia'를 'biva'로 적은 철자 표기와 비문의 비표준어적인 문법, 이 두 가지가 헌정자의 사회계층이나 민족적 배경에 관한 단서가 된다.

를 연상시켰고, 흰 비누에 꺼림칙하게 뚫린 컴컴한 구멍은 "바람이 만든 허공으로" 들려 올라간 칼리스토와 아르카스를 소환하게 만들었으며, 역설적으로 '천지창조'에 묘사된 태곳적 카오스의—"정제하지 않은 날것의 덩어리, 어디 한곳에 무더기로 쌓인 무기無機한 것들에 지나지 않는"—초미세 버전이라는 생각마저 들게 했다.

3월 중순 무렵에는 차츰 코로나19 백신을 접종하는 사람들이 주위에 늘어갔고, 거의 한 달째 프린스턴을 덮었던 눈이 마침내 녹아내리기 시작했다. 꽃대를 올리는 크로커스도, 희망이 고조되는 집단적 기대감도 위로가 되진 않았다. 오로지 오비디우스뿐이었다. 오로지 인간 또는 인간 같은 존재들이 돌, 별, 동물, 식물, 물, 그 밖의 자연의 요소들로 갈피갈피 변신하는 시 한 편만이 납득이 되었다. 오로지 오비디우스가 자기 식대로 이전의 화신들을 번역하고 변형시킨 저 신화와 전설 들만이 의미를 품고 있었다. 정체성의 재형성과 재규정이 이뤄지는 저 경계 지대뿐이었다. 『변신 이야기』의 번역 작업은 나의 라틴어를 소생시켰을 뿐 아니라 변화 없는 플롯이란 없다는 사실을 나에게 다시금 알려주었다.

3월 말, 어머니를 만나러 로드아일랜드의 병원—어머니가 1974년에 내 여동생을 출산하고 두 번째로 엄마가 된 그 병원—으로 향했다. 며칠 전 원격진료로 어머니를 관찰한 의사가 뇌졸중 여부를 확인해두는 게 좋겠다며 어머니를 병원에 입원시켰다. 어머니는 뇌졸중을 일으킨 것은 아니었다. 대신에 검사 결과 이산화탄소 혈중농도가 너무 높게 나왔고, 어머니에게 남은 시간이 얼마 없다는 말을 들었다. 나는 이 사실을 인정함과 동시에 거부했다. 어머니의 시간이 한정되어 있다는 것을 이해했음에도 불구하고, 어머니가 다른 어떤 것이 될 수만 있다면 어머니는 죽지 않을 거라고 줄곧 속으로 되뇌었다. 『변신 이야기』는 죽음을 마주한 내 시각을 완전히 바꿔놓았다. 시에 담긴 변화 하나하나의 의미가 이제 새로운 색조를 띠고 있었다. 오비디우스의 세계에서도 어떤 존재들은 죽음을 맞는다. 그러나 대다수는 한 형태로 존재하기를 멈추고 다른 어떤 것이 된다. 오비디우스가 삶에서 죽음으로의 필연적인 이행을 거듭 이야기하고 거듭 재현하는 것은, 그를 읽는 우리로 하여금 필연적인 타인의 상실을 견딜 수 있게 해주려는 것이라고 나는 굳게 믿었다.

어머니의 마지막 며칠간, 우리는 어머니의 신체 변화 징후들을 해석하는 데 유용한 소책자를 읽어두라는 말을 들었다. 우리는 어머니의 손톱 색깔, 피부 온도, 채워지지 않는 갈증, 귓속말처럼 낮아진 목소리를 유심히 살폈다. 변화 하나하나가 믿어지지 않을 만큼 나름의 방식으로 놀라웠다. 나는 내내 오비디우스를 생각했고, 이행의 매 순간이 얼마나 팽팽하게 긴장되어 있는가를 생각했다. 긴장을 조성하는 것은 바로 이행의 정밀함이다. 서사의 진행 속도가 느려지고 동사는 주로 과거시제에서 현재시제로 바뀌면서 특수성으로 가득한 변신 자체에 독자의 이목이 집중된다. 어머니의 필체가 해독 불가능해지고, 이미 손상된 어머니의 언어능력이 짧은 문장에서 낱말들로, 거의 침묵으로 위축되어갈 때 나는 저 시에서 언어를 박탈당한—대부분 여성인—수많은 인물을 떠올렸다. 나는 어머니를 위해 기도하고 싶었으나 기도의 말을 알지 못했다. 『변신 이야기』의 첫 행, 내가 번역 강의 첫날에 늘 칠판에 적는 구절이고 앞서 도메니코 스타르노네에 관한 글에도 인용한 그 구절이 내 기도문이 되었다. 나는 그 문장이 어머니와 동행하기를 소망하며 그것을 외워 머릿속에서 계속 되뇌었다. "새로운 몸으로 변신한 형상들에 대해 말하고 싶어 내 마음이 기우니In nova fert animus muatas dicere formas / corpora."

어머니를 병원에서 집으로 모셔오던 날, 돌아가시기 나흘 전이었던 그날, 어머니를 태운 앰뷸런스 뒤를 승용차로 따라가다가 차를 세우고 어머니 곁에 있어줄 화분—수국과 수선화—두 개를 샀다.° 어머니는 식물을 사랑했고, 식물들은 어머니의 보살핌 아래 항상 잘 자랐다. 나는 어머니의 화장대 위에 화분들을 올려놓은 뒤 어머니에게 마음에 드는지 물었다. 어머니는 조금도 지체하지 않고 화분들을 가리키며, 그 안에 계속 머무를 거라고 대답했다. 어머니의 말에 차분한 확신이 실려 있었다. 해독제처럼 내 혈관을 타고 흐르는 오비디우스의 시의 힘을 자신이 마치 직감한 것처럼. 그날 어머니가 내게

° 이 글을 쓰는 지금에서야 수선화daffodile가 수선화속Narcissus에 속하며 오비디우스에 뿌리가 닿아 있다는 데에 생각이 미친다. "시신이 있어야 할 자리에는 황금색 꽃 한 송이가 놓였고 / 그들은 그 중심을 둘러싼 하얀 꽃잎을 발견했다."

해준 말은 어머니 자신을 또 다른 모습의 다프네로 변모하게 했고, 어머니와 나를 더욱 강하게 결속시켰다. 그리고 그 말들이 있어 나는 돌이킬 수 없는 어머니의 부재를 태양 아래 뿌리내린 모든 푸르른 것들로 번역할 수 있게 되었다.

2021년 로마

몇 가지 메모

「왜 이탈리아어인가」는 이탈리아어 연설문으로 작성한 글이다. 2015년 4월 21일, 이탈리아 시에나에 있는 외국인 대학교의 이탈리아어 교육학 명예학위 수여식에서 '마지막 세 가지 은유Tre Ultime Metafore'라는 제목의 수락 연설로 저자가 낭독했다. 추후에 다니엘 발리코가 엮은 『메이드 인 이탈리아와 문화: 이탈리아 현대문학에 대한 고찰Made in Italy e Cultura: Indagine Sull'identità Italiana Contemporanea』(팔룸보출판사, 2016)에 이탈리아어 원어로 수록되었다.

「통」은 도메니코 스타르노네의 소설 『끈』의 영역본(유로파에디션스, 2016) 서문으로 처음 실렸다. 2017년 3월 7일 자 문학 전문매체 〈리터러리 허브〉에 발췌문이 소개되었다.

「병치」는 도메니코 스타르노네의 소설 『트릭』의 영역본(유로파에디션스, 2018) 서문으로 처음 실렸다.

「에코 예찬」은 영문으로 쓴 글을, 이탈리아 로마의 귀도카를리자유국제사회과학대학교에서 2019~2020학년도 개강 기조연설을 위해 저자와 협업으로 티치아나 로 포르토가 이탈리아어로 옮겼다. 2019년 11월 21일 마운트홀리요크칼리지에서 열린 '발렌타인 지아마티 강연' 행사, 이어 2021년 6월 2일 영국 이스트앵글리아대학교 문학번역센터에서 열린 '2021 제발트 강연' 행사에서 영어로 발표되었다.

「기원문에 부치는 송가」는 영문으로 쓰고, 2020년 9월 9일 프린스턴대학교 인문학협회에서 개최한 제14회 연례 인문학학회 발제문으로 발표되었다.

「나를 발견하는 곳」은 영어와 이탈리아어로 쓰고, 2021년 4월 온라인 잡지 〈워즈 위드아웃 보더스Words Without Borders〉에 처음 영문으로 게재되었다. 도메니코 스타르노네의 이탈리아어 번역문(「자기를 번역하는 사람Traduttrice di Me Stessa」)이 2021년 6월 24일 자 이탈리아 독립 언론 〈인테르나치오날레 Internazionale〉에 발표되었다.

「치환」은 도메니코 스타르노네의 소설 『트러스트』의 영역본(유로파에디션스, 2021) 후기로 처음 출간되었다. 2021년 11월 6일 〈뉴요커〉에 「나에게 번역이 무엇인지 가르쳐준 책」이라는 제목으로 이 후기의 다른 버전이 발표되기도 했다.

「그람시의 '트라두치온'」은 영어로 쓴 글이지만, 애초 이 글의 출발은 안토니오 그람시의 『옥중수고』 이탈리아어 최신 완성판 출간을 기념해 에이나우디출판사와 그람시재단이 주최한 토론회(2021년 4월 27일)의 발표문으로, 이탈리아어로 작성되었다. 이 에세이의 다른 버전은 2021년 10월 19일 볼로냐대학교의 전문번역 명예학위 수여식에서 기조연설문으로 낭독된 데 이어, 2021년 11월 5일 이탈리아 일간지 〈도마니 Domani〉에 게재되었다.

「언어와 언어들」은 이탈리아어로 쓰고, 2021년 10월 16일 이탈리아 일간지 〈코리에레 델라 세라 Corriere della sera〉의 문예 주간지 〈세테 Sette〉에 처음 발표되었다.

「이국의 칼비노」는 이탈리아어로 쓰고, 2021년 9월 19일 〈라 레투라 La Lettura〉 지면에 처음 발표되었다.

옮긴이의 말

    줌파 라히리는 2012년에 이탈리아로 이주하면서 장편소설 『저지대』(2013)를 끝으로 앞으로는 이탈리아어로만 글을 쓰겠다고 선언했다. 그러더니 정말로 이탈리아어로 에세이를 쓰고(2015년, 2016년) 소설을 쓰고(2018년, 2022년) 시를 썼다(2020년). 이탈리아 단편선을 옮겨 엮고(2019년), 이탈리아 장편소설 세 편을 영어로 번역했다(2017년, 2018년, 2021년). 2018년 작 『내가 있는 곳』을 직접 영어로 옮겼고(2021년), 신간 소설집 『로마 이야기』는 아홉 편 가운데 여섯 편을 번역했다. 『나와 타인을 번역한다는 것』은 정확히 저 기간 동안, 2015년부터 2021년까지 "번역을 사유한 글들"의 묶음이다. 9년 만에 처음으로 영문으로 펴냈지만, 로마와 프린스턴, 이탈리아어와 영어 사이를 오가며 쓴 "본질적으로 이중언어 텍스트"라고 라히리는 소개한다. 그러니 이 글들에는 이방인의 시선에 언어와 세계가 낯설어진 경험, 언어의 문을 두드리느라 그의 몸이 겪은 진동, 언어의 이동이 초래한 작가 자신의 변신이 기록되어 있다.

이 책이 나온 뒤 어느 인터뷰에서 라히리는 말한다. 세상에는 "어디에서 왔어요Where are you from?"라는 질문을 받는 사람과 받지 않는 사람이 있고, 자신은 어딜 가든 이 질문을 받는 사람이었다고. 출신지를 묻는 상투적 질문이었겠지만, 태어난 곳과 자란 곳이 다르고 처음 들은 언어와 배움의 언어가 다른 사람에게는 그 질문이 괴로운 수수께끼였을 것이다. 캘커타, 런던, 로드아일랜드가 그가 '온' 곳이 아니듯, 벵골어도 영어도 그에게 '모국'의 언어는 아니다. 그는 여기와 저기 사이, 언어의 틈새에 '속한' 사람이다. 다섯 살의 첫 기억부터 이 조건을 의식하며 살아왔다고 서문에서 그는 고백한다.

"두 세계의 중간에 끼인" 사람은 불가피하게 양쪽 세계와의 거리를 자각한다. 거리는 밀착돼 있을 때 갖지 못하는 관찰자의 시점을 허용하고, "이질적인 세계를 연결하는" 방법을 고민하게 만든다. 라히리의 예리한 관찰력과 섬세한 언어는 그런 궁리에서 키워졌을 것이고, 거기서 글쓰기의 자양분이 나왔을 것이다. 그러던 그가 자유를 찾아 도주를 결심했다면, 무엇이 그를 옭아맸던 걸까? 첫 번째 에세이 「왜 이탈리아어인가」에서 그는 언어의 "익숙함"이 부여하는 "실명"의 위험성을 경고한다. "수동적이고 나태"한 글을 쓰게 만드는 관습적 언어에 갇히지 않으려면 언어와 나 사이의 거리를 벌리는 수밖에 없다. 라히리의 경우, 그것은 더 먼 언어로의 도주이다. '왜 하필' 이탈리아어냐고 묻는 질문에 그는 난감해한다. 그런 논리적인 이유를 댈 수 있다면 그것은 라히리가 원하는 자유로운 선택이 아닐 것이다. 주어진 언어가 아닌 스스로 선택한 언어와의 거리에서 그는 신선한 자양분을 얻는다. 낯설고 취약하지만, 그렇기에 "다른 식으로 세계를 조명할 수" 있게 된다. 이탈리아어를 읽고 쓰면서 그는 잊고 있던 자신의 조각을 발견한다. 언어와 언어 사이의 틈새에서 연결을 갈망하던 오래된 욕구를 기억해낸다. 이탈리아어가 그를 번역으로 안내한다. 첫 번째 에세이는 그렇게 지난 책『이 작은 책은 언제나 나보다 크다』와 이 책의 시작을 연결한다.

애초에 한 권의 논픽션으로 구상하지 않은 모음집의 특성상, 열 편의 에세이들은 개성이 제각각이다. 이탈리아어와 영어와 고전어, 읽기와 쓰기와 번역하기, 연구와 강연 등의 성격이 글마다 다르게 배합되어 있다. 하지만 작가의 표현대로 현재로서 그의 "직관적 발견의 '열쇠 말'"은 '번역'이고, 때문에 이 책에서 모든 길은 번역으로 통한다. 글이 이끄는 대로 따라가다 보면, 번역이라는 말을 분광기에 통과시켜 얻어낸 스펙트럼의 가장 안쪽부터 바깥쪽까지를 체험할 수 있다. 도메니코 스타르노네의 소설 번역에 관한 에세이 세 편은 가장 좁은 의미의 번역을 다루고 있다. 번역 작업의 실상과 난관과 보람이 정직하게 서술돼 있어 역자로서 연신 고개를 끄덕이게 된다. 이를테면, 반복되는 단어를 옮길 때 저자의 의도와 도착어의 "청각" 사이에서 겪는 고민이라든지, 유의어를 여럿 놓고 치환을 거듭해도 결국 원어의 "의미의 진폭과 반향"이 희석되는 허탈감이라든지, "웬만하면 각주는 피하고" 싶어서 어떻게든 "대체어를 캐내" 근사치에 접근해가는 집요함이라든지, 원저자에게 빙의해서라도 "분신을 만들어 변환"해보지만 완료 시점에도 여전히 "숙고의 여지가 남는", 그렇기에 선택과 제거의 기나긴 "연장전"이 번역의 태생적 조건이라든지, 책의 뒷부분에 실린 표현대로, 번역이란 "매 순간 모호"하고 "최선의 상황에서도 결국 모색에 머무를" 경험이라는 말이 그야말로 생생하게 와닿는다.

라히리는 "번역이 가장 치열한 형태의 읽기와 다시 읽기"라고 단언한다. 특히 그람시의 『옥중 서신』을 읽고 쓴 에세이에서 그는 모든 편지를 번역하듯, "경청하기"와 "감정이입"이라는 "번역가의 자질"을 발휘해 탐독한다. 그람시의 저술은 서신과 수고 사이의 대화이고, 이 점을 이해하기에 라히리는 대화의 다른 한 축, "두겹진 실의 한 올"인 그람시의 수고를 닮은 편린들로 그람시에게 답글을 적고 있다. 라히리의 '답글'에서 그람시는 "돌에서 피를 뽑아"내는 독서가이자 번역의 아이콘이자 다정한 아버지로 되살아난다. 그람시가 아이들에게 물수제비뜨기를 설명하면서 썼다는 주폴라레zufolare라는 단어 앞에서 나는 물수제비를 어떻게 뜨면 휘파람 소리가 날까, 오래 생각했다. 이탈리아 감옥에 있는 그람시와 러시아에 있는 아이들 사이의 거리가 아득하고 슬프고 따뜻했다. 고맙게도 이 책은 그런 아름다운 말들을 많이 가르쳐준다.

이 책에서 가장 치열한 형태의 '쓰기'를 보여주는 글은 자기번역의 경험을 술회한 「나를 발견하는 곳」이다. 전작에서 라히리는 "적어도 내게 책은 다 씌어지고 나면 죽는다"라고 이야기했다. 타인의 작품을 옮겨보기 전까지는 이미 출간된 자신의 글을 다시 읽고 수정할 생각을 결코 하지 않았을 거라고. 그러던 그가 "선행 텍스트의 결함"이 "낱낱이" "적나라하게" 드러나는 괴로움을 감수하고, "결정판 텍스트의 거짓 신화로부터" 해방되는 것은 자기번역이라는 가혹한 행위를 통해서다. 『Dove mi Trovo』를 『Whereabouts』으로 옮기면서 그는 이탈리아어 원문과 영역본이 맞물린 생성의 과정을 경험한다. '가장 치열한 형태의 쓰기와 편집'으로 자기번역은 그에게 스스로의 "변화 능력"을 각성하는 결정적인 계기가 된다. 영문판 표지의 야누스처럼 원문의 시간과 번역문의 시간, 두 방향을 바라보는 시선을 비로소 자기 것으로 삼는다. 자기번역 경험을 통해 라히리가 보여주는 또 다른 변모는 협업에 대한 인식이 아닐까 싶다. "혼자 하는 글쓰기와는 다르게 번역이라는 공동 작업을 통해서만 얻어지는 친밀감"이 있다고 말할 때, 그것은 작가 자신의 과거 자아와 현재 자아의 협력만이 아니라 다른 번역가들, 편집자들과의 협력까지를 가리킬 것이다. 책이 다시 태어나는 과정은 결국 수많은 자아에게 자기 글의 '부족함'을 드러내는 과정이기도 하다.

학술적 성격이 두드러진 두 편은 「기원문에 부치는 송가」와 「에코 예찬」일 것이다. 아리스토텔레스의 『시학』 속 유명한 발췌문에서 조동사의 쓰임새를 고찰한 전자의 글에 라히리는 고대 그리스어 원문과 영역문을 나란히 싣고 비교한다. 번역을 활용해 오늘날 뒤섞어서 쓰는 두 낱말의 미묘한 뉘앙스를 변별해내는 라히리의 탐색은 집요하고, 거기서 끌어내는 문학의 잠재력에 대한 통찰은 명료하다. 역자로서 읽지 못하는 고대어의 낯선 활자를 그대로 싣는 것이 내내 마음에 걸리지만, 우리가 의심 못 하는 일상의 구석구석에 고대와 현대의 낯선 언어들이 번역을 거쳐 스며들어 있음을 확인하는 설렘이 적지 않았다. 일반적인 표기와 다르게 그리스어와 라틴어, 이탈리아어를 영문 앞에 배치하는 이 책의 의도를 나는 「에코 예찬」을 옮기며 짐작했다(비록 한국어판에서는 살리지 못했지만). 현재 라히리의 직관적 열쇠 말이 '번역'이라면, 그가 문학과 주변 세계를 이해하는 준거로 삼는 텍스트는 오비디우스의 『변신 이야기』다. 그중 에코와 나르키소스의 신화를 그는 원문과 번역문, 저자와 번역가의 역학 관계에 대한 은유로 읽어낸다. 시행을 면밀히 파고들어 "경청하고 복원하는" 에코의 사랑의 행위에 번역을 중첩시키는 라히리의 읽기는 영감으로 가득하다. 자신이 쓴 모든 글이 무수한 이전 텍스트의 파생물이며 "어떤 말도 '나의 말'은 아니"라고 고백할 때, 이미 그는 새로운 글쓰기로 접어든 것 같다. 그리스어와 이탈리아어와 라틴어를 앞에 두고 영문 번역을 뒤로 배치한 이 책의 표기를 나는 '에코'에 대한 존중으로, 원문을 뒤쫓지만 제한된 반복이 아닌 창조적인 복원으로서 번역에 대한 예찬으로 이해했다.

번역에 대한 아름다운 은유들이 양가적이라고 느낀 것은 아마 내 자격지심 때문일 것이다. 번역가를 옹호하는 말들이 격려인 줄 알면서도 뒤집으면 번역가에 대한 요구 혹은 부족함을 자각하라는 꾸중으로 들리기도 했다. 번역이 상상력을 발휘하는 창조적 행위라는 말은 내 어휘의 빈곤을 자꾸 돌아보게 했다. 교차 읽기의 풍요로운 경험을 얻어야 할 이탈리아어와 라틴어 원문들 앞에서 신비로운 그림 보듯 감상만 하고 있는 나의 짧디짧은 외국어 능력은 자격 미달이라는 진지한 자기 의심에 나를 빠뜨렸다. 그람시가 아내 줄리아를 '독려' 하느라 했다는, 모든 분야에서 전문적 식견과 지성을 갖추라는 말은 송곳처럼 뾰족했다. 한두 달 새에 이런 능력과 자질이 길러질 리 없으니, 그저 당장은 더 여러 번 읽고, 더 사전을 많이 찾고, 더 길게 고민하는 수밖에 없었다. 이 책의 많은 부분에 밑줄 긋고 싶었지만, 한 가지 동의하기 어려운 대목도 있었다. 자기번역을 할 때 라히리는 원문의 오류를 발견한 즉

시 그것이 오류라고 '확신'한다. 역자에게 그런 확신은 언감생심이다. 혹시 어색한 대목이 보이더라도 역자는 최대한 원문의 '편에서' 어떻게든 논리를 꿰맞춰본다. 이 저자는 소설가이니 문학적 허용이거나 비유일지 모른다며 '구글링'을 하느라 날밤을 샐 수도 있다. 원본과 파생본의 서열을 해체해도 된다는 라히리 역시도 다른 작가의 문장을 번역할 때는 인쇄 직전까지 "노심초사할" 거라고 말하는 것을 보면, 어쩔 수 없이 역자는 원문 앞에 '을'이 아닐까 싶다.

아홉 번째 에세이 「언어와 언어들」은 배타적인 언어의 단수성이 어떻게 작가와 글을 속박하는지, 복수의 언어들이 어떻게 생성의 에너지를 불어넣는지에 관한 체험적 고찰이다. 그리고 열 번째 에세이 「이국의 칼비노」에서 라히리는 이 에너지를 체현한 대표적인 작가로 이탈로 칼비노에게 애정과 경의를 표한다. 라히리가 이탈리아어에의 '소속'을 부정당할 때 나는 문득 서문에서 잠깐 언급된 라히리와 어머니의 카세트테이프가 생각났다. 벵골 작가 소설을 낭독하는 어머니의 음성이 녹음돼 있다 했다. 그 언어는 벵골어도 아니고 영어도 아닌, 번역되기를 기다리는, 번역으로 '건너가는' 소리일 것이다. 낭송은 호흡과 속도와 어조와 감정이 실린 해석이다. 어머니의 목소리를 입은 이 '에코'가 바로 변신의 모어가 아닐까, 그런 의미에서 라히리의 진정한 모어가 아닐까, 라히리는 언어의 고아가 아니라 번역을 낳는 더 큰 언어들의 연결

망에 '속한' 사람이 아닐까. 어머니와 얽힌 기억으로 시작된
이 책은 후기에서 다시 어머니의 이야기로 돌아간다. 라히리
는 오비디우스의 시의 힘에 기대 어머니의 임종을 지킨다. 시
의 힘 안에서 어머니의 죽음은 변신이 되고 번역은 긴 애도
의 시작이 된다.

　이 책을 쓸 때만 해도 고된 '자기번역'을 다시 할는지 알
수 없다던 라히리가 1년 만에 책의 3분의 2를 직접 옮긴 『로
마 이야기』를 펴냈다. 이 소설집에서 라히리는 새로운 글쓰
기를 보여준다. 장소와 인물에게서 이름의 굴레를 벗겨 더 가
볍게 경계를 횡단하게 하고, '밝지 않은' 방과 계단과 모퉁이
를 배회하게 한다. 라히리는 로마와 그 너머의 세계로 문학의
"거울을 추켜"들고, 거울 안에서 자기와 닮지 않은 타인들을
발견한다. 3년의 로마 거주를 마치고 브루클린으로 돌아가던
2015년에 그가 무엇을 보았는지 나는 모른다. 그러나 그해 6월
로마 콜로세움 인근 기차역에는 시리아와 에트리아에서 온
난민들의 임시 천막촌이 세워졌다. 2008년 코쉭이● 남미와
아프리카로 찾아가던 난민촌은 로마로, 이탈리아의 복판으로
옮겨 왔다. 그때 나는 언제든 귀환이 가능한 자발적 이주자의
'추방'이라는 단어와 난민들의 임시 체류증이 자꾸 대비되었
다. 나는 라히리의 인물들이 두 개의 피부색에서 벗어난 것,

●　　『그저 좋은 사람』에 수록된 세 편의 연작소설의 주인공 '헤마와 코쉭'.

그의 시선이 캘커타와 뉴잉글랜드 밖으로 나온 것, 더 다양한 낯선 이들 속으로 들어간 것이 반갑다. 내게는 이것이 그가 진화한다는 증거다. 라히리는 소설에 후기를 쓰지 않는다. 이 책은 앞으로 올 진화와 변신, 다시 말해 앞으로 그가 쓸 글들의 당겨 쓴 후기일지도 모른다.

2023년 11월

이승민

부록

Two Essays in Italian

IL CALVINO DEL MONDO

Quando parliamo del grande successo all'estero di Italo Calvino parliamo per forza di un Calvino tradotto, letto e quindi amato in lingue straniere, non in italiano. La traduzione, uno spazio doppio e intermedio, è stata il destino di Calvino, autore che resta sempre, come lui stesso dichiarava, "un po' a mezz'aria."

Ma già la sua identità italiana era un'identità sempre inclinata verso l'Altro. Basti pensare alla sua biografia (con la quale amava comunque giocare): il fatto di essere nato a Cuba, di essere cresciuto in una San Remo all'epoca molto cosmopolita, di aver sposato una traduttrice argentina, di aver vissuto per molti anni in Francia e di aver viaggiato per il mondo. Non stupisce che New York, crocevia perenne di lingue e culture, fosse la città che lui considerava, in fin dei conti, più "sua."

Consideriamo poi la sua passione per gli autori stranieri: la scoperta determinante da ragazzo di Kipling, la tesi di laurea che scrive su Conrad, autore fra l'altro che scrive in una lingua straniera, e l'amicizia e la collaborazione con Pavese e Vittorini, due autori-traduttori-editori come lui. Questi sono alcuni punti salienti della formazione di un autore che, già prima della sua fama mondiale, era più internazionale che italiano, a cavallo fra luoghi e lingue, acutamente consapevole del distacco proficuo dalle origini. Ricordiamoci che le opere mature, quelle più celebri e più tradotte, vengono scritte in Francia, mentre lui sperimentava un esilio linguistico sicuramente fertile e voluto. Fu il traduttore di Queneau, ma aggiungerei che anche Le fiabe italiane, raccolte e riproposte da lui, fossero una specie di traduzione.

William Weaver, traduttore americano di tutto quello che Calvino ha scritto, dice in una intervista sulla Paris Review che era facile da tradurre perché era uno scrittore di un linguaggio letterario universale che si presta naturalmente alla traduzione. Aggiunge però che era anche impegnativo perché la sua prosa aveva un ritmo molto fine, cosa che lo costringeva a leggere dei passaggi delle Città invisibili ad alta voce mentre lo traduceva. Weaver commenta la passione di Calvino per il linguaggio scientifico, per i termini tecnici: altro scoglio per chi lo traduce, elemento che fa subentrare un'altra lingua ancora, rigorosamente specifica, nella sua scrittura.

Insomma Calvino, scrittore prettamente italiano, non ha mai scritto puramente in italiano, anzi, aveva una lingua sua, un regno espressivo che apparteneva solo a lui, così come tutti gli scrittori più importanti e più interessanti.

Nel saggio "Tradurre è il vero modo di leggere un testo" Calvino parla del tema della molteplicità riferendosi ai "diversi livelli di linguaggio." Dice che la traduzione "richiede un qualche tipo di miracolo," parlando della sua "essenza segreta" come di un estratto prezioso da distillare con gli strumenti appositi. È sensibile alla traduzione non solo in quanto traduttore/scrittore ma in quanto letterato- scienziato, ossia, riflette oggettivamente sulla problematica della traduzione. Dice: "La vera letteratura lavora proprio sul margine intraducibile di ogni lingua."

Forse l'osservazione più dirompente nel saggio è questa: per via della discrepanza fra il parlato e la lingua scritta, gli scrittori italiani "hanno sempre un problema con la propria lingua [e vivono] in uno stato di nevrosi linguistica." Calvino riesce a individuare questo problema proprio perché parla dell'italiano da dentro ma anche da fuori, come fosse una lingua altrui: o almeno riesce a valutarla, come il Signor Palomar, con una certa distanza. Calvino apprezzava essere tradotto non solo per poter essere letto in altri paesi ma per "capire bene cosa ho scritto e perché." La traduzione, per lui, era una specie di *gnōthi seauton*, un processo rivelatore per guardarsi da un'angolatura diversa, da una prospettiva straniante, aliena.

Invenzione e innovazione sono due termini spesso associati a Calvino dai suoi critici stranieri. La recensione di Joseph McElroy sul *New York Times* nel 1974 a *Città invisibili*, tradotto da Weaver, lo chiama "Italy's most original storyteller." Nel parlare del romanzo, McElroy sottolinea la conversazione fra l'imperatore Kublai Khan e il viaggiatore Marco Polo. Vengono in mente i dialoghi di Platone. Il critico parla poi delle forme archetipe e dice infine: "If they are forms, they are also like signals condensing in themselves power that awaits its translation into form. And Calvino's book is like no other I know." *Originale*: ecco un termine che riguarda inevitabilmente la traduzione e la dinamica eterna fra il testo "di partenza" e quello nuovo, secondario, trasformato. *Originale* ha a che fare con *radicale*, e quindi con *rivoluzionario*. Di fatto, *Città invisibili*, ritenuto dallo stesso Calvino il suo libro più amato in America, era, secondo lui, anche quello più lontano delle abitudini del lettore statunitense.

La recensione di Anatole Broyard a *Marcovaldo* nel 1983, sempre sul *New York Times*, è meno entusiasta rispetto a quella di McElroy, ma anche Broyard lo descrive "the Italian writer who seems to cause the most excitement among American readers." Lo paragona alla rarefazione estrema di de Chirico, altro artista ibrido e trasversale. Si riferisce ai critici che interpretano il progetto di Calvino come una forma di "emancipazione"—termine carico di significato per la coscienza collettiva statunitense—e, per di più, nota che Calvino viene paragonato a Calvino a García Márquez e Borges, due scrittori spagnoli di impatto stratosferico. Concede: "Il signor Calvino inventa, ma non persiste." Secondo Broyard, il libro più amato di Calvino è *Se una notte d'inverno un viaggiatore.* Soffermiamoci sulla figura del viaggiatore: metafora pertinente, perfino abusata, per definire il mestiere del traduttore.

Perché quindi era così amato all'estero? Insisterei sul linguaggio innovativo, sull'immaginazione che spaziava e spingeva, anche sull'ironia. Broyard sosteneva, nella sua recensione, che l'ironia di Calvino non funzionasse, che fosse sopravvalutata. Non sono d'accordo: Calvino sapeva giocare come pochi fra registri alti e bassi, fra umorismo e serietà, fra filosofia e fantasia, fra generi letterari. Il suo sguardo oggettivo-soggettivo coglieva il mondo insieme al cosmo, la quotidianità e l'eterno.

Nel mio piccolo ho fatto tradurre, a Princeton, un suo breve racconto, "Dialogo con una tartaruga," un episodio tagliato da *Palomar,* e posso confermare quanto sia tutt'ora amato all'estero e addirittura dai giovani. Gli studenti si sono divertiti proprio perché hanno dovuto affrontare un testo meravigliosamente ostico in cui si trovano una valanga di termini scientifici e moltissimo umorismo che è forse, alla fine, la cosa più difficile da tradurre bene. La forma del racconto è un dialogo che richiama Platone, ma anche Leopardi. Credo che Calvino sia sempre stato in dialogo con sé stesso, con una doppia anima per guardarsi, ripeto, da una nuova prospettiva. In questo senso incarna la sensibilità del traduttore che deve giocare con due testi, due voci.

In "Dialogo con una tartaruga" parla specificamente di traduzione, operazione cruciale, esclusivamente umana. Dice Palomar alla tartaruga: "Ma quand'anche si dimostri che il pensiero esiste nel chiuso della tua testa retrattile, per farlo esistere anche per gli altri, fuori di te, devo prendermi l'arbitrio di tradurlo in parole. Come sto facendo in questo momento, prestandoti un linguaggio perché tu possa pensare i tuoi pensieri." In classe, ho capito che la voglia di tradurre Calvino, e di tradurlo bene, nasce proprio dal suo linguaggio esatto, mai ambiguo, un aspetto che funge da ormeggio durante l'esperienza sempre ambigua della traduzione, che rimane nella migliore delle ipotesi un'esplorazione. Alle prese con la traduzione, ci siamo chiesti cosa avrebbe pensato di Google Translate e altri modi artificiali, istantanei, per cambiare e convertire le lingue.

L'idioma limpido-complesso, intellettuale-ironico, sobrio-sperimentale di Calvino vibra in ogni lingua. Chi lo legge in traduzione incontra uno spirito scanzonato, mai provinciale, sempre comunicabile, interpretabile. Il suo baricentro—quello galleggiante dell'astronauta—lo rendeva oltre i confini, perciò estremamente traducibile. Il tema della leggerezza scandagliato con grande sottigliezza verso la fine della sua vita appartiene soprattutto al suo essere arioso e multiplo. Chi lo legge in traduzione scopre uno spirito per definizione inclinato verso l'estero, alleato a un ambiente linguisticamente poroso. Viene amato perché quel linguaggio tutto suo contiene gli ingredienti necessari, un' "essenza segreta" per produrre, con risultati eccezionali, il miracolo della traduzione.

Avendo avuto un interesse così profondo, una generosità sconfinata per gli altri scrittori, soprattutto quelli in traduzione, mi pare giusto che il suo destino fosse di essere accolto così calorosamente e clamorosamente dalle altre lingue del mondo.

TRADUTTRICE DI ME STESSA

Poiché ho scritto il mio romanzo *Dove mi trovo* in italiano, la prima a dubitare di potergli dare una forma inglese sono stata io. Naturalmente tradurlo è possibile; si può tradurre, più o meno bene, qualsiasi testo. Non mi sono certo sentita in apprensione quando i traduttori hanno cominciato a volgere il romanzo in altre lingue, per esempio in spagnolo, in tedesco, in olandese. Anzi, quella prospettiva mi ha gratificata. Ma quando è arrivato il momento di rifare questo libro particolare—concepito e scritto in italiano—in inglese, la lingua che conosco meglio—la lingua dalla quale mi sono con una certa enfasi allontanata proprio in quanto mi era stata data in primo luogo per nascita—mi sono sentita con due piedi in una scarpa.

Mentre scrivevo *Dove mi trovo*, il pensiero che potesse essere altro da un testo italiano mi sembrava irrilevante. Quando scrivi, devi tenere gli occhi sulla strada, guardare diritto davanti a te, e non sorvegliare la guida d'altri o anticiparla. I pericoli, per chi scrive come per chi guida, sono ovvi.

E tuttavia, anche mentre scrivevo, due domande mi hanno tallonata: 1) il testo sarebbe stato tradotto in inglese? 2) chi lo avrebbe tradotto? Le domande nascevano dal fatto che sono anche una scrittrice di lingua inglese e per molti anni ho scritto esclusivamente in quella lingua. Al punto che, se scelgo di scrivere in italiano, la versione inglese leva subito la testa come un bulbo che germoglia troppo presto, a metà inverno. Tutto ciò che scrivo in italiano nasce con una simultanea potenziale esistenza—forse la parola migliore qui è destino—in inglese. Mi viene in mente un'altra immagine, forse stridente: il terreno di sepoltura per il coniuge ancora in vita, perimetrato, in attesa.

La responsabilità del traduttore è tanto gravosa ed esposta al caso quanto quella di un chirurgo addestrato al trapianto di organi o a ricondurre al cuore la circolazione sanguigna, sicché ho esitato a lungo su chi avrebbe potuto eseguire l'intervento. Ho ripensato ad altri autori migrati in lingue diverse dalla loro. Erano stati traduttori di sé stessi? E in quale punto l'atto di tradurre si era indebolito e quello di riscrivere aveva preso il sopravvento? Temevo di tradire me stessa. Samuel Beckett, nel tradursi in inglese, aveva notevolmente modificato il suo francese. Juan Rodolfo Wilcock, un argentino che aveva scritto le sue opere principali in italiano, le aveva tradotte in spagnolo "con fedeltà." Un altro argentino, Jorge Luis Borges, che era bilingue, spagnolo e inglese, aveva tradotto numerose opere dall'inglese in spagnolo, ma aveva lasciato ad altri la traduzione dallo spagnolo in inglese. Leonora Carrington, la cui prima lingua era l'inglese, si era sottratta all'affare complicato di tradurre molte delle sue storie in francese e spagnolo, come aveva fatto lo scrittore italiano Antonio Tabucchi nel caso di *Requiem,* il grande romanzo che aveva scritto in portoghese.

Se un autore migra in un'altra lingua, il rientro nella lingua precedente potrebbe essere interpretato come un passo indietro, un'inversione di marcia, un "ritorno a casa." Questa idea è falsa e comunque non era affatto il mio obiettivo. Anche prima di decidere di tradurre io stessa *Dove mi trovo,* sapevo che "tornare a casa" non era più un'opzione. Mi ero calata troppo nelle profondità dell'italiano, e l'inglese non rappresentava più l'atto rassicurante, essenziale, di risalire a prendere aria. Il mio baricentro si era spostato; o almeno, aveva cominciato a muoversi avanti e indietro.

Ho cominciato a scrivere *Dove mi trovo* nella primavera del 2015. Vivevo in Italia da tre anni, ma ormai avevo preso la decisione tormentata di tornare negli Stati Uniti. Come per la maggior parte dei miei progetti di scrittura, non sentivo, in principio, che le parole di volta in volta scarabocchiate su un taccuino si sarebbero trasformate in libro. Quando ho lasciato Roma, nell'agosto di quell'anno, ho portato con me quel taccuino. Ma l'ho lasciato a languire nel mio studio di Brooklyn—anche se retrospettivamente l'espressione appropriata mi sembra "l'ho ibernato"—fino a quando in inverno sono tornata a Roma e mi sono trovata a riprendere il taccuino, che aveva viaggiato con me, per aggiungere nuove scene. L'anno seguente mi sono trasferita a Princeton, nel New Jersey. Ma, grosso modo ogni due mesi, volavo a Roma per brevi soggiorni o per tutta l'estate, sempre con il taccuino nel bagaglio a mano, finché nel 2017, una volta che il taccuino s'è tutto riempito, ho cominciato a digitarne il contenuto sul computer.

Grazie a un anno sabbatico, nel 2018, in occasione della pubblicazione del libro, sono tornata a Roma per un anno intero. A chi mi chiedeva della versione in inglese, ho risposto che era troppo presto per pensarci. Se ci s'impegna in una traduzione, o anche si valuta la traduzione di un altro, è necessario innanzitutto capire la specificità del libro, così come il chirurgo, idealmente, ha bisogno di studiare l'organismo del paziente prima di entrare in sala operatoria. Sapevo che avevo bisogno di far passare tempo, un bel po' di tempo. Dovevo allontanarmi dal romanzo, rispondere alle domande dei miei lettori italiani, ascoltarne le risposte. Perché, pur avendo ormai scritto il libro, mi sentivo come forse si erano sentiti i miei genitori immigrati mentre mi crescevano: ero autrice di una creatura intrinsecamente straniera, tanto riconoscibile quanto irriconoscibile, nata dalla mia carne e dal mio sangue.

Quanto all'eventuale traduzione in inglese, si sono subito formati due partiti. I membri del primo mi esortavano a fare da me. I loro avversari, con uguale veemenza, mi spingevano a tenermi alla larga. Per tornare all'analogia con il chirurgo, certe volte dicevo a chi era del primo partito: quale chirurgo, nella necessità di sottoporsi a un'operazione, si impugnerebbe il bisturi? Non preferirebbe affidarsi all'abilità di altre mani? Consigliata da Gioia Guerzoni, una traduttrice italiana mia amica e aderente al secondo partito, ho cercato Frederika Randall, che traduceva dall'italiano in inglese. Frederika era una statunitense che risiedeva a Roma da decenni, in una zona non lontana da dove vivo io: la stessa parte della città in cui, a grandi linee (anche se non lo specifico mai) è ambientato il mio libro. Quando si è detta disposta a tradurre la prima decina di pagine, in modo da avere un'idea della tonalità della traduzione, mi sono sentita sollevata. Era sicuramente la persona ideale per la traduzione del mio romanzo, non solo in quanto traduttrice di estrema abilità, ma perché conosceva molto meglio di me l'ambientazione e l'atmosfera del libro.

La mia idea era che forse, a traduzione terminata, avrei preso in esame al massimo una o due questioni e, più in generale, avrei assunto un ruolo rispettosamente collaborativo. Col tono indulgente delle nonne, caso mai, come mi ero sentita quando Mira Nair aveva trasformato uno dei miei romanzi in un film. Questa volta, forse, sarei stata una nonna appena appena più coinvolta di quanto mi ero sentita all'epoca della traduzione di Ann Goldstein di *In altre parole* (fatta in un periodo in cui diffidavo di qualsiasi mio riconnettermi all'inglese e non mi piaceva affatto il ruolo di nonna). Ma sotto sotto ero convinta che, nel momento in cui avessi visto la versione inglese, essa mi avrebbe svelato in modo netto e definitivo che il libro in quella lingua non riusciva a funzionare, e non per colpa di Frederika ma perché il testo stesso, di per sé difettoso, si sarebbe rifiutato di conformarsi, come una patata o una mela che, guaste dentro, una volta tagliate ed esaminate devono essere per forza accantonate, inutilizzabili come sono per qualsiasi piatto.

Invece, quando ho letto le pagine che aveva preparato per me, ho scoperto che il libro c'era nella sua interezza, che le frasi producevano senso e che il mio italiano aveva linfa sufficiente per sostentare un altro testo in un'altra lingua. A questo punto è accaduta una cosa sorprendente. Ho cambiato partito e ho sentito il bisogno di cimentarmi io stessa, proprio come la scorsa estate quando, guardando mia figlia che faceva le capriole sott'acqua, avevo avvertito la spinta a imparare. Sì, quell'atto scombussolante di capovolgersi, che mi aveva sempre terrorizzata, fino al giorno in cui, grazie a mia figlia, avevo finalmente capito quale manovra bisognava compiere, era esattamente ciò che dovevo fare col mio libro. Frederika, vissuta tra inglese e italiano per tanto tempo, era profondamente bipartisan. Aveva capito perché ero riluttante a tradurre il libro io stessa, e tuttavia, quando le ho detto che stavo cambiando idea, non si è sorpresa. Come mia figlia, mi ha incoraggiata. Spesso accade, quando si varca una soglia per la prima volta, di aver bisogno di un esempio, e lei, proprio come mia figlia, mi aveva dimostrato che si poteva fare.

Ero ancora a Roma—un posto che non m'ispira, se si tratta di lavorare dall'italiano all'inglese—quando ho preso la mia decisione. Se vivo e scrivo a Roma, ho un baricentro italiano. Avevo bisogno, quindi, di tornare a Princeton, dove sono assediata dall'inglese, dove Roma mi manca. Tradurre dall'italiano per me è sempre stato un modo per tenermi in contatto, quando sono lontana dall'Italia, con la lingua che amo. Tradurre significa modificare le proprie coordinate linguistiche, aggrapparsi a ciò che scivola via, affrontare l'esilio.

Ho cominciato a tradurre nell'autunno del 2019. Non ho guardato le pagine di Frederika; anzi, me le sono nascoste. Il libro è composto da 46 capitoli relativamente brevi. Avevo l'obiettivo di affrontarne uno per seduta, e fare due o tre sedute a settimana. Mi sono accostata al testo, che mi ha accolta come certi vicini, se non con calore, con la gentilezza sufficiente. Mentre saggiavo la via per rientrare nel libro e mi spingevo avanti, lui cedeva con discrezione. Di tanto in tanto c'erano blocchi stradali e mi soffermavo a valutarli, o li sorpassavo, con determinazione, per non fermarmi a pensare troppo a ciò che stavo facendo, per arrivare alla fine.

Un blocco ovvio è stato il titolo. La traduzione letterale, "where I find myself," mi suonava pesante. Il libro non ha avuto titolo inglese fino alla fine di ottobre quando, con pochi capitoli ancora da tradurre, sono salita su un aereo per Roma. Non molto tempo dopo il decollo, mi è esploso in mente whereabouts. Una parola intrinsecamente inglese e fondamentalmente intraducibile, proprio come l'italiano "dove mi trovo." Da qualche parte nell'aria, sulle acque che separano la mia vita inglese da quella italiana, il titolo originale si è riconosciuto—oserei dire si è trovato—dentro un'altra lingua.

Una volta terminato, ho fatto circolare la prima stesura all'interno di un gruppo ristretto che non leggeva l'italiano e che però mi conosceva bene per i miei libri in inglese. Poi ho aspettato, in ansia, anche se il libro originale era già nato da più di un anno e aveva ormai una sua vita non solo in italiano ma, come ho detto, anche in altre lingue. Solo dopo che quei lettori mi hanno fatto sapere che il libro funzionava, mi sono convinta che l'operazione avventata che avevo fatto su me stessa non era stata vana.

Mentre *Dove mi trovo* si andava trasformando in *Whereabouts*, naturalmente sono dovuta tornare sull'originale. Ho cominciato a notare un po' di ripetizioni che avrei voluto evitare in inglese. Certi aggettivi sui quali avevo troppo confidato. Alcune incongruenze. Avevo calcolato male, per esempio, il numero delle persone presenti a una cena. Sono passata a inserire segnapagine adesivi, e quindi a stilare un elenco di correzioni da inviare a Guanda, il mio editore in Italia, perché le riportasse eventualmente nelle successive edizioni. In sostanza, la seconda versione del libro ne stava ora generando una terza: un testo italiano la cui revisione stava nascendo dal mio autotradurmi. Quando si traduce sé stessi, ogni difetto o debolezza dell'originale diventa immediatamente e dolorosamente evidente. Tanto per tenermi alle mie metafore mediche, direi che l'autotraduzione sembra uno di quei coloranti radioattivi che consentono ai medici di guardare attraverso la nostra pelle e individuare danni alla cartilagine, blocchi pericolosi e altre disfunzioni.

Per quanto sconfortante fosse questo progressivo disvelamento, ne ero contenta, perché mi dava la possibilità d'individuare problemi, di prenderne coscienza, di trovare nuove soluzioni. L'atto brutale dell'autotraduzione ti libera, una volta per tutte, dal falso mito del testo definitivo. È stato solo grazie all'autotraduzione che ho capito finalmente cosa intendeva Paul Valéry quando diceva che un'opera d'arte non è mai finita, ma solo abbandonata. La pubblicazione di qualsiasi libro è un arbitrio; non esiste, come accade per gli esseri viventi, un tempo ideale di gestazione e un tempo ideale per la nascita. Un libro è finito quando sembra finito, quando si sente finito, quando l'autore è stufo, quando è impaziente di pubblicarlo, quando l'editore glielo strappa. Tutti i miei libri, in retrospettiva, sembrano prematuri. L'atto di autotradursi consente all'autore di riportare un'opera già pubblicata al suo stato più vitale e dinamico, al "work in progress," e intervenire e ricalibrare dov'è necessario.

Alcuni insistono nel dire che non c'è una cosa come l'auto-traduzione, e che essa o si muta necessariamente in un atto di riscrittura o diventa l'editing, leggi: miglioramento—che precede la pubblicazione. Questa possibilità tenta alcuni e respinge altri. Personalmente io non ero interessata a modificare il mio libro italiano per arrivare a una versione più agile, più elegante e matura in inglese. Il mio scopo era riprodurre con rispetto il romanzo come l'avevo originariamente concepito, ma non così ottusamente da riprodurre e perpetuare anche certe soluzioni infelici.

Mentre *Whereabouts* passava dall'editing alle bozze, e diversi redattori e revisori lo soppesavano, le, modifiche a *Dove mi trovo* continuavano ad accumularsi, tutte, ripeto, relativamente di scarso rilievo, ma per me significative comunque. I due testi hanno cominciato a procedere in tandem, ciascuno secondo il proprio statuto. Quando il tascabile di *Dove mi trovo* uscirà in italiano— al momento in cui scrivo non è ancora accaduto—lo considererò la versione definitiva, per ora almeno, visto che ormai penso a un qualsiasi "testo definitivo" come in linea di massima, per quello che mi riguarda, penso a una lingua madre: un concetto intrinsecamente discutibile ed eternamente relativo.

Per il primo giorno di lavoro sulle bozze di *Whereabouts*, durante l'autunno del coronavirus, sono andata alla Firestone Library, a Princeton, dove avevo prenotato un posto, e mi sono accomodata a un tavolo rotondo di marmo bianco. Ero con la mascherina e a parecchi metri di distanza da altre tre persone, ammesse come me in una stanza che di persone poteva agevolmente contenerne cento. Mentre mi soffermavo sul testo inglese dubitando di qualche passaggio, mi sono accorta che avevo lasciato a casa la copia malconcia di *Dove mi trovo*. Il mio versante di traduttrice, concentrato sul trasloco in inglese del libro, stava già inconsciamente distanziando l'italiano e se ne dissociava. Naturalmente, nell'ultima fase di revisione di una traduzione, pare sempre strano, e tuttavia è fondamentale, prescindere del tutto dal testo originale. Quest'ultimo d'altra parte non può restare nei dintorni, come ho fatto io quando i miei figli sono andati a scuola per la prima volta e sono rimasta in qualche angolo dell'edificio, attenta ai pianti di protesta. È necessario che si verifichi una vera separazione, per quanto falsa. Nelle fasi finali della revisione di una traduzione nostra o di altri si raggiunge un livello di concentrazione simile a quel concentrarsi esclusivo, quando si nuota in mare, sui pregi dell'acqua e sulle nostre sensazioni, invece che ammirare le creature che lo attraversano o ciò che si è posato sul fondo. Quando si è così concentrati sul linguaggio, interviene una sorta di cecità selettiva e, contemporaneamente, una visione ai raggi X.

Rileggendo le bozze di *Whereabouts*, ho cominciato a riflettere, nel mio diario, sul processo di traduzione. In effetti, il testo che ora state leggendo, e che ho scritto in inglese, deriva da appunti presi in italiano. In un certo senso, questo è il mio primo esercizio bilingue di scrittura, e il suo argomento, l'autotraduzione, mi sembra particolarmente appropriato. Ecco, in inglese in traduzione e qui in italiano, alcune delle note che ho preso:

1. La cosa profondamente destabilizzante dell'autotraduzione è che il libro minaccia di scombinarsi, di precipitare verso un possibile annientamento. Pare annichilire. O sono io che lo annichilisco? Nessun testo dovrebbe essere sottoposto a un tale minuzioso controllo; a un certo punto cede. È questo leggere e controllare, è l'indagine ostinata implicita nell'atto di scrivere e di tradurre, che inevitabilmente urta contro il testo.

2. Non è un compito per deboli di cuore. Ti costringe a dubitare della validità di ogni parola. Getta il tuo libro—già pubblicato, già tra tante altre copertine, già venduto sui banchi delle librerie—in uno stato di revisione che genera profonda incertezza. È un'operazione che sembra fin dall'inizio una condanna, un'operazione in un certo senso contro natura,

come gli esperimenti di Victor Frankenstein.

3. L'autotraduzione è uno sbalorditivo andare contemporaneamente sia avanti sia indietro. C'è una tensione permanente, l'impulso ad avanzare è minato da una strana forza gravitazionale che lo trattiene. Ci si sente messi a tacere nel momento stesso in cui si parla. Mi vengono in mente due terzine vertiginose di Dante, con il loro linguaggio centrato sulla ripetizione e la loro logica contorta: "Qual è colui che suo dannaggio sogna, / che sognando desidera sognare, / sì che quel ch'è, come non fosse, agogna, // tal mi fec'io, non possendo parlare, / che disïava scusarmi, e scusava / me tuttavia, e nol mi credea fare" (*Inferno* XXX, 136~141).

4. Leggendo l'inglese, ogni frase che sembra sbagliata, finita fuori strada, mi riporta sempre a una lettura errata di me in italiano.

5. *Whereabouts* uscirà da solo, senza il testo in italiano sulla pagina a fronte, come nel caso di *In Other Words*. L'assenza dell'originale rafforza, per quel che mi riguarda, il legame tra le due versioni, quella che ho scritto e quella che ho tradotto. Le due versioni giocano a tennis. La palla, che vola da una parte all'altra della rete, rappresenta entrambi i testi.

6. L'autotraduzione comporta il prolungamento della relazione con il libro che hai scritto. Il tempo si dilata e il sole splende anche quando

dovrebbe cadere il buio. Questo eccesso di luce disorienta, sembra innaturale, ma è anche vantaggioso, magico.

7. L'autotraduzione offre al libro un secondo atto, ma a mio avviso il secondo atto riguarda meno la versione tradotta e più l'originale che, smontando e rimontando, viene riadattato e riallineato.

8. Ciò che ho modificato in italiano è ciò che, con il senno di poi, mi sembrava ridondante. La sinteticità specifica dell'inglese ha costretto, a volte, anche il testo italiano a stringere la cinghia.

9. Suppongo che l'aspetto stimolante della traduzione di me stessa sia stato tenere costantemente a mente, mentre cambiavo le parole passando da una lingua all'altra, che io stessa ero cambiata in profondità, e che di un tale cambiamento avevo la capacità. Mi sono resa conto che anche il mio rapporto con la lingua inglese, grazie all'innesto dell'italiano, era irrevocabilmente modificato.

10. Nella mia testa *Whereabouts* non sarà mai un testo autonomo, né lo sarà il *Dove mi trovo* tascabile, che sarà debitore del processo prima di traduzione, poi di revisione, di *Whereabouts*. Essi condividono gli stessi organi vitali. Sono gemelli siamesi, anche se in superficie non si somigliano affatto. Si sono nutriti l'uno dell'altro. Nel corso della

traduzione, quando hanno cominciato a condividere e a scambiarsi elementi, mi sono sentita quasi una spettatrice passiva.

11. Credo di aver cominciato a scrivere in italiano per sottrarmi alla necessità di un traduttore. Pur essendo grata a coloro che in passato avevano reso in italiano il mio inglese, qualcosa mi stava spingendo a parlare in quella lingua per conto mio. Ora ho assunto io il ruolo che mi ero prefissata di cancellare, ma rovesciandolo. Diventare la mia traduttrice mi ha ancora più insediata nella lingua italiana.

12. In un certo senso il libro rimane in italiano, nella mia testa, malgrado la sua metamorfosi in inglese. Le modifiche che ho fatto nel testo inglese sono sempre state al servizio dell'originale.

Nel rivedere le bozze di *Whereabouts*, ho notato che in inglese avevo saltato un'intera frase. Essa ha al centro la parola "portagioie" che, nella versione originale, la protagonista considera la parola più bella della lingua italiana. Ma la frase può esprimere tutto il suo spessore solo nell'originale. *Jewelry box* non ha la poesia di "portagioie," dato che *joy*(gioia) e *jewel*(gioiello) non coincidono come invece accade in "gioie." Ho poi tradotto la frase, ma ho dovuto modificarla. Questo con tutta probabilità è il passaggio più significativamente rifatto, tanto che ho dovuto aggiungere una nota a piè di pagina. Mi ero prefissata di evitare note, ma in quel caso specifico il mio italiano e il mio inglese non hanno trovato un terreno comune.

Il penultimo capitolo del romanzo s'intitola "Da nessuna parte." L'ho tradotto come "Nowhere," che interrompe la serie di titoli con preposizioni. Un lettore italiano lo ha sottolineato e ha suggerito di tradurre più letteralmente "In no place." Ho preso in considerazione la cosa, ma alla fine il mio orecchio inglese ha prevalso e ho optato per una forma avverbiale che, con mia soddisfazione, contiene il where del titolo.

C'è stato un caso in cui mi sono tradotta in modo grosso-lanamente errato. Era un punto cruciale e tuttavia mi sono accorta dell'errore solo alla fine. Mentre rileggevo per l'ultima volta, ad alta voce, le bozze in inglese, senza tener conto dell'italiano, mi sono resa conto che la frase era sbagliata e che avevo completamente, involontariamente, stravolto il significato delle mie stesse parole.

Ci sono volute, inoltre, diverse letture per correggere un verbo che la parte italiana del mio cervello, nell'atto di tradurre, aveva reso in modo svagato. Una persona, se fa quattro passi, in inglese *takes steps*, non certo *makes steps*. Ma dato che leggo e scrivo in entrambe le lingue, il mio cervello ha sviluppato punti ciechi. Così, solo controllando più e più volte, ho potuto salvare un mio personaggio, in *Whereabouts*, dal *making steps*. Ciò detto, è assolutamente possibile, in inglese, *to make missteps*, cioè fare passi falsi.

Alla fine, la cosa più difficile da tradurre, in *Whereabouts*, sono state le righe scritte non da me ma da due scrittori: Italo Svevo, che cito nell'epigrafe, e Corrado Alvaro, che cito nel corpo del testo. In quel caso mi sono sentita responsabile non delle mie parole, ma delle loro e quindi con esse ho lottato di più. Anche quando il libro andrà in stampa, continuerò a preoccuparmi di quelle righe. Il desiderio di tradurre—di avvicinarsi il più possibile alle parole di un altro, di varcare il confine della propria coscienza—si fa ancora più acuto quando l'altro rimane inesorabilmente, incontrovertibilmente, al di là della nostra portata.

Credo sia stato importante che, prima di confrontarmi con *Dove mi trovo*, mi *avessii fatto* un po' di esperienza traducendo altri autori dall'italiano. Provare a tradurre me stessa, quando il processo che mi avrebbe portata a scrivere in italiano era solo all'inizio—ne ho brevemente accennato in *In altre parole*—mi turbava e ciò dipendeva in gran parte dal fatto che non avevo mai tradotto dall'italiano. All'epoca tutta la mia energia tendeva ad approfondire la nuova lingua e a scansare l'inglese il più possibile. Ho dovuto affermarmi come traduttrice dei libri altrui, prima di abbandonarmi all'illusione di poter essere un'altra me stessa.

Essendo una persona a cui non piace guardare ai lavori che ha alle spalle, ma che anzi preferisce nei limiti del possibile non tornare a leggere i suoi libri, ero tutt'altro che una candidata ideale, come traduttrice di *Dove mi trovo*, soprattutto perché la traduzione è la forma di lettura e rilettura più intensa che ci sia. Se si fosse trattato di uno dei miei libri in inglese, sarebbe stata sicuramente un'esperienza letale. Ma quando lavoro con l'italiano, anche un libro che ho composto io stessa mi scivola in modo sorprendentemente facile nelle mani e dalle mani. Questo perché la lingua è in me e contemporaneamente lontana da me. L'autrice che ha scritto *Dove mi trovo* è e non è l'autrice che lo ha tradotto. Sperimentare questa coscienza divisa è, se non altro, rinvigorente.

Per anni mi sono addestrata ad accostarmi al testo, quando mi si chiedeva di leggere da un mio lavoro ad alta voce, come se l'avesse scritto un altro. Forse la spinta a separarmi in modo netto da ciò che ho fatto in precedenza, libro dopo libro, è stata la condizione necessaria per riconoscere le diverse scrittrici che mi hanno sempre abitata. Scriviamo libri in un momento determinato del tempo, in una fase specifica della nostra coscienza e del nostro sviluppo. Ecco perché leggere parole che ho scritto anni fa mi sembra alienante. Non sei più la persona la cui esistenza dipendeva dalla produzione di quelle parole. Ma l'alienazione, nel bene e nel male, marca la distanza e mette in prospettiva, due cose cruciali per l'atto di autotraduzione.

L'autotraduzione mi ha portata a una conoscenza profonda del mio libro e, quindi, a uno dei miei sé passati. Tendo, come ho detto, ad andarmene più velocemente possibile dai miei libri e invece adesso ho un certo affetto residuo per *Dove mi trovo*, proprio come per il suo corrispettivo inglese, un affetto nato dall'intimità che, in opposizione all'atto solitario della scrittura, si può raggiungere solo con l'atto collaborativo della traduzione. Sento anche, nei confronti di *Dove mi trovo*, un'accettazione che non ho mai avuto nei confronti degli altri miei libri. Essi ancora mi perseguitano, indicandomi scelte che avrei potuto fare, idee che avrei dovuto sviluppare, passaggi che andavano ulteriormente rivisti. Tradurre *Dove mi trovo*, scriverlo una seconda volta in una seconda lingua lasciando che, in gran parte intatto, rinascesse, me lo ha fatto sentire più vicino, il legame si è raddoppiato; gli altri miei libri invece sono come una serie di relazioni, appassionate e all'epoca capaci di cambiarmi la vita, ma che ora, poiché non si sono mai spinte oltre il punto di non ritorno, si sono raffreddate come braci.

La mia copia di *Dove mi trovo* è un volume tutto orecchiette, sottolineato e contrassegnato con post-it che indicano correzioni da fare e cose da chiarire. Da testo pubblicato si è trasformato in qualcosa che somiglia a una bozza rilegata. Non avrei mai pensato di fare cambiamenti, se non avessi tradotto il libro dalla lingua in cui l'ho concepito e creato. Io soltanto potevo inserirmi nei due testi e modificarli dall'interno. Ora che la versione inglese sta per essere stampata, il suo posto è stato occupato dalla copia italiana, che nel frattempo, ai miei occhi almeno, ha perso la patina di libro pubblicato e ha riassunto l'identità di opera da ultimare. Mentre scrivo, *Whereabouts* sta per essere chiuso, pronto per la pubblicazione, e invece *Dove mi trovo* ha bisogno di essere riaperto per alcuni piccoli ritocchi. Il libro originale ora mi sembra non ancora completato, anzi è finito in fila dietro al suo corrispettivo inglese. Si è trasformato in simulacro, come un'immagine allo specchio. Ed è, e insieme non è, il punto di partenza di ciò che, consapevolmente e inconsapevolmente, è poi seguito.

Traduzione di Domenico Starnone

인용한 책들

Anatole Broyard, "Marcovaldo," *The New York Times*, November 9, 1983.

Antonio Gramsci, *Quaderni del carcere*, edited by Valentino Gerratana, Turin: Einaudi, 1975.

———, *Letters from Prison*, edited by Frank Rosengarten, translated by Ray Rosenthal, New York: Columbia University Press, 1994.

———, *Further Selections from the Prison Notebooks*, translated by Derek Boothman, Minneapolis: University of Minnesota Press, 1995.

———, *Prison Notebooks*, vol II, edited and translated by Joseph A. Buttigieg, New York: Columbia University Press, 1996.

———, *Lettere dal carcere*, edited by Paolo Spriano, Introduction by Michela Murgia. Turin: Einaudi, 2014.

Aristotle, *On the Art of Poetry*, translated by Ingram Bywater, Oxford: Clarendon Press, 1909.

———, *De Arte Poetica Liber*, edited by Rudolf Kassel, Oxford: Oxford University Press, 1965.

———, *Poetics*, translated by Samuel Henry Butcher, London: Macmillan, 1985.

———, *Nicomachean Ethics*, Third Edition, translated, with Introduction,

Notes, and Glossary, by Terence Irwin, Indianapolis/Cambridge: Hackett Publishing Company, Inc., 2019.

Augustus, *Res Gestae Divi Augusti*, edited by John Scheid, Paris: Les Belles Lettres, 2007.

Cesare Pavese, *Stories*, translated by A. E. Murch, New York: The Ecco Press, 1987.

Dante Alighieri, *Inferno*, translated by Charles Singleton, Princeton, NJ: Princeton University Press, 1970.

——, *The Divine Comedy*, vol 1, *Inferno*, translated by Mark Musa, New York: Penguin Books, 1971.

——, *La Commedia secondo l'antica vulgata*, vol II: *Inferno*, edited by Giorgio Petrocchi, Milan: Mondadori, 1975.

——, *Inferno*, translated by Robert and Jean Hollander, Introduction and Notes by Robert Hollander, New York: Anchor Books, 2002.

——, *The Divine Comedy*, translated by Robin Kirkpatrick, New York: Penguin Books, 2012.

Domenico Starnone, *Lacci*, Turin: Einaudi, 2014.

——, *Ties*, translated by Jhumpa Lahiri, New York: Europa Editions, 2016.

——, *Scherzetto*, Turin: Einaudi, 2016.

——, *Trick*, translated by Jhumpa Lahiri, New York: Europa Editions, 2018.

——, *Confidenza*, Turin: Einaudi, 2019.

——, *Trust*, translated by Jhumpa Lahiri, New York: Europa Editions, 2021.

Elena Ferrante, *The Lost Daughter(La figlia oscura)*, translated by Ann Goldstein, New York: Europa Editions, 2008.

Elias Canetti, *Kafka's Other Trial: The Letters to Felice.* translated by Christopher Middleton, London: Calder and Boyars, 1974.

Ernest Hemingway, "Cat in the Rain," in *The Complete Short Stories of Ernest Hemingway, The Finca Vigía Edition*, New York: Scribner, 1987.

Franz Kafka, *The Diaries of Franz Kafka, 1910~1923*, edited by Max Brod, New York: Schocken, 1976.

Gaius Valerius Catullus, "The Poems of Gaius Valerius Catullus," translated by F. W. Cornish, with revisions by C. P. Goold, in *Catullus, Tibullus, Pervigilium Veneris*, 2nd ed., revised by G. P. Goold(Cambridge, Massachusetts: Harvard University Press, 1988).

——, *The Shorter Poems*, edited and translated by John Godwin, Warminster: Aris&Phillips, 1999.

Giacomo Leopardi, *Zibaldone: The Notebooks of Leopardi*, edited by Michael Caesar and Franco D'Intino, New York: Farrar, Straus and Giroux, 2013.

Glenn W. Most, "Violets in Crucibles: Translating, Traducing, Transmuting," *Transactions of the American Philological Association(1974~2014)* 133, no 2(Autumn, 2003): 381~390, Johns Hopkins University Press.

Goffredo Fofi, "Scherzetto di Domenico Starnone è un libro forte e dolente," *Internazionale*, January 7, 2017.

Henry James, "The Jolly Corner," in *The Complete Stories 1898~1910*, New York: Viking Press, 1996.

Heraclitus of Ephesus, Fragments B52, in *Die Fragmente der Vorsokratiker, griechisch und deutsch*, vol 3, edited by Hermann Diels and Walther Kranz, Berlin: Weidmann, 1951~1952.

Horace, *The Odes of Horace*, translated by David Ferry, New York: Farrar, Straus and Giroux, 1997.

———, *Opera*, edited by D.R. Shackleton Bailey, Leipzig: K.G. Saur, 2001.

Italo Calvino, "Dialogo con una tartaruga," in *Romanzi e racconti*, vol 3: *Racconti sparsi e altri scritti d'invenzione*, edited by Claudio Milanini and Mario Barenghi, Milan: Mondadori, 1994.

———, "Tradurre è il vero modo di leggere un testo," in *Saggi 1945~1982*, vol 2, edited by Mario Barenghi, Milan: Mondadori, 1995.

———, "Dialogue with a Tortoise," translated by Jhumpa Lahiri and Sara Teardo, in *The Penguin Book of Italian Short Stories*, edited by Jhumpa Lahiri, New York: Penguin Books, 2019.

Jhumpa Lahiri, "To Heaven without Dying," *Feed*(feedmag.com), July 24, 2000.

———, *Unaccustomed Earth*, New York: Knopf, 2008.

———, *In altre parole*, Milan: Guanda, 2015.

———, *In Other Words*, translated by Ann Goldstein, New York: Knopf, 2015.

———, *Dove mi trovo*, Milan: Guanda, 2018.

———, *Interpreter of Maladies*[1999], Foreword by Domenico Starnone, Boston: Mariner Books, 2019.

———, "Il girasole impazzito di Montale ha illuminato le miei poesie 'italiane,'" *Tuttolibri*, (Literary Supplement of *La Stampa*), June 5, 2021.

———, *Il quaderno di Nerina*, Milan: Guanda, 2021.

———, *Whereabouts*, New York: Knopf, 2021.

Joseph McElroy, "Invisible Cities," *The New York Times*, November 17, 1974.

J. E. Cirlot, *A Dictionary of Symbols*, translated by Jack Sage, Foreword by Herbert Read, New York: Philosophical Library, 1962.

Lalla Romano, *Le metamorfosi*, edited by Antonio Ria, Turin: Einaudi, 2005.

———, *Diario ultimo*, edited by Antonio Ria, Turin: Einaudi, 2006.

Lucretius, *De rerum natura* (On the Nature of the Universe), translation by Ronald Melville, with an Introduction and Notes by Don and Peta Fowler, Oxford and New York: Oxford University Press, 2008.

———, *De Rerum Natura*, edited by Marcus Deufert, Berlin: De Greuyter, 2019.

Mavis Gallant, "Preface," in *The Collected Stories of Mavis Gallant*, New York: Random House, 1996.

Niccolò Tommaseo, *Nuovo dizionario dei sinonimi della lingua italiana*, Naples: Fratelli Melita, 1990.

Ovid, *Metamorphoses*, edited by Richard John Tarrant, Oxford: Clarendon

Press, 2004.

———, *Metamorphoses: A New Verse Translation*, translated by David Raeburn, London: Penguin Books, 2004.

Peter Ives and Rocco Lacorte, eds, *Gramsci, Language, and Translation*, New York: Lexington Books, 2010.

Plato, *Republic*, translated by Georges Maximilien Antoine Grube and C. D. C. Reeve, Indianapolis, IN: Hackett, 1992.

Pliny the Elder, *Storia Naturale I: Cosmologia e Geografia Libri 1~6*, edited and translated by Alessandro Barchiesi, Roberto Centi, Mauro Corsaro, Arnaldo Marcone, and Giuliano Ranucci, preface by Italo Calvino, Introduction by Gian Biagio Conte, Turin: Einaudi, 1982.

———, *Histoire Naturelle Livre III*, edited by Hubert Zehnacker, Paris: Les Belles Lettres, 2004.

William Shakespeare, "Sonnet 116," in *The Norton Shakespeare*, edited by Stephen Greenblatt, Walter Cohen, Jean E. Howard, and Katharine Eisaman Maus, New York: Norton, 2008.

William Watson Goodwin, *Greek Grammar*, revised by Charles Burton Gulick, New Rochelle, New York: Aristide D. Caratzas, Publisher, 1988.

William Weaver, interviewed by Willard Spiegelman, "The Art of Translation no 3," *The Paris Review* 161(Spring 2002).

도움이 되는 책들

Amelia Roselli, *L'opera poetica*, edited by Stefano Giovannuzzi with the collaboration for the critical apparatus of Francesco Carbognin, Chiara Carpita, Silvia De March, Gabriella Palli Baroni, Emmanuela Tandello, with an introductory essay by Emmanuela Tandello, Milan: Mondadori, 2012.

Anita Raja, "Translation as a Practice of Acceptance"("La traduzione come pratica dell'accoglienza"), www.asymptotejournal.com.

Anne Carson, "Variations on the Right to Remain Silent," *A Public Space* 7(2008).

Anthony Cordingley, ed., *Self-Translation: Brokering Originality in a Hybrid Culture*, London: Bloomsbury, 2013.

Antonio Gramsci, *Letters from Prison*. selected, translated from the Italian and introduced by Lynne Lawner, New York: Farrar, Straus and Giroux(The Noonday Press), 1989.

Antonio Prete, *All'ombra dell'altra lingua*, Turin: Bollati Boringhieri, 2011.

Barbara Cassin, ed., *Dictionary of Untranslatables: A Philosophical Lexicon*, translated by Steven Randall et. al., translation edited by Emily Apter, Jacques Lerza, and Michael Wood, Princeton, NJ: Princeton University Press, 2004.

Barry McCrea, *Languages of the Night: Minor Languages and the Literary Imagination in Twentieth-Century Ireland and Europe*, New

Haven, CT: Yale University Press, 2015.

Beppe Fenoglio, *Quaderno di traduzioni*, edited by Mark Pietralunga, Turin: Einaudi, 2000.

Cesare Pavese, *La letteratura americana e altri saggi*, edited by Italo Calvino, Turin: Einaudi, 1951.

Daniel Heller Roazen, *Echolalias: On the Forgetting of Language*, New York: Zone Books, 2008.

David Bellos, *Is That a Fish in Your Ear?: Translation and the Meaning of Everything*, New York: Farrar, Straus and Giroux, 2012.

Edith Grossman, *Why Translation Matters*, New Haven, CT: Yale University Press, 2010.

Elio Vittorini, ed., *Americana*, Milan: Bompiani, 1941.

Eliot Weinberger, *19 Ways of Looking at Wang Wei(with more ways)*[1987], afterword by Octavio Paz, New York: New Directions, 2016.

Emily Apter, *Against World Literature: On the Politics of Untranslatability*, New York: Verso, 2013.

E. M. Cioran, *Tradire la propria lingua: Intervista con Philippe D. Dracodaïidis*, edited by Antonio Di Gennaro, translated by Massimo Carloni, Naples: La scuola di Pitagora, 2015.

Enrico Terrinoni, *Oltre abita il silenzio: Tradurre la letteratura*, Milan: Il Saggiatore, 2019.

Esther Allen, and Susan Bernofsky, eds., *In Translation: Translators on their Work and What It Means*, New York: Columbia University Press,

2013.

Franco Fortini, *Lezioni sulla traduzione*, edited by Maria Vittoria Tirinato, Macerata: Quodlibet, 2011.

Gayatri Spivak, "The Politics of Translation," in *The Translation Studies Reader*, edited by Lawrence Venuti, London: Routledge, 2012.

George Steiner, *After Babel: Aspects of Language&Translation*[1975], Oxford: Oxford University Press, 1998.

Herbert Richards, "Butcher's and Bywater's Editions of the *Poetics*," *The Classical Review* 13, no 1(February 1899): 47~9.

Home, *Iliade, Testo greco a fronte*, translated by Maria Grazia Ciani,Venice: Marsilio, 2016.

Homi Bhabha, *The Location of Culture*, London: Routledge, 1994.

Ilan Stavans, *On Self-Translation: Meditations on Language*, Albany: State University of New York, 2018.

Jennifer Scappettone, "Chloris in Plural Voices: Performing Translation of 'A Moonstriking Death,'" *Translation Review* 95(July 2016): 25~40.

Jhumpa Lahiri, ed., *Racconti italiani*, Milan: Guanda, 2019.

———, "Thirty-Three Thoughts on Dante," in *The Divine Comedy* by Dante Alighieri, vol 1: *Inferno*, translated by Robin Kirkpatrick with an essay by Jhumpa Lahiri and essays by George Holmes, illustrations by Neil Packer, London: The Foglio Society, 2021.

Judith Butler, "Gender in Translation: Beyond Monolingualism," *philoSOPHIA* 9, no 1(2019): 1~25.

Julia Kristeva, *Language: The Unknown: An Initiation into Linguistics*, translated by Anne M. Menke, New York: Columbia University Press, 1989.

Kate Briggs, *This Little Art*, London: Fitzcarraldo Editions, 2017.

Lawrence Venuti, *The Translator's Invisibility: A History of Translation*, London: Routledge, 1995.

————, ed., *The Translation Studies Reader*, London: Routledge, 2012.

Lori Chamberlain, "Gender and the Metaphorics of Translation," *Signs* 13, no 3(Spring 1988): 454~472.

Lydia Davis, "Some Notes on Translation and on Madame Bovary," *The Paris Review* 198(Fall 2011).

Marília Librandi, *Writing by Ear: Clarice Lispector and the Aural Novel*, Toronto: University of Toronto Press, 2018.

Minae Mizumura, *The Fall of Language in the Age of English*, New York: Columbia University Press, 2008.

Primo Levi, "To Translate and Be Translated," *Other People's Trades*, translated by Antony Shugaar, in *The Complete Works of Primo Levi*, vol III, edited by Ann Goldstein, New York: Norton, 2015.

Rainer Schulte and John Biguenet, eds., *The Craft of Translation*, Chicago: University of Chicago Press, 1989.

————, *Theories of Translation: An Anthology of Essays from Dryden to Derrida*, Chicago: University of Chicago Press, 1992.

Raymond Queneau, *Exercises in Style*, translated by Barbara Wright, with new exercises translated by Chris Clarke and exercises in homage to Queneau by Jesse Ball, Blake Butler, Amelia Gray, Shane Jones, Jonathan Lethem, Ben Marcus, Harry Mathews, Lynne Tillman, Frederic Tuten, and Enrique Vila-Matas, New York: New Directions, 2013.

Samuel Beckett, *Secret Transfusions: The 1930 Literary Translations from Italian*, edited with an essay by Marco Sonzogni, Toronto: Guernica Editions, 2010.

Sandra Bermann, and Michael Wood, eds., *Nation, Language, and the Ethics of Translation*, Princeton, NJ: Princeton University Press, 2005.

Susan Bassnett, *Translation Studies*, London: Routledge, 2014.

Tejaswini Niranjana, *Siting Translation: History, Post-Structuralism and the Colonial Context*, Berkeley: University of California Press, 1992.

Tzvetan Todorov, *Theories of the Symbol*, translated by Catherine Porter, Ithaca, NY: Cornell University Press, 1982.

Umberto Eco, *Dire quasi la stessa cosa: Esperienze di traduzione*, Milan: Bompiani, 2003.

———, *Mouse or Rat?: Translation as Negotiation*, London: Phoenix, 2004.

———, *Experiences in Translation*, translated by Alastair McEwen, Toronto: University of Toronto Press, 2008.

Vladimir Nabokov, "The Art of Translation," *The New Republic*, August 4, 1941.

시詩적인 에세이.

뉴욕매거진

이 책은 우리를 자유롭게 하는 언어의 위력에 대한 희망 또한 담고 있다.

뉴욕타임스

이 우아한 에세이집을 통해 줌파 라히리는 두 언어로 글을 쓰는 작가이자 점차 두 언어를 잇는 번역가로서의 활동을 기이한 모험이라기보다 필연적인 여정으로 보이게 만든다. 인간은 섬이 아니다. 언어 역시 그러하다.

데이비드 벨로스, 『번역의 일』 저자

번역가에 대한 인식을 높이는 작금의 캠페인에 실린 강력한 지지의 목소리다. 번역가는 타인의 목소리를 듣는 데 그토록 긴 시간을 쏟으면서도 자기 목소리의 쓰임새를 놓치지 않는다. 번역 작업의 어려움과 그 결실에 대한 열정을 허심탄회하게 밝히는 라히리의 글을 읽다 보면, 이 매력적인 인물들을 더욱 깊이 알고 싶어진다.

파이낸셜타임스

번역론 및 번역평론에 관한 마스터클래스로 불리기에
손색없는 에세이들……. 통찰력 있는 훌륭한 글쓰기를 보
여준다.

로런 엘킨, 아메리칸스칼러

문학, 번역, 영어/이탈리아어와의 관계를 탐색하는 라히
리의 흥미진진한 에세이집……. 놀라운 수확이 가득한, 명
징하고 도발적인 책이다.

퍼블리셔스위클리

놀라운 책이다……. 라히리는 언어를 통해 자신에 관해
알아가는 우리의 지식이 어떻게 언제나 확장될 수 있는지
를 보여준다.

하퍼스바자 영국판

라히리의 탁월한 저술은 우리 각자가 번역과 어떤 관계
에 놓여 있든, 언어 그 자체가 얼마나 생생하게 숨 쉴 수
있는지를 우리에게 일깨운다. 라히리의 에세이에는 그의
소설 못지않은 고요한 우아함이 있다. 그의 문장들은 복문
의 구조일 때도 단문처럼 읽힌다. 문장의 아름다움과 명료
함만으로도 독자에게는 충분한 각성이 될 것이다.

NPR

이민자 가정에서 성장한 어린 시절부터 과거 문학번역에 도전한 경험, 마침내 로마로 이주해 이탈리아어를 익히겠다는 결심에 이르기까지, 번역과 얽힌 라히리의 개인사를 감동적으로 들려준다.

벌처

물질성과 텍스트성, 비범성과 평범성이 교차하는 지점으로서 번역을 사유하는 시각이 흐르는 책이다.

타임스리터러리서플먼트

이 아름다운 에세이들에서 줌파 라히리는 작가와 번역가, 언어와 정체성, 예술가와 예술 간의 유동적인 경계를 명철하게 고찰한다. 지적이면서도 지극히 개인적인 그의 탐구—한나 아렌트와 버지니아 울프와 수전 손택을 연상시키는—는 우리를 우리 자신과 언어의 불가사의한 변신의 관계에 뛰어들도록 자극한다.

제니 맥피, 나탈리아 긴츠부르그의

『가족어 사전』을 옮긴 번역가

자기번역을 반추하는 라히리의 이야기를 따라가는 재미와 즐거움이 대단하다……. 번역은 물론 문학비평 전체에 띄우는 러브 레터 같은 책이다.

시카고리뷰오브북스

열정적이고 사려 깊은 에세이 모음집.

스펙테이터

"가장 치열한 형태의 독서"에 띄우는 시종일관 진솔하고 진지한 러브 레터.

커커스리뷰

문학과 삶의 예시를 끌어와 개인적 경험과 이론적 고찰을 통합하는 라히리의 능력이 돋보이는 에세이집이다……. 라히리는 문학 에세이에 관심 있는 독자층에게 두루 호소력 있는 아름다운 글쓰기를 보여준다.

리터러리저널

영어에서 이탈리아어로 떠났다 돌아오는 줌파 라히리의 여정이 담긴 놀라운 이야기. 에코 신화를 다룬 에세이는 번역가의 기예에 관해 내가 지금껏 읽은 가장 통절하고 유려한 글이다.

마이클 F. 무어, 알레산드로 만초니의
『약혼자』를 옮긴 번역가

번역에 관심 있는 독자라면 누구라도 줌파 라히리의 이 에세이집에 마음을 빼앗길 것이다.

인디펜던트

이 에세이집에서 라히리는 특유의 엄밀함과 솔직함으로 번역의 주제를 탐색한다. 특히 이탈리아어 원문을 라히리 자신이 영어로 번역한 에세이들을 통해 독자는 작가와 함께 눈부신 변신의 행위를 목격할 수 있다.

시카고리뷰오브북스

줌파 라히리는 취약성과 실험과 성장을 위해 기교를 포기하는 용기를 보여준 경이로운 작가다. 이탈리아어와 사랑에 빠진 그의 연애 과정을 지켜보면서도 짜릿했다. 이 에세이집에서 라히리는 언어와 언어 사이의 비옥한 간극을 깊이 파고들어, 우리에게 통찰과 즐거움이 풍부한 독서 경험을 선사한다.

수전 버노프스키, 『작은 것의 투시력:

로베르트 발저의 생애』 저자